多丽丝·莱辛
——小说的身份书写策略

夏野 著

社会科学文献出版社
SOCIAL SCIENCES ACADEMIC PRESS (CHINA)

目 录

导 言 ……………………………………………………………… 1

第一章 为什么是莱辛 ……………………………………… 3
- 一 文学是时代的回响 ………………………………………… 3
- 二 经久不衰的莱辛研究 ……………………………………… 9
- 三 莱辛建构身份的策略 ……………………………………… 25
- 本章小结 ……………………………………………………… 27

第二章 "身份/认同"理论与莱辛小说创作中的"身份/认同"问题
……………………………………………………………………… 28
- 第一节 "身份/认同"内涵流变 …………………………… 30
- 第二节 "身份/认同"的当下语境及争论焦点 …………… 42
- 第三节 文学中身份叙事策略传统与莱辛小说创作 ……… 67
- 本章小结 ……………………………………………………… 83

第三章 莱辛小说创作中的叙事手段与身份 ……………… 85
- 导 语 ………………………………………………………… 85
- 第一节 叙述视角与身份认同 ……………………………… 86
- 第二节 叙事线索与身份/认同 …………………………… 96
- 第三节 人物设置与身份/认同 …………………………… 104
- 本章小结 ……………………………………………………… 108

第四章 莱辛小说创作中的空间与身份 …………………… 110
- 导 语 ………………………………………………………… 110
- 第一节 表征空间与身份认同 ……………………………… 117
- 第二节 梦境空间与身份建构 ……………………………… 129

第三节　"第三空间"与身份杂糅 …………………………… 141
　　本章小结 …………………………………………………… 148

第五章　莱辛小说创作中的身体与身份 …………………………… 149
　　导　语 ……………………………………………………… 149
　　第一节　生命身体与身份认同 …………………………… 153
　　第二节　作为权力话语场域的边缘身体与边缘身份 …… 165
　　第三节　身体符号与身份转喻 …………………………… 173
　　本章小结 …………………………………………………… 184

结　语 ………………………………………………………………… 186

参考文献 ……………………………………………………………… 188

Contents

Introduction ·· 1

Section 1 Why Doris Lessing? ··· 3

   Chapter 1 Literature: the echo of the times ······························ 3
   Chapter 2 The enduring study of Lessing ································ 9
   Chapter 3 Lessing's strategies of identity construction ················ 25
   Summary ·· 27

Section 2 Identity theory and identityissues in Lessing's creation ··· 28

   Chapter 1 Transition of identity connotation ···························· 30
   Chapter 2 Present context and focus of debate of identity ············· 42
   Chapter 3 The tradition of identity narration in literature and Lessing's novel creation ·· 67
   Summary ·· 83

Section 3 Narrative methods and Identity in Lessing's novel creation ·· 85

   Preamble ·· 85
   Chapter 1 Narrative perspective and identity ···························· 86
   Chapter 2 Narrative clues and identity ····································· 96
   Chapter 3 Character settings and identity ······························ 104
   Summary ·· 108

Section 4 Space and identity in Lessing's novel creation ············ 110

   Preamble ·· 110
   Chapter 1 Representational space and identity ·························· 117

Chapter 2 Dream space and identity construction ·················· 129
Chapter 3 "The third space" and the mixed identity ·············· 141
Summary ·· 148

Section 5 Body and identity in Lessing's novel creation ············ 149
Preamble ·· 149
Chapter 1 Dasein's body and identity ··· 153
Chapter 2 The marginal body as the field of right discourse ············ 165
Chapter 3 Body symbols and identity metonymy ···························· 173
Summary ·· 184

Conclusion ·· 186

References ·· 188

导　言

　　20世纪中后期以来，两次世界大战带来了人们对于理性和信仰更为尖锐的质疑，人的完整而统一的主体在潜意识、语言结构、话语权利等面前被不断消解。当作为身份内核的主体断裂后，身份的连续性和完整性也出现了危机。而且，随着经济全球化和网络媒介的不断发展，大范围的移民和频繁的文化交流使原本边界较为明晰的民族、国家、文化等身份也危机重重。正是在这样的语境下，身份问题成为不断被陈述和反思的热点问题。

　　Identity的含义一方面指身份，即通过摒除自我与他者之间的差异而获得的身份归属感，强调的是差异性和被动性，具有名词性的意味；另一方面指认同，认同侧重于同一性，即通过对自我或群体中他者的同一性的确认与内化赋予身份意义，更强调的是一种主体的主观性，具有动词性的意味。

　　文学的作者和读者，作为生存于全球化语境和后殖民语境中的个体，也都面临着自身身份确定的问题：如何在全球化浪潮中保有个体或者群体的文化身份，如何在后殖民语境中获得身份的平等与尊严。文学在这一过程中，作为文化传播的主要阵地，可以反思不同文化身份之间的不平等关系，也可以成为身份压迫的帮凶，所以，在这个时代，辨析文学中的身份认同问题，成为反思身份问题的重要组成部分。

　　创作始于1950年的莱辛，关于身份的书写不仅体现了文学中身份书写的时代特征，如对于身份间性的书写，以及身份话语建构性的体认；还充分关注到时代语境中的热点问题，如后殖民身份建构、女性身份政治问题、边缘人身份书写等。就莱辛身份书写的基本策略来说，她同样带着现代及后现代文学对于形式探索的理论自觉，如空间叙事、身体叙事、叙事手段对身份书写的策略性意义。本书正是因为身份问题在当下时代语境中巨大的现实意义以及莱辛在创作中对这一问题主动且敏感的反应，而选择从身份书写角度探讨莱辛的文学创作。基于莱辛创作的已有研究，笔者发现对于莱辛身份书写的关注，学者们多从身份书写的结果是什么来探讨，即莱辛小说中建构了什么样的人物身份，而几乎没有人探讨莱辛小说中是通过什么样的策略来书写人物身份的，这也正是本书的研究切入点——莱辛小说创作的身份书写策略研究。

本书首先界定了"身份/认同"的内涵，以及"身份/认同"的内核——主体观的流变。然后探讨了当下"身份/认同"最主要的两个语境——全球化视野和后殖民语境，而这两个语境带来的共同后果既反映了强势文化对弱势文化的霸权和压迫，也促使弱势文化呼吁和要求自身文化身份的平等和尊严，于是，产生了争取身份平等的身份政治话语。文学的作者和读者，作为存在于全球化视野和后殖民语境中的个体，也面临着自身身份确定的问题，因而本书从作者、人物、读者三个角度，探讨了文学中的"身份/认同"叙事传统。莱辛的"身份/认同"观点主要是通过她小说中的人物来体现的，所以，谈及莱辛小说创作中的"身份/认同"观照时，主要是从人物的角度入手。

本书第三章率先进入了莱辛小说的叙事层，谈及莱辛小说创作如何以叙事手段为策略书写"身份/认同"。第四章和第五章进入莱辛小说创作的故事层，选取了莱辛小说创作中出现频率最高的两个书写身份策略——空间和身体。在小说的故事层中，本书探讨了空间与身份的关系，进而明确了空间中的人物身体与身份的关系。莱辛运用诸多叙事策略来书写身份，其实是为边缘身份发声，目的是让边缘身份所受的压迫和不公待遇被人们看到，以此为边缘身份谋求身份的平等与尊严。

第一章 为什么是莱辛

一 文学是时代的回响

多丽丝·莱辛是一位创作生命力极强的女作家,自1950年出版《野草在歌唱》(*The Grass is Singing*)至2013年去世,出版的长篇小说、短篇小说、戏剧、剧本、自传、游记、观点评论集等有几十部之多。

莱辛除了作品数量丰富,对现实问题的关注视域也颇为宽广:非洲殖民地的种族歧视、文化冲突问题,女性的生存困境与对自由的追寻,太空小说对于人类生存现状的隐喻,亚文化青年等边缘人的生存困境,科技理性对于人的多样性的挤压等,都表现了一个有社会责任感和思考自主性的作家,对于政治、历史、社会等问题的反思。而且,莱辛也并未停留在思考本身的探索上,还注重叙事策略的创新,如《金色笔记》(*The Golden Notebook*)中的碎片化叙事、《三四五区间的联姻》(*The Marriages Between Zones Three, Four and Five*)中的集体叙述者的设置、《幸存者回忆录》(*The Memoirs of a Survivor*)中的空间穿越等,都可以看到作者的形式自觉。尤其在2007年,莱辛获得诺贝尔文学奖,使其创作受到了世界范围内从文艺界到普通读者的广泛关注,带动了莱辛研究的新热潮。

(一)身份——不可回避的时代热点

20世纪中后期以来,两次世界大战带来了人们对于理性和信仰更为尖锐的质疑,人的完整而统一的主体在潜意识、语言结构、话语权利等面前被不断消解。当作为身份内核的主体断裂后,身份的连续性和完整性也出现了危机。而且,随着经济全球化和网络媒介的不断发展,大范围的移民和频繁的文化交流使原本边界较为明晰的民族、国家、文化等身份也危机重重。正是在这样的语境下,身份问题成为不断被陈述和反思的热点问题。

身份/认同的英文Identity,还可以被译为同一性,这也确实代表着身份/认同的一个方面,即如何通过对群体身份的同一性的认同来确认自己的身份归属；另一方面，这种同一性并未掩盖个体的差异性，即如何通过与他人身份的差异来确认自己身份的独特性。然而，身份的同一性与差异性并不矛盾，可以用黑格尔所提出的"具体的同一性"① 来解释，"不要把同一单纯认作抽象的同一，认作排斥一切差异的统一"②。由此可见，身份/认同既可以指个体身份区分于群体中其他个体身份所具有的差异性，也可以指个体对于群体身份/认同所具有的同一性。

我们可以看到，当个体以某一标准和尺度来归属自我的时候，其实是一种关于自身的自我意识，而这种自我意识正是主体的核心内容。斯图亚特·霍尔（Stuart Hall）在谈论自己的身份观念的时候，从勾勒西方现代主体观念的变化开始，将笛卡尔式的完整而统一的理性主体称为"启蒙的主体"；而后，人们发现主体会受到政治、经济、文化、社会等因素的影响，因而人们的主体观也发生了变化：主体虽然仍有一个本质性的、较为固定的内核，但此时的主体观已然呈现出过渡性的特点，即"社会学的主体"；进入后现代之后，主体被西格蒙德·弗洛伊德（Sigmund Freud）分解成自我、本我与超我，自我不再是理性的完整和统一，身份也不再是同一的，而是断裂的和被动的，并且，这个断裂的自我还需要在与"他人"的关系中形成，即弗洛伊德所说的恋父/恋母情结，因而自我身份是在与"他者"的关系中确认的，身份不再是自足性和本质主义的。雅克·拉康（Jacques Lacan）认为，理性的自我被象征性的语言结构所取代，主体被彻底取消，身份成为被语言定位的空洞能指。主体对于米歇尔·福柯（Michel Foucault）而言是话语的历史的具体产物，人只有进入话语建构的主体位置，才能成为主体，因而，主体是被建构的，主体并没有一个理性的内核，这也就意味着，处于主体位置的身份同样也是被话语建构起来的，是被社会历史文化被动的建构起来的。

主体观由完整、统一到断裂、非连续性的转变，致使身份也历经了由同一到断裂、由本质性的到建构性的转变。面对这样的主体观念的变更，后现代理论家在当下的语境中，明确提出了自己的身份理论：霍尔的杂糅性身份；霍米·巴巴（Homi K. Bhabha）提出的身份是一种主体

---

① 黑格尔：《小逻辑》，贺麟译，商务印书馆，1980，第249页。
② 黑格尔：《小逻辑》，贺麟译，商务印书馆，1980，第248页。

间的、非固定的行动；朱迪斯·巴特勒（Judith Butler）提出的"身份表演"理论；安东尼·吉登斯（Anthony Giddens）通过批判福柯身份建构的被动性，提出人既被社会结构构成，也是积极的、知识丰富的行动者。这些理论家都是在强调身份的间性和建构特点。

在身份危机产生的时代大背景之下，身份问题不断成为各学科研究的热点问题的理论语境，文学作为时代和热点问题最为敏感的感应器，自然也对身份问题有颇多表达和探讨。而当下文学批评中对于身份问题的研究多侧重于解释身份危机如何产生，如何在身份危机的背景下建构起完整而同一的身份/认同。所以，当下文学研究主要侧重于身份的名词性含义，即"是什么"，比如殖民地身份危机、女性形象的身份建构、边缘人的身份认同等，最后得出的结论往往是一个较为确定性的身份或者身份状态。本书想要突破这种将重点放在身份名词性方面的研究现状，即不仅研究作家在作品中设置了什么样的身份，还要研究身份的动词性，即"怎么样"书写身份——作者运用了什么样的策略来书写身份，这样可以为文学中的身份问题研究寻找一个不同于以往的、被忽视的切入点。

纵观文学中关于身份书写的叙事策略传统，自文艺复兴起，人的理性的完整和统一不断被强调与强化，对于身份的书写也多是呈现身份的确定性和同一性：莎士比亚通过哈姆雷特的内心矛盾冲突，将一个对理性、秩序和新道德坚守的人文主义者的本质性的、同一性的身份呈现出来；莫里哀通过典型人物的典型性格塑造，将一个本质上虚伪和逐利的伪善教士书写出来；托马斯·哈代（Thomas Hardy）通过环境的描写和变化，展现了一个虽然遭到欺辱，但是本质善良、纯洁，并未因环境的困厄而有所改变的农家姑娘。此阶段人物的身份是固定的、本质的、同一的，且具有时代类型的特点。为应和类型人物身份的这种特点，这一时期的身份书写策略也是较为传统的，无论是表现人物内心冲突的策略还是塑造典型环境中典型人物的策略，都是通过现实主义的叙事策略来书写典型人物的身份。

19世纪末至20世纪中叶，由于垄断资本主义和现代工业社会的发展，有着明确自我意识的主体不断地被资本主义逻辑和社会机器所异化。与此同时，反理性中心思潮兴起，理性主体不断失落，身份也随着其内核——主体的失落而成为一个空洞的能指，身份的非本质性和建构性成为这一时期的书写重点：从陀思妥耶夫斯基的"复调"对于非理性分裂主体的表现开始，到弗朗茨·卡夫卡（Franz Kafka）通过取消情节的逻辑性和人物身份的具体内容隐喻资本主义对主体的异化及由此引发的身份的空洞性，到詹姆斯·乔伊斯（James Joyce）通过意识流手法试图寻找非理性的主体以确定人物的身份，再到让-保罗·萨特（Jean-Paul Sartre）通过"存在先于本质"的文学表达隐喻身份的建构性特征。由于这一时期身份内核的变化，身份从同一的、确定的、本质的变为非本质的、断裂的、建构性的，为了能够在文学作品中建构起这样的人物身份，这一时期对于身份的建构突破了原有的传统书写策略，采用了非理性的现代性手法。

19世纪下半叶至今，文化和文学的现状可以用平面化、碎片化、历史感消失等词语来形容。上一阶段的文学中的人物，仍然在力图寻找一个可以被建构起来的确定身份，虽然他们可能并不相信有这样一个确定身份的存在。这一时期文学在表现人物时，身份成为话语的游戏，主体的碎片不再被试图拼合起来：阿兰·罗伯-格里耶（Alain Robbe-Grillet）通过对神话的戏仿，颠覆了神话中身份的同一性，消解了身份的可靠性；唐纳德·巴塞尔姆（Donald Barthelme）通过碎片化叙事，将童话和现实中的人物身份特征拼接在一起，彻底将身份书写当作一场游戏。这一时期，身份不再是一个统一的能指，而是彻底失去了可靠性的碎片化的游戏，作家们为配合这一身份特点所采用的叙事策略是后现代性的，如戏仿、碎片化叙事等，只有这些叙事策略才能建构起碎片化的人物身份。

所以，随着需要书写的人物身份内核的变化，作家所选择的身份书写策略也颇有不同，由本质的、同一的身份到作为一个空洞能指的身份再到碎片化的身份，作家所采用的建构身份的叙事策略也相应地发生变化，由现实主义手法到现代主义手法再到后现代主义手法。

创作始于1950年的莱辛，关于身份的书写，不仅体现了文学中身份书写的时代特征，如对于身份间性的书写，以及身份的话语建构性的体认；而且充分关注到时代语境中的热点问题，如后殖民身份建构、女性身份政治问题、边缘人身份书写等。就莱辛书写身份的基本策略来说，她同样带着现代及后现代文学对于形式探索的理论自觉，如空间叙事、身体叙事、叙事手段等对身份书写的策略性意义。本书正是因为身份问题在当下时代语境中所具有的巨大的现实意义，以及莱辛创作中对这一问题主动而敏感的反应，而选择从身份书写角度，探讨莱辛的文学创作。基于已有的有关莱辛创作的研究成果，笔者发现对于莱辛身份书写的关注已有研究多从身份书写的结果是什么来探讨，即莱辛小说中建构了什么样的人物身份，而几乎没有人探讨莱辛小说是通过什么样的策略来书写人物身份的，这也正是本书的研究切入点：莱辛小说创作的身份书写策略。

（二）莱辛——不可不说的时代力量

首先，从身份角度入手来解析莱辛的小说创作，具有一定的现实意义。自 20 世纪 60 年代起，人们开始对于身份问题有了理论的自觉，这是因为看到身份作为一种话语，其自身蕴含着一种反抗性力量。如西方为了确认自己的"身份"、建立自己的中心地位，而建构了一套关于东方的话语，制造了东方的"他者"身份。因而，东方的"他者"身份自建构之初就带着弱者和被压迫者的属性，而对这一个"他者"身份的自觉反思和解构，恰是一种对西方话语和西方中心"身份"的反抗。可见，对于身份问题的关注也是为边缘群体和弱势群体争取权利的政治问题。同样的斗争策略在女性主义、同性恋和酷儿理论等关乎边缘群体生存现实的身份理论探讨中，也起到了反抗性和颠覆性的作用。而且，随着经济全球化和网络媒介的不断发展，全球范围内的大规模移民和文化交流，致使不同民族文化之间的界线愈发模糊，人们在面对自己民族文化"身份"危机的时候，对于有区分度的民族文化"身份"的诉求日益强烈，这关系到个体的民族文化归属感和集体的民族凝聚力问题，因而，当下世界范围内对于民族文化"身份"的关注和探讨也日益热烈。在这样的时代语境中，本书关注身份问题，探讨文学创作中的身份自觉是具有现实意义的。

其次，对于莱辛小说身份问题的探讨是对文学创作中身份书写研究的深化与发展。就文学创作中的身份书写传统来说，莱辛小说中的身份书写是对这一文学传统的继承与发展。自文艺复兴确立了理性主体地位，完整统一的理性主体决定了主体身份的完整同一性，所以，这一时期直至 19 世纪后期，文学创作中人物身份多是单一的、不变的、完整的、本质主义的。文学创作进入现代主义之后，人物身份随着主体的分裂也呈现分裂之态，但文学作品仍然试图寻找一个可以将裂缝弥合起来的确定性的身份。从20世纪后期至今的文学作品中，人物身份危机日益显现，人物身份多以碎片化的方式呈现，而几乎不再有寻求身份同一性的努力。莱辛的小说创作，既关注到了被话语建构起的身份的断裂性、意识到完整同一的身份的不可能性，又在文学书写身份的传统上有所发展，试图通过身份的间性存在——非固定的本质性特征，发起作为边缘群体或者边缘个体的"他者"身份对于中心话语的反抗和挑战。由此可见，正是由于莱辛小说中的身份书写对于文学创作本身的继承与发展，使得对于莱辛小说中身份问题的探讨也具有了对文学创作中身份书写研究的深化意义。

再次，本书选择从身份书写策略来探讨莱辛小说中的身份问题，是对文学研究视野的拓展。对于文学作品中身份问题的探讨，研究者多是从产生身份危机的原因，作者关注了何种身份类型，身份书写的意义等主题、哲学、历史时代意义等角度去思考。这些有关身份书写的思想意义的研究方向，是极具价值的，尤其能够展现该问题在当下的现实意义。然而，本书选择从形式入手，即身份书写的策略入手来探讨这一问题，并非摒弃了问题研究最终的意义取向，而是尝试一条不同的路径，选择一种新的研究视野，是对文学研究视野的有意义和有价值的拓展，也是对莱辛小说身份研究的一种新的理论探索。

最后，随着莱辛作品译介在中国的增多，更多的莱辛小说被纳入研究范围，国内学界针对莱辛的创作进行了多种多样的且有意义的理论尝试。然而，虽然论文的数量颇丰，但研究角度较为单一。国内系统性研究莱辛的专著，几乎都是由研究者的博士学位论文整理修改而成。虽然对于莱辛创作的研究视野在不断拓宽，理论尝试也在不断推陈出新，但是从研究的整体状况来说，仍然较为分散和零散，且系统性不够。就国内莱辛小说身份问题研究现状来说，只有2014年张琪完成的博士学位论文《论多丽丝·莱辛太空小说中的文化身份探寻》，选取了莱辛创作的一部分——太空小说来解析其中人物文化身份建构的内容及意义。可见，对于莱辛小说创作的身份研究，国内学界还有很大空间。本书将莱辛的小说全部纳入研究范围，并选择书写策略作为切入点，可以说，是丰富国内莱辛小说研究的一次有益尝试。

二 经久不衰的莱辛研究

莱辛是一位创作生命力极其旺盛的女作家,自1950年发表第一部长篇小说《野草在歌唱》起,至2013年去世,63年间创作了近60部作品,其中长篇小说28部、短篇小说集近10部。其关注的现实问题广泛而深刻,包括女性具体的生存现状和心理状态的考察、殖民背景下殖民地的殖民者和被殖民者的冲突与交融、青年亚文化等边缘人的生存状态等。与此同时,莱辛还致力于小说形式的探索和创新,为所表达的内容和所思考的问题寻找新的表达方式。正因为莱辛小说主题的深刻性和形式的多样性,使得研究者们能够在莱辛的创作世界里不断发现新的和有价值的东西。总体来说,相对于国内莱辛小说研究,国外尤其是英美两国对于莱辛小说的研究,不仅起步较早,而且研究成果丰厚。

(一) 莱辛的世界影响

1. 整体评述

虽然多丽丝·莱辛的第一部小说《野草在歌唱》出版于1950年,但直到20世纪60年代才陆续出现相关的研究性著述,且此时的研究多是着眼于整体介绍和概述性评论。最具代表性的可以说是1965年出版的,由多萝西·布鲁斯特(Dorothy Brewster)独立完成的《多丽丝·莱辛》(*Doris Lessing*),这部著作详实地介绍了多丽丝·莱辛的生平,为她的作品寻找作家背景依据,重点呈现了莱辛对当下政治问题的思考及其政治立场的变迁,结合莱辛的评论性散文和著作,从整体上阐释莱辛创作的主题和艺术形式,如殖民问题、女性的困境与成长问题、文化碰撞的阵痛问题等。这是最早的莱辛研究的概述性著作,为之后的莱辛研究奠定了基础。60年代的概述性论文虽然还略显粗浅,但是已经开始关注文本与现实政治、历史、社会、性别、文化等因素的关系,并且尝试从文本细读入手,将文本与现实结合起来解读。

保罗·施吕特(Paul Schlueter)也是较早开始对莱辛进行总体性研究的批评家之一。1963年,他就完成了博士学位论文《多丽丝·莱辛主要作品研究》(*A Study of The Major Novels of Doris Lessing*);1973年,保罗·施吕特出版的《多丽丝·莱辛小说研究》(*The Novels of Doris Lessing*)一书虽然从主题方面入手,评述了莱辛的十几部小说的思想和形式,以及个体与外部现实的关系问题,但是该著作仍然是以介绍和概括为主。整个70年代,类似的著作和博士学位论文相对于60年增长明显:诺林·艾尔克恩(Noeline Alcorn)1971年完成的《幻想和梦魇——多丽丝·莱辛的小说研究》(Vision and Nightmare: A Study of Doris Lessing's Novels)、路易斯·马奇诺德(Lois Marchinod)1972年出版的《多丽丝·莱辛小说中的自我追寻》(The Search for Self in the Novels of Doris Lessing)、艾伦·布鲁克斯(Ellen Brooks)1972年写成的《分裂与整合:多丽丝·莱辛的虚构文本研究》(Fragmentation and Integration: A Study of the Works of Doris Lessing's Fiction),都从整体上对莱辛小说进行了介绍和研究。而罗博塔·鲁宾斯坦(Roberta Rubenstein)在她的著作《多丽丝·莱辛的新视野:打破意识的形式》(*The Novelistic Vision of Doris Lessing: Breaking the Forms of Consciousness*)中以荣格的心理无意识理论作为切入点,整体考察莱辛小说,这一角度的选择,对系统研究莱辛作品具有启发性和创新性。

进入80年代,最具代表性的当属劳纳·赛琪(Lorna Sage)的著作《多丽丝·莱辛》(*Doris Lessing*),虽然,这部专著仍然是整体评述莱辛的生平和创作,但从当时的文学批评热点理论——空间叙事入手,通过地志空间的改变、切换来理解和阐释莱辛的人生经验和创作意图。一年后,莫娜·耐普(Mona Knapp)也发表了名为《多丽丝·莱辛》(*Doris Lessing*)的概述性专著,此著作可谓资料翔实,几乎涵盖了莱辛创作的各个方面:长篇小说、短篇小说、戏剧、诗歌、评论等,其优长之处就在于真正的全面性和丰富性。1988年,鲁斯·怀特克(Ruth Whittaker)发表了著作《多丽丝·莱辛》(*Doris Lessing*),同样是从整体上对莱辛的创作主题和写作风格做了评价和论述。

就整体评述而言,随着对多丽丝·莱辛研究的不断深入和细化,以及后现代语境下文学批评的新的理论转向,如叙事学转向、空间转向等,整体评述性著作和论文逐渐减少,让位给运用更具有创新性理论的研究著述。

2. 主题研究

主题研究可以说是关于莱辛小说研究最主流的部分,成果颇丰。早在1965年,保罗·施吕特就在《现代英国小说家》(*Contemporary British*

Novelists）上发表了评论性文章《自由女性的承诺——多丽丝·莱辛》（Doris Lessing：The Free Woman's Commitment），开始关注到莱辛对于自由女性形象的描写及对女性生存主题的探索。根据保罗·施吕特的介绍，第一篇关于莱辛研究的博士学位论文，同时也是第一篇从主题入手研究莱辛创作的博士学位论文，是约翰·阿尔弗雷德·凯瑞（John Alfred Carey）于1965年完成的《多丽丝·莱辛：对现实的追寻——小说主题研究》（Doris Lessing：The Search for Reality—A Study of the Major Themes in her Novels），文章将莱辛小说中对于人如何感受世界这一主题的探讨，同人的本能和本性联系了起来，由此为莱辛小说的主题研究开辟了一条可行的通道。

关于多丽丝·莱辛小说的主题研究最突出的方面就是对其作品中女性主题的关注，莱辛的整个创作生涯从20世纪50年代一直延续到21世纪初，正契合了西方第二次和第三次女性主义浪潮，而她的小说又多有关注女性作为个体和作为群体的生存困境和成长斗争等问题。所以，随着《金色笔记》这部关注女性意识觉醒和女性追寻自由的小说的出版，以及西方莱辛小说研究的逐渐兴起，70年代的西方文学批评界，开始大量出现以《金色笔记》为中心，辐射到莱辛其他小说的女性主题研究。帕特里莎·梅耶·斯巴克斯（Patricia Meyer Spacks）在《自由女性》（Free Women）一书中，表示《金色笔记》探讨了关于女性对自由的追寻与不自由的状态之间的矛盾、两难心理和生存困境问题，并且肯定了该小说对女性自由有意识地描写和表现。艾拉·摩根（Ella Morgan）在《〈金色笔记〉中女作家的异化问题》（Alienation of Women Writer in The Golden Notebook）一文中，探讨了造成女性异化的文化和社会因素，女性是如何在文化的规训和集体无意识的压制下导致精神分裂和自我扭曲的。艾格特·克鲁斯（Agate N. Krouse）于1973年在《多丽丝·莱辛的女性主义》（The Feminism of Doris Lessing）一文中，对莱辛小说中的女性主题做了整体性探讨，关注了其小说中的女性形象塑造和女性心理描写。

除了女性主题以外，莱辛创作受关注较多的是她的非洲殖民主题。早在1978年，迈克尔·索普（Michael Thorpe）就在他的著作《多丽丝·莱辛的非洲》（Doris Lessing' Africa）中，将莱辛作品中关于非洲殖民地形象的表述和塑造，放置于统一的非洲主题之下，探讨了特殊殖民空间下白人和黑人之间从文化到信仰的冲突与融合。迈克尔·索普认为莱辛并非只是单纯地要批判种族问题，而是要超越种族问题，思考整个人类的悲剧历史。整体评述部分提到的批评者们的著作和论文也或多或少涉及非洲主题的表述，例如1983年劳纳·赛琪在《多丽丝·莱辛》一书中，就以"非洲"为主题将莱辛关于非洲殖民地的小说进行整体评述。

莱辛先后出版了共10部长篇太空小说，其中以《老人星》（Canopus in Argos：Archives）五部曲最具代表性和典型性。另外五部分别是两部"内部空间小说"——《简述地狱之行》（Briefing for a Descent into Hell）、《幸存者回忆录》（Memoirs of a Survivor），以及《玛拉与丹恩历险记》（Mara and Dann：An Adventure），《丹将军、玛拉的女儿、格瑞特和雪狗的故事》（The Story of General Dann and Mara's Daugher, Griot and the Snow Dog），《裂缝》（The Cleft）。虽然学界对于莱辛太空小说的评价一直多有分歧，但自80年代莱辛科幻主题研究兴起，该主题就持续受到关注。芭芭拉·迪克森（Barbara Dixson）1984年完成的博士学位论文《充满激情的创作力：多丽丝莱辛的太空小说》（Passionate Virtuosity of Doris Lessing's Canopus Novels），珍妮特·韦伯（Jeannette Webber）1986年完成的论文《多丽丝·莱辛预言的真相——〈南船座中的老人星：档案〉研究》（Prophetic Truth of Doris Lessing：A Study of Canopus in Argos：Archives），罗宾·安·罗伯特（Robin Ann Roberts）1985年写成的论文《一个全新的物种：女性科幻小说传统——从玛丽·谢莉到多丽丝·莱辛》（A New Species：The Female Tradition in Science Fiction from Mary Shelly to Doris Lessing），都探讨了莱辛科幻主题的预言性和神奇想象。

3. 叙事研究

对莱辛创作中有关叙事研究方面的关注，是伴随着20世纪80年代小说叙事学理论的发展和转向而逐渐兴起的，在此之前对于莱辛小说创作形式的关注较少，大多止步于写作风格，还未就形式本身发表过较成体系的论文或著作。可以说，首先将研究目光从莱辛创作的思想性转向形式本身的是贝特茜·德瑞恩（Betsy Drain），她在1983年出版的《压力下的实质——多丽丝·莱辛小说中的艺术一致性与形式的进化》（Substance under Pressure：Artistic Coherence and Evolving Form in the Novels of Doris Lessing）一书中，指出莱辛小说形式和叙事技巧相对于她之前的文学创作发生变化的最主要原因,是历史因素的变迁导致的作者认知感受的变化。由此,研究者将批评研究的视野拓宽,并开始转向莱辛小说创作形式的探讨。不久,凯瑟琳·费希本(Katherine Fishburn)在 1985 年出版的《多丽丝·莱辛出人意料的世界——叙事技巧研究》(The Unexpected Universe of Doris Lessing: A Study in Narrative Technique)一书中指出,莱辛通过建立叙述者的叙述权威来使读者快速进入陌生化的科幻世界,通过不同叙事视角使读者看到不同的心理现实和外部世界。费希本将叙述者的设置、叙述视角的转化、叙述策略的运用同莱辛对于社会和政治现实的思考结合在一起,进行了系统的论述,真正做到了从文本和形式出发,为莱辛小说研究开辟了新的路径。1987 年,克莱尔·斯普瑞格(Claire Sprague)在《重读多丽丝·莱辛》(Rereading Doris Lessing)一书中,将莱辛同一小说中重复设置的相似人物、不同小说中具有相似性格的人物的复现、人物与人物之间的呼应关系等,做了较为清晰而全面的梳理,以此阐释莱辛小说创作中关于人物设置的叙事策略。珍妮特·金(Jeannette King)在其 1989 年出版的论著《多丽丝·莱辛》(Doris Lessing)中也将莱辛小说的叙事策略和叙事特色作为论述的重点加以探讨。1994 年,沙迪亚·斯·法西姆(Shadia S. Fahim)在《多丽丝·莱辛:苏菲平衡和小说形式》(Doris Lessing: Sufi Equilibrium and the Form of the Novel)一书中,同样关注了莱辛创作中的形式问题和叙事策略,并且尝试将莱辛创作中的苏菲主义哲学思想和形式结合起来,以期找到二者的契合点。

莱辛的小说虽然很大一部分采用现实主义的创作手法,并未刻意在形式上寻求创新和颠覆,但对于这位创作生命力旺盛的作家来说,她力图进行形式创新的作品总能给人带来意想不到的惊喜,如《金色笔记》中的碎片化写作、《幸存者回忆录》中的空间穿越、《三四五区间的联姻》中作为"我们"的叙述者等。叙述策略的运用,使对于莱辛创作的叙事研究经久不衰。

4. 哲学研究和心理学

自 20 世纪 60 年代多丽丝·莱辛开始接触苏菲主义,她跟随伊德瑞斯·沙赫(Idries Shah)学习和研究苏菲主义哲学,她认为这位苏菲派的精神大师不仅是她的老师,更是她的挚友。苏菲主义那种不动感情的非理性冥想、回忆等审视生命的方式，让她找到了自我超越的办法。而她的作品也深受苏菲主义的影响，尤其是沙赫大师的著作《苏菲》（The Sufis，1964），更让她摆脱了"幻灭和偏见的过程"，并且，"充满了对我们的心理学、社会和人类条件的洞察力"。而这也为研究者提供了一个研究多丽丝·莱辛人生和作品的切入点。

南希·希尔兹·哈丁（Nancy Shields Hardin）1973年发表《多丽丝·莱辛与苏菲主义道路》（Doris Lessing and the Sufi Way）、1977年发表《苏菲主义教义故事和多丽丝·莱辛》（The Sufi Teaching Story and Doris Lessing），这两篇评论性论文均指出多丽丝·莱辛的创作与苏菲主义哲学思想的密切关联，尤其是小说中时不时浮现出的苏菲主义教义故事的影子。1986年，玛丽·路易斯·华维科（Mary Louise Waarvik）的《"南船座中的老人星"：多丽丝·莱辛苏菲主义科幻小说系列》（"Canopus in Argos"：Doris Lessing's Sufism Science-Fiction Series）是这一时期具有代表性的论文，专门探讨了莱辛《老人星》太空小说系列所体现的苏菲主义哲学思想。另外，90年代出现了两部较有影响力的关于莱辛创作中所体现的苏菲主义哲学思想的研究著作：一部是前文提到过的埃及人沙迪亚·斯·法西姆于1994年出版的《多丽丝·莱辛：苏菲平衡和小说形式》，他认为莱辛的太空小说为莱辛的苏菲主义哲学思想提供了最合适的载体，苏菲主义哲学思想在莱辛的太空小说中建立了最平衡的视野。法西姆同时也指出在莱辛的小说中苏菲主义哲学思想和叙事策略是如何相互配合、相互发展的，这也为研究莱辛创作中体现的苏菲主义哲学思想提供了一个新的视角。另一部是美国人木格·噶林（Müge Galin）1997年完成的博士学位论文《东西方之间：多丽丝·莱辛小说中的苏菲主义》（Between East and West：Sufism in the Novels of Doris Lessing）。莱辛的西方白人生活和教育背景代表着西方思想，苏菲主义代表了东方思想对于莱辛的影响，莱辛作品中体现着东西方思想的交融和互动，噶林从文本分析入手，考察莱辛小说创作精神与东西方思想千丝万缕的关系，并提出苏菲主义哲学思想在和莱辛创作融合之后与东方苏菲主义思想的差别。

就心理学研究来说，有的学者从生存论心理学的角度研究莱辛的作品，例如1976年玛丽昂·维拉斯托斯（Marion Vlastos）在《多丽丝·莱辛与 R. D. 莱恩：政治心理学和语言》（Doris Lessing and R. D. Laing: Psychopolitics and Prophecy）一文中，从文本出发，以 R. D. 莱恩的生存论心理学为理论依据，阐释莱辛笔下主人公从自我危机到自我崩溃再到自我治愈的过程，揭示了人类经验的丰富性和心理状态的深刻性。有的学者是从荣格的集体无意识心理学的角度来研究莱辛作品的，例如罗博塔·鲁宾斯坦（Roberta Rubenstein）于 1980 年出版的著作《多丽丝·莱辛的新视野：打破意识的形式》（The Novelistic Vision of Doris Lessing: Breaking the Forms of Consciousness），虽然仍然是对莱辛作品的整体性评述和考察，但率先选择了一个很有创新性的角度——集体无意识作为切入点，分析人物心理，探讨作者的创作思想，评价作品的整体风貌。

5. 批评文集

自 1971 年美国现代语言学会（The Modern Language Association of America）成功举办"多丽丝·莱辛研讨会"以来，人们对莱辛的关注持续不断，研讨会的举办也开启了关于莱辛创作批评论文集和专门刊物出版的高潮。

最早出版的是 1974 年的《多丽丝·莱辛：批评研究》，由阿尼斯·普拉特（Annis Pratt）和邓波（L. S. Dembo）编辑而成，集结了多丽丝·莱辛研究初期的较为重要的评论性文章，文章的论述重点主要集中在莱辛创作的思想性和主题方面。

1977 年，专门研究莱辛的刊物《多丽丝·莱辛简报》（Doris Lessing Newsletter）创刊，莱辛研究首次有了自己的专门阵地。

1982 年，珍妮·泰勒编纂的《笔记、回忆录、档案：阅读和重读多丽丝·莱辛》（Notebooks/memoirs/archives Reading and Rereading Doris Lessing）一书，收录了观点较为新颖的关于莱辛的研究文章，但关注的仍然主要是莱辛作品的不同主题，以及莱辛创作的社会历史背景和个人成长经历等问题。

1986 年，耶鲁大学人文学科的文学批评教授哈罗德·布鲁姆（Harold Bloom）编纂了《现代批判性观点之多丽丝·莱辛》（Modern Critical Views: Doris Lessing），其中收录的论文从不同侧面揭示了莱辛创作的复杂性，布鲁姆在选择论文时更偏重于论者对莱辛小说中人类现代困境的思考。然而，值得一提的是，布鲁姆本人对于莱辛的评价并不高。

1986 年，克莱尔·斯普瑞格（Claire Sprague）和弗吉尼亚·泰格（Virginia Tiger）编纂的《莱辛批评文集》（Lessing's Critical Essays）出版了，论文集从四个方面将当时莱辛研究较有价值和反响较高的论文进行梳理与整合。

1988 年，凯瑞·凯普兰（Carey Kaplan）和艾伦·科罗南·罗斯（Ellen Cronan Rose）编纂的《多丽丝·莱辛：生存点金术》（Doris Lessing: The Alchemy of Survival），收录了从 1971 年"多丽丝·莱辛研讨会"开始至该书出版前，共十几年的优秀论文，可以说是《多丽丝·莱辛简报》的精华版，对于莱辛创作研究极具意义。

1999 年，菲丽思·斯特恩伯瑞·帕拉吉斯（Phyllis Sternbery Perrakis）编纂的《莱辛作品的精神探求》（Spiritual Exploration in The Works of Doris Lessing），以精神探求为切入点，收集了研究莱辛创作的相关论文。

2006 年，印度作家塔班·金·高士（Tapan K. Ghosh）编纂的《多丽丝·莱辛〈金色笔记〉的批评研究》（Doris Lessing's The Golden Notebook A Critical Study），是关于多丽丝·莱辛单部小说《金色笔记》的评论文集。该文集从主题意蕴、思想特征、宏观背景、形式分析、读者接受等方面对《金色笔记》进行了全面分析，可以说是一部关于《金色笔记》的极具价值的成果性集锦。

2009 年，苏珊·瓦特金斯（Susan Watkins）和艾莉丝·瑞德奥特（Alice Ridout）编纂的《多丽丝·莱辛：边境跨越》（Doris Lessing: Border Crossings），以莱辛小说创作中所体现的突破性和先锋性为论文选取标准，选取关注莱辛小说现代性和后现代创作特征的评论文章，以展示莱辛小说的"边境跨越"特质。

2010 年，桑德拉·辛格（Sandra Singer）、戴布瑞斯·拉斯科（Debrath Raschke）和菲丽思·斯特恩伯瑞·帕拉吉斯（Phyllis Sternbery Perrakis）共同编纂的《多丽丝·莱辛：诘问的时代》（Doris Lessing: Interrogating the Times），展现了 21 世纪初对于莱辛研究的新发现和视角变化，以及与现今语境的结合。

综上可见，评论性文集成果颇丰，恰恰说明多丽丝·莱辛研究的持续性和不断推陈出新，论文能紧跟时代，时刻尝试着将莱辛的创作与当下语境相结合进行研究和探索。

6. 比较研究

有关莱辛创作的比较研究起步较晚。将莱辛作品与其他作家作品进行比较，意味着研究视野的开阔，尤其是将莱辛的创作置于女性书写的历史中来评价，实为有建构女性书写历史的意图，凸显了莱辛在女性作家文学史中的重要地位。再者，将莱辛的创作放在整个文学史中进行考察，既能明确莱辛在文学史中应有的地位，也可摆脱原有莱辛研究的孤立状态，具有宏观性。

1985年，罗宾·安·罗伯特（Robin Ann Roberts）的《一个全新的物种：女性科幻小说传统——从玛丽·谢莉到多丽丝·莱辛》（A New Species: The Female Tradition in Science Fiction from Mary Shelley to Doris Lessing）一文，从女性科幻小说的传统出发考察了莱辛创作的意义，既看到了莱辛所具有的同其他女性科幻小说家共有的特点：以女性视角建构一个神话世界，运用女性更加擅长的心理学和通灵学等，建构自己的文学世界，也肯定了莱辛对女性科幻小说发展的拓展性作用。

1990年，卡罗尔·S.弗兰克（Carol S. Franko）在博士学位论文《生产力的矛盾心态——威尔士、赫胥黎、莱辛和勒奎恩乌托邦叙事中的叙事策略》（The Productivity of Ambivalence: Dialogic Strategies in the Utopian Narratives of Wells, Huxley, Lessing, and LeGuin）中借用巴赫金的对话理论，探讨了四位科幻小说家如何在文本与文本之间产生互文和对话，如何使自己的文本在西方文学的乌托邦叙事传统中产生回响，如何使自己的文本获得一种开放性而同读者产生真正的对话。同时，弗兰克还指出了莱辛在乌托邦叙事上对威尔士和赫胥黎的借鉴与超越，由此在西方文学的乌托邦叙事历史上增添了属于莱辛的独特一笔。

1992年，珀涅罗珀·安妮·勒菲（Penelope Anne LeFew）的博士学位论文《乔治·艾略特、奥列佛·斯基纳、弗吉尼亚·伍尔夫和多丽丝·莱辛小说中的叔本华意志和审美》（Schopenhauerian Will and Aesthetics in Novels by George Eliot, Olive Schreiner, Virginia Woolf, and Doris Lessing），从叔本华的意志理论出发，比较了四位作家创作中体现的悲剧意识。

1992年，玛莎·珍妮·夏普（Martha Jayne Sharpe）在《伍尔夫、莱辛和阿特伍德的自主性、创造性和女艺术家形象》（Autonomy, Self-creation, and the Woman Artist Figure in Woolf, Lessing, and Atwood）一

文中，比较了伍尔夫、莱辛和阿特伍德三位作家的三部主要作品——《到灯塔去》、《金色笔记》和《猫眼》中女性艺术家这个独特的女性形象的塑造和建构。

1995年，兰德尔·阿兰·斯沃博达（Randall Alan Svoboda）的《私人和公共空间之间：莱辛、劳伦斯、乔伊斯和福尔斯小说中的个人历史写作问题》（Between Private and Public Space: The Problem of Writing Personal History in The Novels of Lessing, Lawrence, Joyce and Fowles）一文，探讨了几位作家如何通过个人的写作打通私人和公共空间的壁垒，并指出他们各具特色的个人写作历史。

2000年，马罗拉·约安诺（Maroula Joannou）的著作《同时期的女性书写：从〈金色笔记〉到〈紫色〉》（Contemporary Women's Writing From The Golden Notebook to The Color Purple），将同时期女性作家对于女性问题的书写和女性角色的塑造做了横向的比较，展示了处于不同社会问题中的女性作家对女性问题的不同思考和表达。

7. 新的批评视野

随着后现代批评方法的不断推陈出新，以及后现代理论热点问题的不断出现，对于莱辛的研究也出现了应和当下批评语境和后现代问题的新视野。例如，对身体的研究方面：爱米丽·克拉克（Emily Clark）于2013年完成博士学位论文《无声的身体：女性主义、残疾、后人类主义》（Voiceless Bodies: Feminism, Disability, Posthumanism）；话语研究方面：阿尼斯·姆特瓦（Anias Mutekwa）于2009年完成《性别化的存在，性别化的话语：三个津巴布韦小说中的种族、殖民主义和反殖民主义的民族主义》（Gendered Being, Gendered Discourses: The Gendering of Race, Colonialism and Anti-Colonial Nationalism in Three Zimbabwean Novels）；身份研究方面：大卫·怀特曼（David Waterman）于2006年完成《多丽丝·莱辛太空小说的身份》（Identity in Doris Lessing's Space Fiction）。

总体来说，国外尤其是英国和美国对于莱辛创作的研究起步早，挖掘深，视野也较为开阔。随着批评理论的不断更新，关于莱辛的研究也不断出现新的切入点。研究方法上，传统的研究方法，诸如主题研究、哲学思想研究的成果颇为丰厚，兴起已久的叙事学研究也不断得到关注，然而当下新的批评方法在与莱辛文本的结合方面还远远不够，尤其对于莱辛小说中的身份研究更是涉及甚少。此外，研究还局限于莱辛的部分小说，未能从整体上把握莱辛小说中的身份问题。

（二）莱辛的中国缘分

我国国内对于国外作品的研究和关注很大程度上依赖于作品译介的深广程度，所以在梳理国内多丽丝·莱辛研究状况时，自然要从对多丽丝·莱辛作品的译介工作开始。

1. 译介

《渴望》是最早被译介到国内的莱辛作品，由解步武翻译，1955年上海文艺联合出版社出版；莱辛的第一部长篇小说《野草在歌唱》，由王蕾翻译，1956年中国新文艺出版社出版；莱辛于1956年写成的 *A Home for the Highland Cattle*，由董秋斯译为《高原牛的家》，1958年作家出版社出版。20世纪50年代这几部莱辛的小说被译介到国内，一方面因为此时的莱辛还持有左翼政治立场，并且作为共产党员到苏联参观访问；另一方面，此时的中国和苏联仍然保持密切的联系，尤其是文学界，仍然向苏联的社会主义文学看齐，莱辛的作品在苏联被宣传推荐，自然也会引起中国文学界的关注。所以，可以说，莱辛的小说其实是取道苏联进入中国的。

然而，此之后很长一段时间，对于莱辛小说的译介工作基本上是停滞的。一方面由于中国和苏联关系恶化，导致文化交流停滞；另一方面，受"文化大革命"影响，外国文学译介工作受阻。

直到80年代，莱辛小说译介才重新开始，这一时期主要以短篇小说的译介为主。1981年，莱辛的短篇小说《草原日出》(*A Sunrise on the Veld*) 翻译出版，并被上海译文出版社出版的《现当代英国短篇小说集》收录；短篇小说《蝗虫来袭》(*A Mild Attack of Locusts*) 中文版在《名作欣赏》1982年第5期上刊登；短篇小说《老酋长姆希朗伽》(*The Old Chief Mshlanga*) 中文版在《外国文学》1983年第7期上刊登；短篇小说《一封未寄出的情书》(*An Unposted Love Letter*) 中文版在《外国文学》1985年第12期上刊出；短篇小说《通向大都市之路》(*A Road to the Big City*) 和《楼顶上的女人》(*A Woman on the Roof*) 中文版分别登载于《外国文学》1987年第2期和1989年第3期。虽然莱辛短篇小说被陆续翻译成中文，但莱辛的创作并未真正引起中国学界的关注。这一时期只有 *The Golden Notebook* 这一部莱辛的长篇小说被译为中文，由辽宁出版社以

《女性的危机》为名出版。虽然，The Golden Notebook 是莱辛的代表作，但此译本由于被过分删减，并且将莱辛有意为之的叙事结构整合成一个简单的故事，使得学界并未给予它应有的关注。

2000年，《金色笔记》由陈才宇和杨晴翻译，上海译文出版社出版。同年，外语教学与研究出版社引进原版 The Diaries of Jane Somers。《金色笔记》的原貌被完整呈现，引起了国内学界的重视。这一时期国内文学批评界也逐步接受了叙事学的理论方法，《金色笔记》别致的叙事策略恰好应和学界的批评风潮，由此研究性论文明显增多。

莱辛小说的译介工作一直缓慢进行着。2007年，莱辛获得诺贝尔文学奖，2018年我国国内呈现莱辛小说译介高峰，并且研究莱辛也一下子成为显学。为了满足一般读者对于诺贝尔文学奖获得者的好奇和阅读需求，莱辛小说的翻译作品大量出版。仅2008年就出版了：《这原是老酋长的国家》(This Was the Old Chief's Country)、《幸存者回忆录》、《玛莎·奎斯特》(Martha Quest)、《抟日记》(The Sun Between Their Feet)、《壅域之中》(Landlocked)、《天黑前的夏天》(The Summer Before the Dark)等12部小说。截至目前，莱辛共有18部长篇小说、5部短篇小说集、2部自传、1部评论集被译成中文出版。

总的来说，莱辛作品的译介为国内对于莱辛的研究提供了可供参考的资料，也反映国内学界对于莱辛的关注和重视。

2. 评论

综合万方数据库和中国知网的文献来看，截至2019年，国内期刊发表莱辛研究论文1308篇，硕士学位论文432篇，博士学位论文21篇。2007年莱辛获得诺贝尔文学奖是国内莱辛研究的一个分水岭，2007～2019年，硕士学位论文401篇，博士学位论文19篇。可见，国内对于莱辛的研究从2007年之后才算真正进入高潮期。

（1）期刊

国内现在可查到的最早的关于莱辛的评论性文章，是孙宗白在《外国文学研究》1981年第3期上发表的《真诚的女作家——多丽丝·莱辛》。该文介绍并阐述了莱辛小说中主要关注的社会问题：女性自由问题和殖民地反殖民斗争问题。虽然文章仍以介绍为主，但可以说是国内首位将莱辛引入国人视线的评论者，并且开创了国内莱辛主题研究的先河。

海西在《名作欣赏》1982年第5期上发表的关于莱辛的述评性文章《陶丽丝·莱辛及其作品》和王家湘在《外国文学》1987年第5期上发表的概述性论文《多丽丝·莱辛》，都较为粗略地谈及了莱辛的生平及其作品。黄梅发表在《读书》1988年第1期上的《女人的危机和小说的危机 "女人与小说"杂谈之四》，不仅涉及《金色笔记》的思想层面，更是极具开创性地提出了该小说的艺术手法和结构特征，开辟了国内学界在接下来将近30年的时间里关于《金色笔记》形式研究的路径。总的来说，80年代关于莱辛的研究主要还是停留在介绍性的层面上。

进入90年代，国内莱辛研究依然成果不断。张中载的《多丽丝·莱辛与〈第五个孩子〉》（《外国文学》1993年第6期）一文，充分探讨了莱辛现实主义作品《第五个孩子》(The Fifth Child)的现实主义意蕴，并给予高度肯定。林树明的《自由的限度——莱辛、张洁、王安忆比较》（《外国文学评论》1994年第4期）一文，将莱辛与中国同时代女作家进行了比较研究，不仅指出三位作家对于人物塑造侧重点的差异，还指出这种差异背后的文化差异问题。侯维瑞的《英国杰出女作家多丽丝·莱辛》（《译林》1998年第2期）一文，关注莱辛的现实主义创作理念，以小说《暴力的孩子》入手，讨论莱辛对于殖民压迫和女性压迫问题的关注。张鄂民的《多丽丝·莱辛的创作倾向》[《暨南学报》（哲学社会科学）1998年第4期]一文，对莱辛的创作做了整体介绍，虽有失偏颇，却不失为有益的尝试。值得一提的是李福祥，他是90年代对于莱辛进行持续研究的学者，他陆续发表了《多丽丝·莱辛笔下的政治与妇女主题》（《外国文学评论》1993年第4期）、《从动情写实到理性陈述——论D.莱辛文学创作的发展阶段及其基本特征》（《四川外语学院学报》1994年第1期）、《试论多丽丝·莱辛的"太空小说"》（《成都师专学报》1998年第2期）等论文，这些论文都为后来的多丽丝·莱辛研究提供了有价值的研究成果。

(2) 硕博论文

1999年，徐燕的硕士学位论文《走出迷宫——读多丽丝·莱辛的〈金色笔记〉》是关于莱辛研究的第一篇硕士学位论文，该论文既考虑到了小说《金色笔记》的形式特征，也考察了它的思想性和政治性。此后至2006年，硕士学位论文也不过31篇，而从2007年到2019年，硕士学位论文的数量为401篇，其研究角度也更加多样化，视野也更为开阔。

第一篇博士学位论文完成于2005年，是王丽丽的True Essence of life: on Doris Lessing's Art and Philosophy（《生命的真谛——论多丽丝·莱辛的艺术和哲学思想》），这篇论文用英文撰写，从小说的形式入手，分析了小说的时间策略、行文结构、事件安排及人物设置，并将小说的形式艺术同狄尔泰的生命哲学相关联，建立起了形式与思想的联系。

2006年，陈璟霞的博士学位论文Doris Lessing's Colonial Ambiguities: A Study of Colonial Tropes in Her Works（《多丽丝·莱辛的殖民模糊性：其小说中的殖民比喻研究》）也是用英文撰写，该文分为神秘比喻、性别比喻、殖民域限比喻、身份建构比喻、拯救殖民比喻五个章节，揭示了莱辛小说中的殖民书写和殖民困境。

2007年，蒋花的博士学位论文《压抑的自我，异化的人生——多丽斯·莱辛非洲小说研究》，探讨了莱辛非洲小说中，殖民地中殖民的白人、被殖民的黑人，以及经受着男权和种族歧视双重压迫的妇女异化的人生，并由此论及个体和集体的关系。2012年，岳峰的博士学位论文《二十世纪英国小说中的非洲形象研究——以康拉德、莱辛、奈保尔为中心》论述了20世纪英国以康拉得、莱辛、奈保尔为代表的小说家对于非洲问题的态度，文章指出"小说家在其非洲题材故事中对帝国主义批判的话语，最终只能被包含在帝国主义的话语体系之内"。2015年李杉杉的博士学位论文《多丽丝·莱辛非洲题材作品中的"边缘人"研究》，虽然仍然选择莱辛的非洲小说，但却将视角对准了非洲题材中的边缘人形象，该论文不仅界定了"边缘人"的概念及其溯源，更是厘清了"边缘人"的形象及其精神内涵，并且细化了不同的"边缘人"群体，为研究者深入理解莱辛的非洲题材小说开辟了新的角度。

2007年，肖庆华的博士学位论文《都市空间与文学空间——多丽丝·莱辛小说研究》，从消费主义理论和空间理论入手，探讨了伦敦作为一个城市空间的文学生产意义。此论文应和了文学批评的空间转向，同时也极具创新意义。2009年，赵晶辉的博士学位论文《多丽丝·莱辛小说的空间研究》，考察了莱辛小说中空间建构的不同侧面，从家庭空间到城市空间，再到作者的叙事空间，进一步拓展了莱辛小说的空间研究。

2013年，姜仁凤的博士学位论文《莱辛主要小说中的空间与自我》同样是从空间角度出发，但是论及了个体在空间中被禁闭、压抑与和解。

2012年陶淑琴的博士学位论文《后殖民时代的殖民主义书写：多丽丝·莱辛"太空小说"研究》、2014年张琪的博士学位论文《论多丽丝·莱辛太空小说中的文化身份探寻》，分别从殖民理论和文化身份角度探讨了莱辛太空小说的思想特征。

卢婧的博士学位论文《〈金色笔记〉的艺术形式与作者莱辛的人生体验》（2008）、华建辉的博士学位论文《论多丽丝·莱辛在〈金色笔记〉中对二战后社会的诊断和医治》（2008）、颜文洁的博士学位论文《〈金色笔记〉的符号学解读》（2014）都是对于《金色笔记》这部小说的论述和研究。

姜红的博士学位论文《多丽丝·莱辛三部作品中的认知主题探索》（2009）从叙事学角度，结合文本分析考察了莱辛的创作；朱海棠的博士学位论文《解构的世界——多丽丝·莱辛小说研究》（2010）从解构人、权利和文本三个方面分析莱辛的作品；胡勤的博士学位论文《审视分裂的文明：多丽丝·莱辛小说研究》（2010）从文本细读入手，着重阐释了《野草在歌唱》《金色笔记》《天黑前的夏天》《三四五区间的联姻》中所展现的文明发展带来的迷茫；邓琳娜的博士学位论文 Life Experience and Self Transcendence—Sufi Thoughts in Doris Lessing's Fiction ［《生命的体验 自我的超越——多丽丝·莱辛小说苏菲思想研究》（2012）］从作品受到的苏菲主义哲学思想的影响作为研究的切入点；王群的博士学位论文《多丽丝·莱辛政治主题小说叙事伦理研究》（2014）从伦理学角度探讨了莱辛小说中两类政治主题的叙事伦理嬗变与内涵特征；谭万敏的博士学位论文《多丽丝·莱辛小说中的身体话语研究》（2016）从国家、社会、家庭三个角度讨论莱辛小说中的身体话语问题；张婷的博士学位论文《多丽丝·莱辛〈通往第十九号房间〉中前景化策略的语用文体分析》（2015）从语言学角度进行了文本细读。

（3）出版的著作

国内关于莱辛研究的出版著作多是由博士学位论文改进而成。最早的专著是王丽丽的英文专著 *A Study of Doris Lessings Art and Philosophy*（社会科学文献出版社出版，2007）。此后有胡勤的《审视分裂的文明——多丽丝·莱辛小说艺术研究》（广西师范大学出版社，2012）、蒋花的《压抑的自我，异化的人生——多丽斯·莱辛非洲小说研究》（上海外国语教育出版社，2009）、陶淑琴的《后殖民时代的殖民主义书写：多丽丝·莱辛"太空小说"研究》（中国社会科学出版社，2013）、姜仁凤的《空间与自我——多丽丝·莱辛小说研究》（上海交通大学出版社，2017）、肖庆华的《都市空间与文学空间——多丽丝·莱辛小说研究》（四川辞书出版社，2008）、陈璟霞的英文专著 Doris Lessing's Colonial Ambiguities: A Study of Colonial Tropes in Her Works（《多丽斯·莱辛的殖民模糊性：对莱辛作品中的殖民比喻的研究》，中国人民大学出版，2007）、王群的《多丽丝·莱辛非洲小说和太空小说叙事伦理研究》（华中师范大学出版社，2015），等等。

其他著作，如王丽丽的《多丽丝·莱辛研究》（社会科学文献出版社，2014），不仅梳理了莱辛理论思想的来源和现实基础，还对莱辛的创作进行了宏观思考；按莱辛创作进行分期，细读文本，综述了对于每部小说的研究成果和研究不足，也阐释了每部小说的形式和思想特征，可以说是国内对于莱辛创作最为全面的梳理和研究。杨颖、杨巍、唐霞的《多丽丝·莱辛作品家庭伦理思想研究》（中国文史出版社，2014），通过对莱辛小说的重读，以家庭伦理视角切入，探索莱辛是如何通过家庭这一特定的空间结构来思考个体的伦理诉求和生存状况的。邱枫的《多丽丝·莱辛小说中的女性话语建构：规训与抵抗》（南开大学出版社，2015），以莱辛《暴力的孩子们》为依托，论述了女性是如何在规训的状态下反抗与成长的。张金泉的《我心深处——多丽丝·莱辛作品研究》（华中科技大学出版社，2016），以微观视角分析了莱辛的13部小说。

总的来说，国内对于莱辛创作的研究呈现一片蔚然之势，涉及的研究方向较为广泛，虽然主要的研究方向被反复讨论，但仍有进一步探索的可能性。

综观国内外研究状况，关于莱辛小说的身份研究还有很大的开发空间，国内只有一篇博士学位论文研究了其太空小说中的文化身份，这篇论文的研究对象只局限于她的《老人星》五部曲，莱辛的其他作品中的身份问题并没有给予关注。莱辛的全部小说都涉及身份问题，所以，本书选择更大范围地思考莱辛创作中的身份问题。此外,这篇博士学位论文,选择从太空小说中所呈现的被殖民他者、女性他者等边缘身份的角度切入,剖析了这些边缘身份产生的原因以及书写这些边缘身份的意义,可见,其研究的重点仍然是探讨身份是什么,而没有关注到作者是用何种策略来书写身份。由此,本书力图从身份书写策略角度出发,有所发现。

三 莱辛建构身份的策略

本书从莱辛小说创作的身份问题入手,探讨莱辛在小说中身份书写的策略,即以怎样的方式进行身份书写,研究重点在于"怎么样"。需要明确的是,本书所说的身份书写,包括:身份危机、身份认同、身份建构、身份流变、身份表演、身份叛逆等多个方面,因为当下语境中,身份本身不具有同一性,身份问题呈现复杂多样性,莱辛的身份书写因反映时代特征而呈现出复杂性和非确定性。

本书首先明确了身份/认同的概念,并借用斯图亚特·霍尔对于身份/认同的内核——现代性主体观流变的理论,阐释了随着完整统一主体的断裂,身份也由确定性走向了间性和建构性。之后,本书重点提到了当下语境中被明确提出的身份/认同理论及针对身份/认同理论的本质主义和建构主义之争。文学作为当下热点问题最为敏感的传达方式,从各个角度书写了身份。本书选取书写策略角度来研究文学中的身份问题,梳理了文学发展中的身份书写策略的传统,并重点提到了本书的研究对象——莱辛小说创作中身份书写的总体特征。

本书选取了三个主要策略,分析莱辛小说创作中的身份观照问题。叙事手段使身份呈现出流动性和敞开性,但这种身份的流动性和敞开性总是被社会上刻板的身份观念所遮蔽,所以,莱辛通过空间策略,对这种刻板的身份观念进行了反叛。在此基础上,莱辛又通过身体策略对身份的多样性进行深入探索。

叙事手段是莱辛书写身份的一种策略,这种策略能够建构人物身份,也能解构人物身份,为人物身份的流动性和可写性提供一种策略可能。通过叙事视角和叙述声音的选择,说明人物的身份可以通过策略的选择,进行建构或者解构,从而将人物身份的可写性呈现出来,如集体性叙述声音的选择，"我们"作为民族历史的讲述者，在叙述历史的过程中，建构起了民族的文化身份；而多层级叙述声音的选择，使不同层级的叙述者通过不同的叙述态度反复叙述同一个故事，使得这个故事中的人物展现出不确定的、不稳定的身份，从而解构了身份的稳定性。所以说，身份不是本质性的，是可以被建构或者解构的。然后，通过叙事线索的追寻，如情境重置，即不同的文化身份之间的碰撞，使得人物身份在不同的文化身份之间开始流动起来，从而使身份具有了一种敞开性。再如故事线索与心理线索的并置，说明了身份的这种敞开性和流动性是必要的，如果固着在一个身份上，就会使人无法应付身份发生变化时所产生的危机。最后，通过人物设置，引发对于人物身份这种敞开性和流动性的思考，只有获得真正的身份反思能力，摆脱社会强加于人们身上的刻板身份观念，才能保持身份的敞开性和流动性，从而向真实的自我靠近，而不是成为身份面具下那个失落的自我。

然而，身份的流动性和敞开性总是被社会上的刻板身份观念所遮蔽，所以，莱辛通过空间策略，对于这种刻板身份观念进行了反叛。

首先，表征空间对于人物的身份具有隐喻作用，也就意味着表征空间有助于加强来自社会的刻板身份印象，但是如果让表征空间流动起来，就使得人物在不同的表征空间里有不同的身份。例如，让一个女性从家庭中走出来，走向工作岗位，其实就体现为一种表征空间的流动性，带来的是女性身份的变化，以此来反叛社会提供给女性的刻板身份印象——家庭主妇。其次，还可以运用梦境空间这一策略，通过开启精神世界里的空间，让人物能够体会到其他身份的可能性，从而反思甚至反叛自己固守的刻板身份。再次，以进入"第三空间"为策略，在这一个包容性、复杂性和开放性的空间里，身份本来就不是确定性的，莱辛让这些人物在这样的空间里面，将身份彻底敞开，甚至进行身份狂欢，取消一定程度上的身份的稳定性，由此人物就不必固着于一个固定的身份，承受这个身份所带有的社会和现实的不公要求，以此来反叛现实和社会带给人的不公与痛苦。

莱辛通过空间策略反叛了社会对于身份的刻板印象，但她并没有止步于此，而是继续进行身份探索，探索身份可能的出路，这种身份探索正是通过身体策略来实现的。

生命身体通过性的交流习得了不同身份的文化，通过死亡维护了不被社会所容的身份可能性，这都是生命身体对于身份多种可能性的探索。符号化的身体，通过符码，即服饰、饮食等来表征自己的身份，试图通过符码的改变或占有，从现有身份转移到符码所代表的另一身份当中，以此来探索身份的多种可能性。而作为权利话语场域的身体，尤其是边缘身体，由于失去了话语的主动权，使得身体只能够被言说，因而，这样的身体受压迫性是最强的，甚至没有属于自己的话语去改写自己的身份，只能听凭权力话语对之任意涂抹，这样的身体被抹杀了反思的可能性，使得身份探索的余地微乎其微。这是身份探索需要被突破的一个界限。

这就是本书选取的三个主要策略。通过这三个策略，莱辛在其小说中使人物身份获得了流动性，同时表达了对于社会刻板身份观念的反对，由此进一步探索人物身份的多种可能性。

本章小结

多丽丝·莱辛见证并参与了整个20世纪社会的聒噪与不安，并且敏锐地捕捉到了时代的症候，以文学的方式表达着自己对大时代大历史中边缘身份的关切和悲悯。正是因为作者自身及其文学对现实的热烈响应和深刻的洞察，使得她在世界范围内受到了从普通读者到专业研究者的持续关注，对于多丽丝·莱辛文学创作的研究显现出了研究角度广泛、研究成果丰厚、研究程度深入等特点。

综观国内外研究状况，虽然国内相对于国外研究工作起步较晚，但势头迅猛，主要的研究角度都有涉及，且仍有进一步探索的空间。尤其是关于莱辛小说中身份问题的探讨，不仅所涉及的作品不够全面，而且研究的重点也主要放在莱辛在小说中建构了什么身份的问题上，很少将身份书写与书写策略相结合进行探讨，也就是莱辛采用了什么策略来书写身份，采取的特定策略具有什么意义。基于此前的研究成果，本书将以此为切入点，探讨莱辛采取了何种有效的策略来书写身份，莱辛为什么会选择这些策略，这些策略本身在书写身份的过程中起到了什么样的作用，进而在文本的思想阐释和形式分析中建立起一条有效的通道。

第二章 "身份/认同"理论与莱辛小说创作中的"身份/认同"问题

Identity 的含义一方面指身份,即通过摒除自我与他者之间的差异而获得的归属感,强调的是差异性和被动性;另一方面指认同,认同侧重于同一性,即通过对自我或群体中他者的同一性的确认与内化而获得认同感,更强调的是一种主体的主观性。"身份/认同"的内核是主体性问题,身份即主体的位置,认同即主体性的认同。主体观的流变也关乎着身份/认同问题的变迁:经历了从完整统一的主体与完整同一的身份/认同,到以社会为中心的身份/认同,再到破碎的主体与身份/认同的混杂性的流变过程。

"身份/认同"理论与当下的不同语境都发生着诸多联系,本书选取了"身份/认同"的两个最主要的相关语境:全球化语境和后殖民语境。全球化是当下生存的个体,抑或是群体共同面临的处境,是无处可逃必然处于其中的语境。全球化最初主要指的是经济全球化。由于跨国资本在全球的扩张和运作,以及高科技的高速发展和信息飞速扩散,导致资本全球化。经济全球化一方面使资本和信息在全球范围内扩张,另一方面资本和信息附带着文化在全球范围内无限扩张。所以,可以说,经济全球化的必然结果就是文化全球化。文化全球化一方面带来了不同地域、不同国家、不同民族之间的文化交流;另一方面也隐含着强势文化对弱势文化的渗透,这两方面都带来了文化趋向同质化的危机,由此,文化身份的确定成为全球化语境下一个越来越受到重视的问题。

随着殖民时代的结束,被殖民国家摆脱了宗主国直接的政治和军事控制,然而,伴随着全球化的不断加强,原殖民地国家并未能彻底摆脱原宗主国的文化渗透,原宗主国的文化强势进入原殖民地国家,企图压制甚至同化原殖民地国家的文化。这是一种单向度的,而不是多元交流的文化殖民。在这种语境下,原殖民地的民族文化身份的同一性不断受到挑战,身份问题成为后殖民语境中越来越受到关注的问题。此外,后殖民语境的概念也是不断发展的，除了上述的狭义的可以称为外部殖民的后殖民语境外，广义的后殖民语境还包括国家、民族内部强势群体对于少数族裔和弱势群体的内部殖民。可见，无论是经济全球化带来的文化全球化，还是殖民时代结束之后的后殖民语境，二者殊途同归，都指向强势文化对于弱势文化的"霸权"和压迫。

强势文化对弱势文化的"霸权"和压迫，导致强势群体的文化身份对弱势群体的文化身份的歧视和压制，带来身份之间的不平等，这就使得弱势群体为了获得身份的平等与尊严而进行相应地斗争，由此就产生了身份/认同政治，即通过差异原则、政治关怀，反对身份上的等级与压迫，着力使少数族群突破沉默和被书写的状态，发出自己的声音，重新界定自己的身份。

文学的作者和读者作为生存于全球化语境和后殖民语境中的个体，也都面临着自身身份确定的问题，如何在全球化浪潮中保有个体或者群体的文化身份，如何在后殖民语境中获得身份的平等与尊严，文学在这一过程中，作为文化传播的主要阵地，既可以反思不同文化身份之间的不平等关系，也可以成为身份压迫的帮凶。由此，辨析文学中的身份/认同问题，成为反思身份问题的重要组成部分。首先，就作者与身份的关系来说，现实中如果作者自身面临着身份/认同问题或者有意识地主动关注身份/认同问题，那么在他的作品中就会有所体现。而且，随着后殖民时代和全球化时代的到来，全球范围内大规模的移民浪潮一波接着一波，致使很多作家都带着不同民族、国家的身份背景，在新的文化环境中面临着身份的焦虑。其次，就小说中的人物与身份/认同问题来说，文学本身就有着对于人物身份关注的传统；民族独立运动使得民族身份政治不断受到关注，这种现象充分反映在了这一时期的文学作品当中；由于后现代时期对于文学形式求新求异地追求，使得人物身份的本质和意义被掏空了，成为一个没有内核的嬉戏的能指，人物身份成为作者的一场自觉的游戏。最后，就读者和身份的塑造来说，读者通过发掘文本表层话语背后的空白、失误、沉默等，以及通过对文学经典的重读，发掘人物身份特征，并对其加以主动认同。

就莱辛的小说创作来说，虽然作者自身的族裔散居身份对其作品的创作有诸多影响，但莱辛关于身份/认同的观念和思想主要是通过其作品中的人物表现出来的。作者和读者的身份/认同观念对于呈现作者的身份/认同观念是隐在的，而小说中的人物所呈现的身份/认同观念是更加直接和显在的。所以，本书在谈到莱辛对于身份/认同问题的关注时，主要是以文学中的人物与身份/认同为切入点。

第一节 "身份/认同"内涵流变

"身份/认同"的内核就是主体性问题，身份即主体的位置，通过摒除自我和他者之间的差异而获得的归属感；认同即是主体性的认同，通过对自我或群体中他者的同一性的确认与内化而获得认同感。可见，身份和认同二者是密不可分的，一定社会关系中的身份即指主体位置建构者认同的归属感，而主体的认同感又不断强化着自己的身份意识。

正因为身份/认同和主体问题之间密不可分的关系，身份/认同的流变要依据主体观的流变来考察，即经历了从完整统一的主体与完整同一的身份/认同，到以社会为中心的身份/认同，再到破碎的主体与身份/认同的混杂性的流变过程。

一 "身份/认同"的范畴界定

Identity一词源自拉丁语 identitas 和古法语 identite，后受到拉丁语 essentitas（存在、本质）的影响，又加入词根 idem（same），这一词根类似于梵语的 idam，即同一的意思。在汉语中，这一词被翻译成"身份""认同""同一性""身份认同"等。由此观之，Identity 有着双重含义——"身份"和"认同"。身份是指通过摒除自我与他者之间的差异而获得的归属感，更多的是强调差异性和被动性，即"身份实际上类似于社会学上所谓的'角色'（roles）与'角色设定'（roles-sets），它是根据一定的社会制度、组织规则所建立起来的社会位置，个人的角色与身份定位就产生于个体与其处身的各种社会关系的协商安排之中"[①]。可见，身份概念突出的是社会关系中的社会位置，是对某种角色的客观描述和指称，是指某个个体或者群体依据一定的标准来确认自己在社会中

---

① 罗如春：《后殖民身份认同话语研究》，中国社会科学出版社，2016，第13页。

的特定位置。而认同侧重同一性，通过对自我或群体中他者的同一性的确认与内化而获得认同感，更强调的是一种主体的主观性。可见，身份和认同二者是密不可分的，一定社会关系中的身份，即主体位置建构着认同的归属感，而主体的认同感又不断强化着自己的身份意识。从更加广泛的意义上来讲，身份/认同还关涉后殖民、后现代文化批评的关注焦点，即在强势文化和弱势文化相互交流和碰撞下，某一文化主体要在二者之间进行选择和认同，这是一种集体身份的选择，这种选择会带来思想上和情感上双重的挑战，伴随而来的是一种焦虑与希望、痛苦与喜悦共存的主体体验，在由赵一凡、张中载、李德恩主编的《西方文论关键词》一书中将其定义为"混合身份认同"（hybrid identity）①。

美国著名的发展心理学家和精神分析学家爱利克·埃里克森（Erik H. Erikson）指出："当个体占据了某个特定地位或者角色时，此个体与处于同样地位或者角色的个体具有同一性。身份/认同反映了社会与个人之间的关系，既赋予个人历史以意义，又给予主体以地位和角色。身份意识通过社会交往而获得，是个体对于自己是谁的感觉和反思，关系到'我是谁''我将成为谁''我应该成为谁''我能成为谁'的问题。"②曼纽尔·卡斯特尔（Manuel Castells）区分了身份与角色：角色是功能的组织，身份/认同则能够提供意义，角色是由社会的组织机构所设立的规范决定的，它们对行为产生的影响取决于个体与这些组织机构之间的意义协商。而身份则是行为者的意义来源，只有将这些规范内化之后，才能转化为身份/认同，因此身份是比角色更为重要的意义来源。③也就是说，角色相对于身份来说更具有临时性，不为行为者提供意义来源，且稳定性较弱；而身份较为稳定，它不是功能性的，且以一个稳定的主体的自我认知为核心，具有反思性。同样强调身份/认同是意义来源的查尔斯·泰勒（Charles Taylor），在《自我的根源：现代认同的形成》一书中提道："我们把存在于问题空间中的人类主体当作了基础。而且正是框架

---

① 赵一凡、张中载、李德恩主编《西方文论关键词》，外语教学与研究出版社，2006，第465页。
② Andrew McKinlay and Chris McVittie, *Identities in Context: Individuals and Discourse in Action*, Maiden: Wiley-Blackwell, 2011: 2-3.
③ Manuel Castells, *The Power of Identity*, Maiden: Wiley-Blackwell, 2010: 6.

定义要回答的这些问题，提供着在其中我们知道我们站在何处的视界，也提供着事物对我们所具有的意义。""更根本的是，我们可这样理解，它起的作用只是，根据它所体现的性质差别，调整我们的方向，提供事情在其中对我们有意义的框架。甚至更进一步，任何不体现这类差别的事情如何能够起这种作用，是难以理解的。我们的认同是这样东西，允许我们规定什么对我们重要以及什么不重要。"① 身份为我们提供了行动的方向和意义的来源，规定了什么是重要的，我们应该成为什么样的人，不应该成为什么样的人。于此，皮特·J. 伯克（Peter J. Burke）和让·E. 斯特茨（Jan E. Stets）指出了主体为创造意义所选择的行动方向，包括："通过符号表征自己的身份，如语言、衣着、居住环境、节食等方式来传递身份/认同的信息；通过与能够帮助确认自己身份的人交往，他们看待我如同我看待自己，更有利于自我身份的积极建构；运用一定的交往策略使交往对象能够按照与我的身份相适应的方式对待我，从而使我的身份得以保持。"

塞缪尔·P. 亨廷顿（Samuel P. Huntington）将身份分为以下六种。

（1）归属性的，如年龄、性别、祖先、血缘家族、血统民族属性、人种属性；

（2）文化性的，如民族、部落、从生活式界定的民族属性、语言、国籍、宗教、文明；

（3）疆域性的，如人所在街区、村庄、城镇、省份、国别、地理区域、洲、半球；

（4）政治性的，如集团、派别、领导地位、利益集团、运动、事业、党派、意识形态、国家；

（5）经济性的，如职务、职业、工作单位、雇主、产业、经济部门、工会、阶级；

（6）社会性的，如友人、俱乐部、同事、同人、休闲团体、社会地位。②

---

① 查尔斯·泰勒：《自我的根源：现代认同的形成》，韩震等译，译林出版社，2001，第 40~41 页。

② 塞缪尔·亨廷顿：《我们是谁？——美国国家特性面临的挑战》，程克雄译，新华出版社，2005，第 25 页。

然而，随着时代和社会的发展变化，网络性的虚拟身份也成为一种不可忽视的身份类型。这些纷繁杂多的身份可以统归为群体身份。群体认同是指个体既认识到自己是属于某个社会群体的，也认识到成为这个群体的成员所能够获得的情感归属感和意义价值感。[①] 换言之，个体将自己认同为某一群体，在这一群体中找到同一性和归属感，并以群体的特征来描述自己，群体内成员享有共同的特征、价值、目标、意义等，群体内部的身份/认同在和其他群体的比较中更加明晰，群体的身份/认同塑造着个体的身份/认同。特纳（John Tumer）进一步指出群体认同分为三个步骤，首先将自己纳入某一类别的群体之中——分类；其次通过与其他群体的比较，获得本群体优于其他群体的自尊感和归属感；最后通过本群体与其他群体的差异的区分，增强对本群体的积极评价。

相对于群体身份，还有个体身份的层面，它"包括自我目标、价值观、信念信仰、行与决策的标准、自尊和自我评价以及对未来自我的看法等"，"也包含个体对自我的认知意识，即作为'人'所具有的觉知和反思的能力与意识"，"表现为个体在与社会互动中对自我生存状况的思考和对自我生命价值的探求，它包含个体自我意识的同一性、自我生活的归宿感和自我生命的意义感，在探寻和回答'我是谁'、'我应该成为谁'、'我能成为谁'、'我不应该成为谁'这样一些问题的过程中建构'我之为我'的意义和价值"。[②] 个体身份/认同是关于个体意义的建构和反思，它要求个体具有自我意识和反思能力，它通过自我的反思和创造不断实现意义更新与变化，从而获得一种个人身份意义的连续性和在社会中的一致性。

玛丽莲·B. 布鲁尔（M. B. Brewer）认为，个体身份/认同是指个体在特定社会语境当中，区别于其他人的特征。群体身份/认同是将个体自我以分类的方式放置到更具有包容性的社会群体之中，以减少个体中那些更加个人化的信息，使"我"成为"我们"。因此，从个体认同到群体认同需要感知方式的转换，即从感知自我作为一个独特的个体转变成

[①] H. Tajfel, Differentiation Between Social Groups: Studies in the Social Psychology of Intergroup Relations, in *American Journal of Sociology*, 1981 (5): 1193-1194.
[②] 任裕海：《全球化、身份认同与超文化能力》，南京大学出版社，2015，第11页。

感知自我作为某种群体类别的代表。① 可见，个体认同和群体认同是相互关联的，个体认同是根据个体的自我特点来描述自己，而群体认同则是根据个体所归属的群体类别的特点来描述自己，并且这种群体身份也是个体身份概念的组成部分。

无论是个体身份还是群体身份，影响身份形成的因素到底是社会语境还是个人的主观意愿？也就是说，身份的形成到底是被动赋予的还是主动建构的？社会因素到底对身份形成提供了稳定的外部因素还是易变的外部环境？个体到底是更愿意保持身份的稳定性还是更愿意根据自己的意愿选择相应的社会因素来建构自己的身份？

此外，还包括自我身份和社会身份，前者"强调自我的心理和身体体验，以自我为核心，这是启蒙哲学、现象学和存在主义哲学关注的对象"。自我身份是与主体哲学的发展相关联的，强调的是主体自我作为稳定的身份内核对于身份所起到的规定性。后者"强调人的社会属性，是社会学、文化人类学等研究的对象"。社会身份是相对于自我身份而存在的，强调的是社会性和主体身份的互动关系对于身份的塑造与影响作用。②

埃里克森认为影响身份/认同形成的原因有很多层面，无论是个体的认知能力、伦理态度，还是文化解构、社会环境，身份一直处于变化发展之中。虽然个体认同的主要部分是在青少年时期完成的，但身份/认同从来都不是静止的，而是终其一生都处于变化之中。詹姆斯·E.玛西亚（James E. Marcia）发展了埃里克森的观点，认为个体身份不仅受到自身人格特质的影响，还受到文化社会环境的塑造，由此提出个体因对特定身份忠诚度和探索度的不同而导致身份/认同状态的不同：认同散射，当忠诚度和探索度都低的时候，个体对身份/认同的保持和建构度都较低；认同闭锁，当忠诚度高而探索度低的时候，个体对身份/认同的保持程度高，但开放性低；认同探索，当忠诚度低而探索度高的时候，个体对身份/认同的开放性和建构度较高，但稳定度较低；认同成就，

---

① Marilynn B. Brewer, The Social Self: On Being the Same and Different at the Same Time, *Personality and Social Psychology Bulletin*, 1991, (5): 475-482.

② 赵一凡、张中载、李德恩主编《西方文论关键词》，外语教学与研究出版社，2006，第465页。

忠诚度和探索度都较高的时候，既能较好地保持身份的稳定性，又能保证身份的开放性，使其处于良性的建构状态中。① 迈克尔·D. 柏松斯基（Michael D. Berzonsky）在继承前者思想的基础上，进一步提出自我理论在身份建构中的重要性。② 自我理论是一种关于如何从外界选取适于建构自身身份信息的认知结构，它能够对外界的环境与符号进行编码和处理，根据自己已有的认知框架，建构起适于自己身份的价值观、态度、伦理、目标、理想等，通过这个确定的认知框架与外界保持互动，以自己能够接受的方式持续不断地建构自己的身份。柏松斯基强调自我理论的同时，并没有忽视外界因素对身份建构的影响，如学校教育、家庭教育、榜样教育、文化熏陶等，虽然仍要通过自我理论的框架起作用，但外界信息仍能够依据自己的逻辑起到一定程度的影响。

综上所述，虽然理论家们针对到底是个体主观性还是社会环境因素对于身份建构的影响更为关键的偏重略有不同，但都不约而同地指出，身份建构实际上是个体主观性和外部因素共同影响的结果。

二 "身份/认同"的内核——主体观的流变

身份/认同和主体性有着密切的关联，身份/认同的内核就是主体性问题，因为身份即主体的位置，认同即主体性的认同。路易·皮埃尔·阿尔都塞（Louis Pierre Althusser）指出，"意识形态国家机器（Ideological State Apparatus）提供一定的意义系统和话语位置，对个体构成了询唤，只有当个体接受或占据这个位置后才能上升为主体，从而按照这个获得的位置来定义自己的身份，个体接受并与这个主体位置产生了依恋和一体感，自我的认同由此诞生"③。只有当主体在意识形态国家机器提供的意义系统和话语位置中定位了自己，个体才能成为主体，主体对于这个位置的认同，即是对身份的定义，而主体恰恰说明：感受到了什么，花

---

① James E. Côté, Chales G. Levine, *Identity Formation, Agency, and Culture: A Social Psychological Synthesis*, London: Lawrence Erlbaum Associates, 2002: 17-21.
② Michael D. Berzonsky, A Social-Cognitive Perspective on Identity Construction, Seth J. Schwartz et al. eds., *Handbook of Identity Theory and Research*, New York: Springer, 2011: 56-76.
③ 罗如春：《后殖民身份认同话语研究》，中国社会科学出版社，2016，第40页。

费了多少精力和心力，认同的位置在什么地方，为什么会这样，为什么主体会属于这种特定的身份等问题。主体性其实是一种我对于自我的态度和感受，它包括意识层面的思维和无意识层面的情感，这些意识和无意识使我们能够判断和感受"我们是谁"，而且这些意识和无意识也使我们能够确定自己在文化中的位置，即文化身份认同。① 可见，身份是主体的自我定位，认同是主体的自我认同，身份/认同和主体是密不可分的。

（一）完整统一的主体与完整同一的"身份/认同"

真正意义上的现代主体是由笛卡尔确立的。他提出了"我思故我在"，认为思维是人之为人的一个属性，我在思维的时候，才是我存在的时候，我的思维停止思维的时候，也就是我停止存在的时候，所以，可以说，我是一种精神、一种理智、一种智性，是一种本质上来说思维的东西。只有思维才能够证明我的存在。② 这使哲学从追问"世界是什么"转向了"你怎么知道世界是什么"，由此认识论不再关注变化不定的感性直觉体验，而开始将注意力集中在一种内在的、确定的意识结构中。内在与主体的意识的确定性才是认识来源的唯一确定性，理性的主体才是唯一的、自明的、确定的。这个"我思"的主体能够推出一切知识和信念，包括上帝和一起客观物质存在，是一切知识和信念的基础与前提。"建立在对人的这样一种理解基础之上，即人完全以自我为中心的统一个体，具有理性、意识和行动能力"③，意在说明主体是由其思考和推理能力构成的，是一个完整而不可再分的中心，是一切知识的根源。

笛卡尔的主体是完整统一的主体，是与物质实体二元对立的理性实体，他未经质疑就预设了理性推理的绝对有效性，然而抛开经验材料的纯粹理性思辨得出的只能是虚妄的观点。康德正是由此出发，认为经验本身是纷杂的，它必然会被先验主体的认知能力整合才能具有普遍必然

---

① Kathryn Woodward：《同一与差异的概念》，Kathryn Woodward 编《身体认同：同一与差异》，林文琪译，韦伯文化国际出版有限公司，2004，第54页。
② 笛卡尔：《第一哲学沉思录：反驳和答辩》，庞景仁译，商务印书馆，1986，第25页。
③ Stuart Hall, The Question of Cultural Identity, *Modernity and Its Futures*, Polity Press in Association with the Open University, 1991: 275.

的确定性,是主体的先验框架将这种普遍必然的确定性赋予了经验材料,即"自然界的最高立法必须是在我们心中……,我们必须不是通过经验,在自然界里去寻求自然界的普遍法则;而是反过来,根据自然界的普遍合乎法则性,在存在于我们的感性和理智里的经验的可能性的条件中去寻找自然界"①。因此,主体是使经验材料有序化的基础,是知识产生的前提。主体和经验对象不是二元对立的,主体是经验对象得以规范化的逻辑前提,不是笛卡尔式的与物质实体相对立的理性实体,是被逻辑化的、功能化的、先验的主体,是对"我思"主体的实体性的克服,超越了其对象性的特点,而成为一个永远的观察者。

霍尔指出,这种由笛卡尔开启的启蒙主体把人看作是拥有推理、意识和行动能力的统一的个体,其内在的核心,也就是个体的身份能够保持个体本质上的同一,这个个体身份作为人的"中心",在人出生时就已形成,此后随着个体的成长而不断发展变化,但是它能够始终保持着本质上的连续性和同一性。② 可见,这个伴随着人一生的认知能力决定了个体是一个统一的、连续的、完整的主体,这种决定主体之为主体的能力并未随着人的成长而发生断裂,反而是随着个体的成长始终保持其本质上的统一,而与这个统一的、连续的、完整的主体相对应的身份,也保有了其同一的、连续的、完整的特征。

(二) 以社会为中心的社会身份/认同

随着现代社会的不断发展,社会分工日益复杂和精细化。个体越来越多地受到外界、社会的影响和制约,个体越来越多地依附于现代社会机构,而不再是一个自足的主体。主体通过参与到社会关系当中而被塑造,身份是主体参与到社会关系中的中介,是在主体与社会的互动过程中形成的,所以,霍尔说身份是一座桥梁,沟通着内与外、个人与社会。自我和身份是相互作用的,一方面,我们将身份的意义和价值加以内化,成为自我的一部分;另一方面,我们又将自我投射到这些身份上,这就使得我们的主体性的情感和我们所处的客观位置被"缝合"在一起,这

---

① 康德:《任何一种能够作为科学出现的未来形而上学导论》,庞景仁译,商务印书馆,1982,第92页。
② Stuart Hall, The Question of Cultural Identity, *Modernity and Its Futures*, Polity Press in Association with the Open University, 1991: 275.

样一来，主体情感是稳定的，主体所占据的位置也是稳定的，二者是统一而完整的，且是能够被预期的。① 也就是说，只有主体情感和其所占据的社会位置统一，才能获得稳定的身份/认同感。

大卫·休谟（David Hume）在18世纪提出、涂尔干在此基础上进一步强化：主体是社会的产物，而主体身份是现代工业社会的产品；乔治·赫伯特·米德（George Herbert Mead）在此基础上，又进一步提出：主体是将他者的观点内化的结果，是通过与他人的关系建立的，这不仅说明身份的非固定性，也强调了身份/认同的社会性；欧文·戈夫曼（Erving Goffman）主张：主体的变化发展要根据周围人的变化而进行；高夫曼认为，主体是流动的，因而身份/认同也是流动的，而不是笛卡尔所认为的主体是本质的和固定的。

自19世纪以来，随着社会学和社会心理学的不断发展，社会对主体的塑造和影响日益受到关注，尤其是社会对于自我意识和个人存在的决定作用。确定主体在社会关系中的位置的身份/认同理论，也转而强调社会对于身份/认同的塑造力量。"人与他人相遇，才会思考自己是谁；一个群体与其他群体相遇，才会把这个群体想象成为共同体；一个民族只有遭遇另外不同的民族时，才会自觉到自己的族群特征。"②

马克思认为社会存在决定社会意识，即主体的意识是在社会关系中获得的。主体从出生开始就在他人创造出的历史条件中成长，在他人提供的资源中发展，因而，主体是实践的，是在与社会的不断互动中建构起来的。在主体所处的社会关系中，围绕主体的最核心的关系是主体在社会中的阶级属性，阶级属性塑造了主体的身份，阶级身份才是主体在社会中应该占据的最主要的位置。

弗洛伊德从精神分析角度提出的主体的身份/认同过程，首先是主体通过"移情"方式在情感上和他人建立起联系，身份/认同的建立是在与他人的关系中实现的，而这种情感关系既包含亲近，也包含拒斥，是一种矛盾的情感体验，由此取消了身份/认同中的本质主义特征。身份是在无意识的矛盾情感关系中建立的，是一种变化的身份建构。拉康发展

---

① Stuart Hall, The Question of Cultural Identity, *Modernity and Its Futures*, Polity Press in Association with the Open University, 1991: 276.
② 韩震：《论全球化进程中的多重文化认同》，《求是学刊》2005年第5期，第21页。

了弗洛伊德的观点，提出主体是由先于主体而存在的大他者，即社会中的超验的语言结构、文化象征秩序所占据了的，"语言所得以表达的形式以其本身决定了主体性"，"我在语言中认同了自己"。① 人想要进入社会，首先要认同大他者为主体自我，以大他者允许的方式来理解世界以及和他人交往。所以，拉康的这个主体，不是一个完整而理性的主体，而是由社会性的大他者占据的虚假主体。主体的身份正是在主体与他者、与社会的互动中形成的。周宪认为，从弗洛伊德的精神分析理论到拉康的后结构主义精神分析理论，有关身份/认同的研究也在变化发展，精神分析的主体观不同于笛卡尔的那种完整的、统一的、固定的、传统的主体观，而是一种具有颠覆性意义的、变化的和非中心化的主体观，虽然精神分析理论仍然局限于关注个体的主体性问题以及个体的身份/认同问题，但其重要意义是值得关注的。而且，自20世纪90年代以来，身份/认同问题获得了越来越多的关注，对它的关注延伸到了各个学科和领域，包括文学研究、文化研究、社会学、哲学、教育学、政治学、媒体学等。②

（三）破碎的主体与"身份/认同"的混杂性

后现代的主体是破碎的、不确定的，甚至是被取消了的，主体成为一个空洞的所指，而身份成为能指的狂欢。"认同就变为'移动的盛宴'，在我们自身周围的文化系统中，它就在我们被表征或强调的方式中连续地形成和转换着。"③

自尼采起，西方的主体观就由本质主义转向了相对存在主义，而在主体碎片化甚至走向消亡的过程中，起到决定性作用的是雅克·德里达（Jacques Derrida）。在德里达这里，主体已经成为支离破碎的能指，主体不再是理性统一的主体，甚至算不上是一个虚假的主体，主体的确定性消逝了，而成为一场能指的狂欢，通过能指的"延异"，主体永远处于嬉戏的过程中，没有确定的所指，也没有确定的本质。"生命通过重复、印迹、

---

① 拉康：《拉康选集》，褚孝泉译，上海三联书店，2001，第311~312页。
② 周宪：《文学与认同》，《文学评论》2006年第6期。
③ Stuart Hall, Minimal Selves, Identity: The Real Me, ICA Document 6. London: Institute of Contemporary Arts, 1987: 45.

延异来自我保护。"① 延异是对原初在场的涂抹，每一次涂抹都有着微妙的差异，延异的过程既是一个反复的过程，也是一个翻译的过程，所以生命原初的本质在延异的作用下已经失去了本来面目，任何确定的意义都成为不可能，因为意义还在延异的过程中没有完成，它还需要用其他的书写来解释这个意义，用来解释这个意义的意义还需要被其他的意义来解释。所以，确定的意义是不可能的，回到主体原初的生命也是不可能的，主体的身份也在不断的被书写的过程中，延异着、被涂抹着、被建构着，永远无法真正到达那个确定的身份本质，这种身份建构模式，正是一种去中心、解本质的模式，他者不断出现，涂抹着主体的身份，由此，关于身份的稳定意义被消解了。

　　霍米·巴巴提出，"身份是一种主体间的、演现性的活动，它拒绝公众与私人、心理和社会的分野。它并非是赋予意识的一种'自我'，而是自我通过象征性他者之领域——语言、社会制度、无意识——'进入意识'的"②。身份不再是一种自我与他者之间的二元对立的关系，而是主体之中包含着他者，他者之中也包含着主体的一种"居间"的存在，身份/认同不再是对于一个确定的主体位置的认同，而是在包含了他者的主体位置上，认同一个双重而又分裂的主体。也就是说身份之中总是有他者的影子，这个他者是一个矛盾分裂的地点，是不能够追溯源头的地点。同样，主体也是一个矛盾分裂的地点，所以，我们是站在一个不存在的地点上言说着身份，站在一个不存在的主体位置上企图观看客体。主体和客体、自我与他者都是矛盾分裂的地点，但是自我之中包含着他者，主体之中隐含着客体。③ 也就是说，主体处于分裂和趋向他者的过程中，一直变动不居，主体的主体位置也不是固定不变的，身份只能在趋向它所认同的分裂的他者的过程中被不断建构起来，身份只能是不断的能指的延异，只能接近主体位置，而无法到达和占据这个位置。所以，身份不再是固定的和原初的，只能是"居间"的、变动的。所谓"居

---

① 雅克·德里达：《书写与差异》，张宁译，生活·读书·新知三联书店，2001，第357~416页。
② Homi Bhabha, Unpacking My Library Again, *The Journal of the Midwest Modern Language Association*, 1995: 5-18.
③ 翟晶：《边缘世界——霍米·巴巴后殖民理论研究》，文化艺术出版社，2013，第29页。

间"是一个交流的场所,一个协商的空间,也被称为"第三空间","正是这个第三空间,尽管它是不可被再现的,却构成了表达的话语条件,这种表达保证了文化的意义和象征没有任何原初整体性或固定性,保证了甚至相同的符号也可以被挪用、翻译、再历史化、重新解读"①。例如,当被殖民者被要求学习殖民者的语言时,被殖民者学了这门语言,这门语言便不再是殖民者身份的表征了,而学会了这门语言的被殖民者也不再是原来意义上的被殖民者身份了,因此,殖民者在这种身份的不断变化和建构中,失去了中心地位,与此同时,被殖民者也就不再是边缘身份,这种身份的"反复性"成为去中心化的反抗策略。因而,霍米·巴巴表示:"正是在身份消退与其黯淡的铭写之间的这片重叠空间里,我获得了主体位置。"② 这句话说出了后现代主体所具有的身份特点,"是一种功能性的结构,并不具有实体,而只是特定关系的再现,它通过反复而浮现出来,在不断的延异、增补中获得临时的合法性,在具体的语境中得到铭写,因此,身份并没有一个中心,正如书写是复数的,身份也是复数的,它的这种特征,决定了一切带有本质性的归属——如种族、民族、国家——都难以成立"③。

斯图亚特·霍尔指出,主体拥有着不同的身份,这些身份可能是相互矛盾的,原来那个传统的统一的自我不再是这些身份的中心,而且身份/认同也不再是静止的,而是变化发展的。④ 身份/认同成为一个指向未来的问题,是一种永恒未完成的状态,主体性从过去延伸向未来,身份也随着主体的变迁从过去流向未来。并且,这种身份/认同还具有了一种主动性,通过对动态主体的反思来建构其自我的身份/认同,不同于传统的统一的主体的那种静止的、本质的、被动的身份/认同特征。

巴特勒基于他的"酷儿政治学"提出了身份表演理论,认为身份不再拥有稳定的内核和本质,而是通过对某一文化或者身份的演示来获得

---

① Homi K. Bhabha, The Commitment to Theory, *The London of Culture*, London and New York: Routledge, 1994: 37.
② Homi K. Bhabha, Interrogating Identity: Frantz Fanon and the Postcolonial Prerogative, *The Location of Culture*, New York: Routledge, 1994: 56.
③ 翟晶:《边缘世界——霍米·巴巴后殖民理论研究》,文化艺术出版社,2013,第36页。
④ Stuart Hall, The Question of Cultural Identity, *Modernity and Its Futures*, Cambridge: Polity Press in Association with the Open University, 1992: 277.

一种身份,而这种身份是被社会所制约的一种表演,通过这种身份观念产生出来的抵抗主流身份的策略是颠覆,即通过表演而挪用、置换、颠倒主流身份和边缘身份,以此来颠覆身份的等级秩序。"在性别表达之后,并不存在性别身份;那种性别身份正是由那个被说成是身份之产物的'表达'表演性地建构的性别的东西。"① 通过身份的表演,将不同身份的元素进行杂交,以此来解构身份的确定性,获得一种颠覆身份等级的效果。这一过程虽然强调了身份的变动性和可改写性,但也在一定程度上低估了社会力量对于人的主体和身份的塑造力量。

如前所述,身份不再需要一个具有稳定内核的主体性的存在,身份也不再是同一的和静止的,一个个体可能同时拥有不同的身份,或者在不同时间拥有不同的身份,身份成了主体间的一种活动,并且一直处于变动过程中。

第二节 "身份/认同"的当下语境及争论焦点

身份/认同理论与当下的不同语境都发生着诸多联系。本书选取身份/认同的两个最主要的相关语境:全球化语境和后殖民语境,莱辛的小说中主要涉及的语境也是全球化语境和后殖民语境。莱辛的小说创作从20世纪中期开始,一直到21世纪初期结束;小说故事发生的时间大致从第一次世界大战到21世纪初;小说的创作背景处于西方国家向海外大规模扩张、殖民以及全球化的高涨时期。基于以上时间范围和社会背景,莱辛在其小说中探讨了不同的民族如何寻找自己的身份归属,不同的个体如何确定自己的文化身份问题等问题。

一 全球化视野中的"身份/认同"

"全球化"从来就不是一个清晰的概念,它也受到了颇多质疑。不可否认的是,资本主义经济在全球范围内的扩张、帝国状态的去中心化、英语文化在世界范围内的垄断,以及全世界趋于一体化的社会现实都是

---

① Judith Butler, *Gender Trouble: Feminism and the Subversion of Identity*, London and New York: Routledge, 1990: 25.

有目共睹的,所以,与其把全球化作为一个明晰的概念来使用,不如将其作为一个语义场,涵盖当下在全球范围内出现的不可被忽视的新现象:全球化不仅导致全球范围内经济、文化、社会生活等方面的同质化,而且,看似平等的经济、政治、文化交流,实际上蕴含了强势群体对弱势群体的压迫性关系。尽管如此,全球化仍然提供了交流对话的机会。这就使得个体甚至民族在确认自己身份的时候发生了困难,身份从来就不是中性的,身份的确认是需要进行价值判断和价值选择的活动。斯图亚特·霍尔就指出,文化身份能够反映共同的历史经验和共同的文化符码,同时,它既是"存在"的又是"变化"的,既属于过去又属于未来,总之,是一种动态的和杂糅的现实。

全球化作为莱辛小说创作的背景,时间从第一次世界大战一直延伸到21世纪初,莱辛小说的故事背景基本上都发生在这一时期,全球化也就成为其小说中人物的生存处境。全球化语境下白人和黑人在面对文化的趋同性时,不同的民族为了保有自己完整的民族文化身份所做的努力、不能够回溯到文化源头并保有自己原初身份时的无奈和焦虑状态等,都是莱辛在全球化视野下对于身份问题的思考。

(一) 全球化的状况

在当今社会,全球化语境是一个核心问题,因为它和当今世界上一切重大的政治、经济、文化、社会、安全等问题都息息相关。而且,全球化问题也是敏感的,它与国家利益和未来走向紧密相连。正是在这样的全球化背景下,身份/认同问题显得尤为突出和重要。"全球化在广度、深度、强度、密度四个维度上推进,形成了当代全球化强势语境,使价值哲学乃至社会科学的话语体系和问题界域都发生了重大转换。联合国教科文组织最近出版的《世界社会科学报告》指出:'全球化理论是社会科学领域的一次主要的范式转换,社会科学绝不可能再与从前一模一样了。'"[①] 正如约翰·汤姆林森所说,全球化作为一种"复杂的联结",是"相互联系和互相依存构成了现代社会生活的特征,而全球化指的就是快速发展、不断密集的相互联系和互相依存的网络系统"。[②]

[①] 程光泉:《全球化与价值冲突》,湖南人民出版社,2003,第1~2页。
[②] 约翰·汤姆林森:《全球化与文化》,郭英剑译,南京大学出版社,2002,第2页。

"全球化"(globalization)一词是 1985 年由提奥多尔·拉维特(Theodre Levitt)率先提出来的,指的是 20 世纪七八十年代经济突破国家的界限,在全球范围内扩展的现象。此后,"全球化"一词的指涉逐渐超出了经济领域,指向包括文化、政治、人口流动、网络、国际关系等国际状况。罗兰·罗伯森(Roland Robertson)曾为"全球化"做过明确的定义:"作为一个概念,全球化既指世界的压缩(compression),又指认为世界是一个整体的意识的增强。"① 政治、经济、文化、社会、传播、国际关系、移民、人权、环境治理等诸多问题正在突破原有的国家地域,世界正走向一体化,全世界的各个角落正在以各种方式错综复杂地联结在一起,由此也导致了个体身份和民族身份的不稳定性与间性特征。

托马斯·弗里德曼(Thomas L. Friedman)在《世界是平的》(*The World Is Flat*)中将全球化的时代进程分为三个阶段。第一个阶段从 1492 年持续到 1800 年,弗里德曼称其为"全球化 1.0"。这一个阶段起始于哥伦布远航发现新大陆,并由此开启不同国家(地区)之间的贸易。这一时期全球化的主要动力是国家,因而,此时全球化的进程取决于一国的实力,即有多少马力、风力和蒸汽动力,国家和政府利用暴力推倒壁垒,将世界各部分合并在一起。第二个阶段被称作"全球化 2.0",这一时代从 1800 年左右一直持续到 2000 年,其间曾出现过经济大萧条和两次世界大战。这一时期全球化的主要力量是跨国公司,借助铁路、蒸汽机、电话、电报、电脑、卫星、初级互联网等,实现商品和信息在全球的充分流动。自 2000 年起,世界进入了一个全新的时代——"全球化 3.0"。这一时期可以说世界变成了微型的,世界真的成为平的,并且这一时期全球化的主要动力是个人,而能让个人参与到全球化进程的是软件和网络。②

阿尔君·阿帕杜莱(Arjun Appadurai)在《全球文化经济中的断裂与差异》一文中,描述了全球化的五个维度:"(a)人种图景(ethnoscapes),(b)媒体图景(mediascapes),(c)科技图景(technoscapes),(d)金融图景(finanscapes),(e)意识形态图景(ideoscapes)。我使用图景(scape)

---

① 罗兰·罗伯森:《全球化:社会理论和全球文化》,梁光严译,上海人民出版社,2000,第 11 页。
② 托马斯·弗里德曼:《世界是平的》,何帆、肖莹莹、郝正非译,湖南科学技术出版社,2006,第 8 页。

这个后缀旨在表示这些景观流动的和不规律的形态,它们深刻地体现了国际资本的特征。"具体来说,(a) 人种图景,指人的景观,我们居住的这个变动不居的世界就是由旅游者、难民、移民、流放者、外籍劳工,以及其他移动的群体和个人构成的。虽然这并不意味着相对稳定的共同体和关系网络不再存在,但稳定性的经线已经和流动的纬线交织在一起了。(b) 媒体图景,既指生产和传播信息的电子能力的分配(报纸、杂志、电视台和电影制片厂),也指这些媒体所创造的世界形象。媒体图景最重要的功能就是向全世界提供无所不包的形象、叙事和人种图景,以形象为中心、以叙事为基础来描绘现实世界,现实景观和虚构景观在这里是模糊的。(c) 科技图景,是科技的一种流动状态,以往被认为是较为封闭的、牢不可破的界限,现在已经被各种技术冲破了边界、跨越了界限,而这种技术无论是复杂技术还是简单技术,无论是机械技术还是信息技术,都处于流动的状态中。由于跨国公司的存在,科技图景已经成为货币流动、政治可能性、科技配置、工人等因素的复杂流动关系。(d) 金融图景,指货币市场、国家的证券交易和商品的投机,都会造成巨额资金在不同国家之间进行盲目流动,从而使得即便是百分点和时间上的细微变化都会带来难以想象的后果。(e) 意识形态图景,既包括国家意识形态,也包括想要获得国家权力的政治运动的反意识形态(counter-ideologies),而无论是哪种,都具有直接的政治性。[①] 在当今全球化语境下,这些图景自身的流动速度飞快、规模巨大、数量惊人,每个图景之间存在着复杂的关系,复杂到无法明晰他们之间的具体关联,这就造成五个图景彼此之间深刻的断裂性,而断裂和脱节成为全球化的主要特征。

(二) 全球化的特征

全球化导致全球范围内经济、文化和社会生活等方面的同质化。由于科技的不断进步,交通运输和信息传递技术高速发展,全世界范围的人口、经济、文化流动规模巨大,信息传播时间几乎达到实时传送,社会生活的各个方面在全球范围内获得了共享,这也就导致了同质化现象。"文化多元主义"(在一个社会中,同时并存两个及以上的文化、历史、

[①] 阿尔君·阿帕杜莱:《全球文化经济中的断裂与差异》,陈燕谷译,载汪晖、陈燕谷主编《文化与公共性》,生活·读书·新知三联书店,1998,第529~534页。

宗教、语言等）即是最好的例子，由于文化在全球范围内的流动，致使多元的文化在同一地域、民族国家甚至国际社会中同时存在，然而，共存的文化一方面由于相互间的交流和碰撞，成为吸收了其他文化特征的新的"混杂"的文化；另一方面也因为多元的文化在不断地交流中逐渐失去了自己的特性，致使自身的文化身份边界模糊，趋向同质化。正是在这种文化被"吞并"的危险不断加剧的情况下，民族国家提出重建民族文化身份，通过文本塑造民族性格、民族传统、习俗、节日等文化独特性的东西，想要清晰自己的民族文化身份边界，以抵抗同质化带来的文化消融的风险。

此外，全球化语境下看似平等的经济、政治、文化交流，实际上蕴含着强势群体对弱势群体的压迫性关系。仍以"文化多元主义"作为例子，虽然是多种文化在世界范围内的并存与交流，但是仍然有强势的大国文化吞并弱势的他国文化的霸权行为存在。美国的英语文化在全球范围内的传播，实际上起到了垄断的效果，比如漫威的动漫在世界范围内对以男性为主的受众对象产生的深刻的影响，这些受众普遍接受美国的个人英雄主义思想，将漫威动漫中的英雄当作偶像来崇拜；就中国本土来说，电影界以开放包容的姿态接纳外来电影，但消费者们却往往只选择看美国大片，激动于好莱坞的特效和个人英雄主义的震撼，这其实是美国文化输出的成功结果。可以说，美国的文化模式正在成为世界文化的范本，美国的电影、美国的音乐、美国的电视，正弥散在世界各地，成为不同文化和民族所接受甚至模仿的对象。所以，提到文化、民族主义等诸多问题，如民族尊严、民族自豪感并不是唯一值得我们担心的东西，美国的大众文化模式正借由"文化全球化"走向世界，并将诸多文化同化，甚至取而代之，这已经超出了文化间平等交流的模式，而形成了一种文化"霸权"，这是全球化语境下，文化所要面临的最突出的危机。[①] 可见，"文化多元主义"并不是不同文化的平等共存，"西方世界所实行的'大杂烩'策略，实际上是站在白种人的角度，首先将异己文化设想成对立

[①] 弗雷德里克·詹姆逊：《论全球化和文化》，王逢振译，载王宁编《全球化与文化：西方与中国》，北京大学出版社，2002；弗雷德里克·詹姆逊：《论全球化的影响》，王逢振译，《马克思主义与现实》2001年第5期；王宁编《全球化与文化：西方与中国》，北京大学出版社，2002，"编者前言"第11页。

面,然后摆出文化宽容的姿态,容许异己文化在主流社会的边缘拥有一定的生存空间,但既然在'宽容'之前,这些文化的角色已经预先被设定好了,那么,它们就不得不接受主流文化的评判,并按照主流社会所设定的模式来呈现"。"形式上的平等并未能保证事实上的平等。"[①] 针对这种现象,霍米·巴巴提出了文化差异理论,认为文化的权威只能在文化的差异中形成,一个强势的文化想要获得权威地位,要参照差异性的弱势文化来界定,一旦强势文化与弱势文化相遇,强势文化之中就掺杂了弱势文化的因素,强势文化本身的权威性也就被解构了,所以,以文化差异来理解全球范围内的文化交流、并存现象,能够避免主流文化将边缘文化当作客体来评判,也就取消了二者之间存在的压迫关系。

全球化过程是一个脱域的过程,也就是去地域化的过程。以文化为例,某一民族文化已然不再受到具体的民族地域的限制,而是伴随着民族人口的迁徙流动与其他民族文化相遇;伴随网络、电视媒介的发展,文化能超越时间和地点传播到世界各个角落,并由当地人根据自己已有的认知结构加以吸收转化;伴随世界市场的逐渐打开,不同国家之间文化产品的相互交流,使人们可以在同一个地方购买到来自不同国家的文化产品。这种脱域的特征使文化可以在全世界范围内流动,并且渗透到人们日常生活的方方面面。这种文化全球化脱域的特点,不仅更新了民族文化的内涵,也有利于加强民族文化认同:一方面接纳新的文化因素,促进本民族文化的创造力;另一方面促使其有意识地保护本民族的文化特色,明确本民族的文化身份。全球化为各种文化和文明进行交流和对话提供了很好的平台与机遇。

正是全球化为不同文化提供了交流对话的机会,全球化也就具有了"超文化性"的特点。任裕海在《全球化、身份认同与超文化能力》一书中指出,"超文化性"指当代不同文化之间相互渗透和相互关联,不同生活方式之间相互影响,超出了原有的国家和民族的界限,呈现开放性和交流性。正是由于全球经济相互关联、传播技术高速发展、人口大规模迁徙、不同生活方式和文化间相互作用,使得差异性文化之间能够

---

① 翟晶:《边缘世界——霍米·巴巴后殖民理论研究》,文化艺术出版社,2013,第60页。

相互交流和沟通，从而实现全球化语境下的"超文化性"。① 也就是说，超文化已经成为全球化视野下的一种生存状态，文化不再是界限分明的，甚至不再是多元文化并存的状态，而是呈现出深层次结构上的沟通与交流，每种文化都处于开放的状态，虽然"原生状态是必要的，但是文化的目的并不是停滞于此，而是要由此延伸，要成为一条河流而不是一道水坝"②。一方面，文化允许保留流动的状态，使其在不同文化之间流动；另一方面，保有自身文化中有意义和有价值的部分，使自己成为一种新的文化，而不是去寻找指向某一确定文化的归属感和确定感，即通过开放流动的姿态获得一种文化的稳定感。

（三）全球化视野中的"身份/认同"

由于全球化导致的人口迁徙、文化流动、社会同质等现象，使得个体甚至民族在确认自己的身份的时候发生了困难，身份/认同从来就不是中性的，而是需要进行价值判断和价值选择的活动，传统的身份能给人以确定的安全感和归属感，"传统创造了事物的确实感，它典型的糅合了认知和道德上的因素。世界是其本原的样子，因为它应该是那个样子"③。而吉登斯所说的晚期现代性社会的这种全球化状况，使得身份作为一个话语场充满了协商与不确定，"该做什么？如何行动？成为谁？对于生活在晚期现代性的场景中的每个人，都是核心的问题，在任何水平上，无论是话语性的还是通过日常的社会行为，它们都是我们所要回答的问题"④。由于主体要面对重建确定性身份的压力，所以使得需要进行身份认同的主体产生了身份焦虑和身份意识，也使世界范围内的个体主体和民族国家主体产生了重建文化身份的愿望。这种认同不同于以往受到时间、地域限制的文化身份塑造，而是接受着来自世界范围的、超越时间—地域限制的文化碎片的塑造。当今新媒介的迅猛发展，可以截取某一文化的碎片，即时性地抛向世界各个角落，如此一来，文化身

---

① 任裕海：《全球化、身份认同与超文化能力》，南京大学出版社，2015，第152页。
② Mikhail Epstein, Transculture: A Broad Way Between Globalism and Multiculturalism, *The American Journal of Economics and Sociology*, 2009, (1): 341.
③ 安东尼·吉登斯：《现代性与自我认同：现代晚期的自我与社会》，赵旭东、方文译，生活·读书·新知三联书店，1998，第53页。
④ 安东尼·吉登斯：《现代性与自我认同：现代晚期的自我与社会》，赵旭东、方文译，生活·读书·新知三联书店，1998，第80~81页。

份的建构就变得更为复杂,因为它要受到来自不同文化的、数量惊人的碎片的同时影响,杂交性就成为全球化语境下的文化身份建构状态。由于新技术的发展和应用,让我们听到不同文化的声音,虽然这些声音有的是和谐的,有的是不和谐的,但当我们吸收了这些不同的声音的时候,这些声音就成为我们的一部分,我们也成为这些声音的一部分。这个由不同声音构成的自我是不连贯的,社会提供的这些不同的文化声音使我们成为碎片化的自我,受到来自不同力量的撕扯,让我们扮演着不同的角色,让原本那个统一的、连贯性的、本真的自我消失了。[①]

斯图亚特·霍尔在《文化身份与族裔散居》一文中指出,对于"文化身份"来说,存在着两种思维方式。第一种思维方式将文化身份看作是一种隐藏于诸多外部的、人为的、肤浅的、强加的"自我"之中的真正的自我,这个真正的自我有着共同的和集体的文化意识,有着来自共同祖先的文化心理积淀,意味着有共同的集体无意识。因而,拥有了共同的文化身份就意味着拥有了共同的历史经验和文化符码,拥有共同的历史经验和文化符码就使得作为一个民族的我们能够拥有稳定的、不变的、连续的意义指涉和意义框架,这使我们能够在历史的变化发展之中,在其他民族文化的冲击包围之中,获得稳定的自我和身份。[②] 然而,相对于第一种稳定的、不变的、连续的文化身份立场,霍尔认为还有另外一种文化身份立场。他以加勒比人的文化身份确认为例,指出加勒比人的文化身份是断裂的和不断变化的,其文化身份可以追溯它的历史,回溯它的源头。然而,却不能固定于这个历史和源头,而是要向前发展和变化,它不是那个超越了时间、历史、地点的本质和稳定东西,是随着历史、权力、文化的变化而"嬉戏"着的,所以,这种文化身份立场强调的是,它既是"存在的",又是"变化的",既属于过去,又属于未来。[③] 可见,全球化视野下的文化身份虽然有其产生的历史和源头,但是它已经不是那个原初身份了,它早已在历史的发展过程中,通过文化

---

① Kenneth J. Gergen, *The Saturated Self: Dilemmas of Identity in Contemporary Life*, New York: Basic Books, 1991, 6-7.
② 斯图亚特·霍尔:《文化身份与族裔散居》,陈永国译,载罗钢、刘象愚主编《文化研究读本》,中国社会科学出版社,2000,第209页。
③ 斯图亚特·霍尔:《文化身份与族裔散居》,陈永国译,载罗钢、刘象愚主编《文化研究读本》,中国社会科学出版社,2000,第211页。

身份的不断建构，被不断改写和重塑了，所以文化身份在这里并不存在一个原初的、固定的本质，而是处于永恒的变化之中，或许可以说，变化即是它的本质。"人们受到变动不居的、不间断地延伸的、缺乏统合的关系网络的邀请或批准，可以在上面铭刻、涂抹和重写自己的身份/认同。"① 在全球化语境下，身份/认同绝对不是一个固定的事实，它呈现出一种动态的、生成的现实。个体也不再具有本质性、单一性的身份，而是杂糅的。

由于互联网的爆炸式发展，使得身份的现实界限和虚拟界限不断被打破甚至重组，人们可以在虚拟世界拥有多个毫不相干的虚拟身份，虚拟身份可以和他的现实身份相联系，也可以毫无关联，二者的边界相互渗透。在虚拟的文化里我们可以建构起我们的身份/认同，随着互联网的不断发展，身份的真实与虚拟的界限不断被突破，无论是在日常生活中，还是在科学研究领域里，这种身份的真实、虚拟的转换、边界的模糊都不断地被利用，例如，科学家尝试着去创造人工生命、儿童通过虚拟人格来学习文化和语言等。在网络的虚拟文化世界里，我们所有能体验到的身份/认同已经发生了革命性的变化。② 而且，身份通过网络超越了地域的限制，其空间扩大到了全球范围，人不必囿于具体地域中的具体身份，将身份敞开，可以获得一种全球范围的身份交流，而这也加剧了身份的不确定性和不稳定性。

全球化视野下的超文化生存状态，为身份/认同的建构提供了新的路径，身份建构如同文化流动一样，处于开放的状态，身份要摆脱本源性身份的束缚，在与他人交往的过程中，深度思考与他人的关系，与他人产生深度关联，获得一种主动性的身份/认同意识。建构自己的身份不是简单地吸纳他者的身份要素，而是理解、整合他人的身份要素，同自己的身份/认同有机结合，实现整体大于两者之和的身份/认同结果，实现身份/认同之间的互补和共识，克服自己身份/认同当中的狭隘性，以积极的态度、有意识地建构自己的身份/认同。"个体就可以获得'动态居

---

① Kenneth J. Gergen, *The Saturated Self: Dilemmas of Identity in Contemporary Life*, New York: Basic Books, 1991: 228.
② Sherry Turkle, *Life on the Screen: Identity in the Age of the Internet*, New York: Simon and Scbuster, 1995: 10.

间性'(dynamic in-betweenness),即能够在多样性的文化认同间持续自如地移动,保持一种经过整合的多元文化的存在方式,同时有意识地进行选择并对各种不同的参照框架进行有效的管理。"①

二 后殖民语境下的"身份/认同"

很多后殖民理论家,都在他们的理论当中提到过后殖民语境当中的身份/认同问题。陶家俊在《文化身份的嬗变——E.M.福斯特小说和思想研究》一书中指出,后殖民语境的时间是20世纪五六十年代,也就是二战结束之后,此时第三世界国家兴起了反殖民斗争,并纷纷获得了民族国家的政治独立。然而,第三世界国家的政治独立并不意味着其文化上的独立,其文化上仍然受到原宗主国的控制和压迫。在这样的后殖民语境之下,民族文化身份独立性的确认就显得尤为重要。后殖民文化身份从二元对立角度和反对文化霸权的立场出发,重新审视东方与西方、白种人与黑种人、主流社会与边缘群体之间的关系,试图以新的角度重新书写历史,重新书写身份。后殖民语境下的文化身份研究经历了从泛中心主义、民族国家意识到女性话语、族裔散居等边缘化少数群体话语的演变。②

在厘清后殖民语境的概念之前,我们首先要知道"殖民"的含义。"殖民"一词最初并没有贬义的倾向。早期的"殖民"指的是移民,具有中性的意味,只是一个技术性的术语。后来随着社会的发展变化。"殖民"的概念也随之发生了变化。今天我们普遍认知的"殖民"概念是指:其他的国家或民族在政治、经济、文化、军事等方面对于本地人民的压迫与奴役,代表着一种在世界范围内存在着的殖民主义。而后殖民主义则指殖民主义之后。罗如春在《后殖民身份认同话语研究》一书中明确指出的,"后殖民"一般来说包括两个方面:一个方面是后殖民的现实语境,即指在第三世界国家风起云涌的反殖民运动结束之后,获得了政治上独立的原殖民地国家,并未能在原宗主国面前获得平等的文化交流权力,仍然受到原宗主国的文化压迫和控制,这种文化上的混杂交

---

① 任裕海:《全球化、身份认同与超文化能力》,南京大学出版社,2015,第169页。
② 陶家俊:《文化身份的嬗变——E.M.福斯特小说和思想研究》,中国社会科学出版社,2003,第70~71页。

融的语境就是后殖民语境;另一个方面是指描述后殖民语境状态的后殖民主义理论,这种理论是对于后殖民状态的一种批判性话语,具有反殖和解殖的性质,其包括了吉尔伯特所称的后殖民理论与后殖民批评,其核心部分是殖民时代产生的殖民批判话语。[①] 也就是说,"后殖民"一方面指后殖民语境及其对这种语境的描述,既包括宗主国对原殖民地文化与资本方面的控制的外部殖民,也包括国家、民族内部对于少数族裔和弱势群体的内部殖民;另一方面指后殖民批判话语,即侧重于从文化心理学角度对殖民话语的解构。

正是基于这样的后殖民语境,全球范围的人口大规模迁徙和流动,以及由此导致的文化多元并存的现状,使得空间上和文化上的国家和民族边界日益模糊,因而,20世纪五六十年代以来,文化身份问题日益受到关注。此时文化身份的特点是:(1)"定位政治",即主体的位置取代了追寻民族根源,成为关注的焦点。也就是说,固定范畴,诸如民族、第三世界、阶级等,所表达的政治相对于"定位政治"来说显得不再重要。(2)原有的关于第一世界和第三世界的二元对立的表述,在这种"定位政治"的表达之下,是应该被修正的,虽然二者的地位是不能够被置换的,但是二者之间却具有可流动性。(3)由此可知,在这些体系的形成中,地方交流和全球结构相比较显得更为重要。也就是说,流动的关系要以流动的视角去理解,而不是以结构的、固定的视角去理解它们。(4)总体来说,后殖民主体不是一个固定的范畴,也不能用单纯的二元对立思维去理解它,而是要正视它的"居间的"和"混杂的"特性。(5)"后殖民"批评的着眼点在于后殖民的主体,而不是主体的外部世界,外部世界对于后殖民批评者来说,不过是主体观和认识论的外化。也就是说,与过去并无二致,外部世界仍然是被建构出来的,只不过,过去建构世界的主体,现在成为被批评的对象。[②] 由上述可见,后殖民语境下最主要的问题是"定位政治"问题,即主体的位置——身份政治问题,在全球性文化流动的大环境下,身份是模糊的,是混杂的,是位于"间性"空间中的,这种共识身份的模糊与位置的不确定让人们

[①] 罗如春:《后殖民身份认同话语研究》,中国社会科学出版社,2016,第2页。
[②] 阿里夫·德里克:《后革命氛围》,王宁等译,中国社会科学出版社,1999,第118~119页。

产生了强烈的身份焦虑,正是在这种身份焦虑的驱动下,人们迫切想要获得清晰的身份和定位,然而,主体的身份是在与他者的对照中建立起来的,致使我的身份之中有着挥之不去的他者的身影。

后殖民语境下的身份/认同问题可以细分为两种:一种是二元对立思维指导下的确定性且本质化的身份理论,属于非典型的后殖民身份理论,因为整个后殖民话语主要指向的是文化心理批判,而这种非典型的后殖民身份理论不仅不排斥二元对立的思维方式,还强调政治、经济、阶级、种族等宏观结构的制约和影响。其中较有影响的人物有:阿吉兹·阿罕默德(Aijaz Ahmad)、小埃·圣胡安(E. Jr. San Juan)、恩古吉·瓦·提安哥(Ngugi wa Thiog'o)、埃拉·肖哈特(Ella Shohat)、安妮·麦克林托克(Anne McClintock)、加亚特里·查克拉瓦蒂·斯皮瓦克(Gayatri Chakravorty Spivak)等。他们认为西方与非西方之间仍然存在压迫与剥削,仍然存在善与恶的二元对立,这样界限分明的对立身份,更有利于受压迫和受剥削的非西方群体旗帜鲜明地坚决抵抗西方的恶。曼纽尔·卡斯特尔将后殖民语境中的身份/认同分成三类:合法性认同,"由社会的互配性制度所引入,以拓展及合理化它们对社会行动者的支配";抗拒性认同,"由那些在支配的逻辑下被贬低或诬蔑的行动者所拥有的"认同,他们"筑起了抵抗的战壕,并在不同于或相反于既有社会体制的原则基础上生存下来";规划性认同,"当社会行动者基于不管什么样的能到手的文化材料,而建构一种新的认同重新界定其社会地位并因此寻求全面社会转型的认同"。① 这种认同分类是基于二元论的思维方式,将认同的身份分为强者和弱者,前者大致可指殖民体系中的殖民者,占据着支配者的地位,而后者大致可指殖民体系中的被殖民者,处于受支配地位,只不过"抗拒性认同"更倾向于对于支配者的否定性认同,"规划性认同"则偏重肯定性的建构。

最为典型的二元论思维的后殖民身份理论当属爱德华·W.萨义德(Edward W. Said)在《东方学》中所提出的相关理论,他明确指出西方话语通过文本的不断重复表征了西方凝视之下的东方,西方白人身份根

---

① 曼纽尔·卡斯特:《认同的力量》(第二版),曹荣湘译,社会科学文献出版社,2006,第5~10页。

据生物学和政治学的看似强有力的依据被确定下来，"关于原初起源和原初分类、现代堕落、文明之进展、白种（或雅利安）民族之命运、获取殖民领地之需要的观念"，都试图将欧洲列为先进的、文明的种族，因而具有了对于非欧洲民族的支配权，成为文明的风向标。[①] 并且，这种殖民霸权地位是不容置疑的，是白人生而有之的，是不必也不能被追问的。与此同时，作为他者的东方人身份也被作为一种本质固定下来，东方人对于西方主流社会来说，是某种异质性的东西，总是与诸如落后、堕落、不开化、迟缓等特质相关联。在生物学的框架之下，这是东方人种与生俱来的特质，在道德—政治劝谕的框架之内，东方人生而是不道德的，他们的落后、堕落、不开化和迟缓等特质是一种与生俱来的不道德，需要被先进的文明加以改造。从某种程度上来说，东方人之于西方人，并不是可以相互凝视的主体，东方人并不能作为主体，甚至不能作为人而存在于西方人的视野中，只能作为有待解决的问题而存在，这为西方人的殖民活动、接管东方人的领土提供了合法性。[②] 东方不是东方本来的样子，而是西方人用西方话语根据自己的想象制造出来的原型，并且用这种原型去理解所有遇见的具体的东方的现象，东方人也不是具体的东方人，而是只存在于西方话语之中，被固定了本质的，作为西方的他者而存在的东方。萨义德将西方身份和东方身份看成是二元对立的双方，虽然他试图破除这种二元论的思维方式和西方建构下的东方和东方身份，但其本质上仍然是二元论的思维模式。

另一种是典型的后殖民身份理论，不同于前一种的二元论思维方式。这种后殖民身份"主要以后现代、后结构思想为理论武器，秉持反二元论的思维方式，注重文本政治分析，强调后殖民主体性功能和个体微观层面的反抗作用，重视文化身份的流动性、混杂性特征。这种后殖民理论之所以说是典型的，就在于它确实揭示出殖民主义之后新的后殖民现实语境的交融混杂的典型特征；之所以是正统的，就在于这种话语至今

---

① 爱德华·W. 萨义德：《东方学》，王宇根译，生活·读书·新知三联书店，1999，第296页。
② 爱德华·W. 萨义德：《东方学》，王宇根译，生活·读书·新知三联书店，1999，第264页。

还占据着后殖民理论的话语权威的中心位置"①。这也正对应了一直以来的本质主义身份观和建构主义身份观之争,身份到底是一种确定性的本质,还是混杂的、被建构起来的。有学者认为,"根本就不存在什么身份。不,身份从来不是给定的、被接受的或获得的;只有身份认同无终止的和不确定的幻想过程是永存的"②,即身份永远处在被建构的过程当中,一直是未完成的,因而也就不存在什么确定的、固定的或者给定的本质了。克雷格·卡尔霍恩(Craig Calhoun)也认为,人的名字、所说的语言和身处的文化确定了人的存在,并且由此也区分了我们与他们、自我与他者的关系。然而,人的名字、所说的语言和身处的文化对于自我的身份不仅是一种确定,同时也是一种建构,这种建构来自外部,其中包含着他者对于自我的判断,因而这个建构起来的身份不能脱离他者的影子。③ 在这里,卡尔霍恩提到了身份建构中他者的作用:我们是不能摆脱自我身份中他者的影响的,他者的影响是我们身份的一部分。

非二元论思维框架下的后殖民身份理论的代表者是霍米·巴巴,他认为宗主国的殖民者将英语和自己的文化带入殖民地,并通过重复书写将自己的文化身份在殖民地确定下来,然而,当宗主国的文化和语言遇到被殖民地的人民时,两种文化的相遇必然造成不断的误读,殖民者的文化也就在不断被误读的过程中被不断地延异,离自己的本源越来越远。"无论在什么时候,如果有一种书写行动既打上了记号,又反过来在自己的记号上用一种难以决定的笔触进行涂抹……那么这种双重标记就脱离了真理的确当性或者说真理的权威性:不能说这种行动推翻了真理的权威性,也不能说书写行动在自己的游戏中把真理的权威性与确当性刻写成了书写的一种功能或者一个部分。一旦作为一个事件,这种混乱就不发生或者还不曾发生。它不是占据了一个简单的空间,它不是发生在书写行动中,正是这种错位在(被)书写。"④ 正是在这种延异的文化符号

---

① 罗如春:《后殖民身份认同话语研究》,中国社会科学出版社,2016,第7页。
② 斯蒂芬·哈恩:《德里达》,吴琼译,中华书局,2003,第27页。
③ Craig Calhoun, *Social Theory and the Politics of Identity*, Oxford UK and Cambridge USA: Blackwell, 1994: 9-10.
④ Homi K. Bhabha, *The Location of Culture*, London and New York: Routledge, 1994: 108.

的建构中，殖民者的身份也被被殖民者们误读，被被殖民者的文化入侵，也就是说，从属的或者边缘的群体，虽然之于他们所从属的民族所提供或者输出的文化属于被支配地位，对于被输入什么样的文化这些从属的或者边缘的群体没有自主选择权，但是，这些从属的或者边缘的群体却能够决定自己在何种程度上吸收哪种材料、拒绝哪种材料，并决定将所吸纳的材料从事何种用途。① 被殖民者会根据自身的文化来理解殖民者的文化及身份。而被殖民者被要求模拟殖民者的文化及制度，从而建构起认同殖民者的身份，"模拟时话语是围绕着一种矛盾性建构起来的；为了富有成效，模拟必须不断地生产它的滑脱、它的过剩、它的差异。我称其为模拟的这种殖民话语模式的权威由此受到一种不确定性的打击：模拟突现为一种其本身就是一个否定过程的差异的表征。模拟于是就成为一种双重发声的符号；是一种改革、管制和规训的复杂策略，而这种策略在将权力视觉化的同时也将'大他者''挪用'了。然而，模拟也是表示不恰当、一种差异或抵抗的符号，它凝聚着殖民权力的统治性战略功能，强化了监视，并给'标准化'的知识和规训权力都发出了一个内在的威胁"②。可见，被殖民者对于殖民者文化和身份的模拟并不是原封不动地照搬，而是掺杂进了自身的个体性的理解，致使殖民者的文化失去了原本的模样。然而，虽然被殖民者想要按照原样模拟成殖民者的样子，以此来否定自己，成为殖民者的样子，但被殖民者无意识的、不自觉的对于自身文化与身份的认同起着反抗性作用，这就使得被殖民者的身份既不是被殖民者希望的像殖民者一样的身份，也不是殖民者入侵以前的被殖民者自身的模样，而是混杂了两者、复杂到无法厘清的杂交身份。如此看来，无论是殖民者还是被殖民者的身份，都是你中有我、我中有你的混杂状态，不再有清晰的身份界限了。霍米·巴巴基于杂交身份的概念，突破了二元论的思维模式。

莱辛的创作更多关注的是突破二元论思维模式的杂交性的身份。在原殖民地非洲生活的英国白人们，带着所谓的先进的文明入侵了非洲土著的生活，虽然英国的白人文明是作为优势和先进的代表存在在

---

① Mary Louise Pratt, *Imperial Eyes: Travel Writing and Transculturation*, London and New York: Routledge, 1992: 6.
② Homi K. Bhabha, *The Location of Culture*, London and New York: Routledge, 1994: 86.

这片土地之上的，但它也不得不受到非洲文明的浸染，吸纳了它所鄙视的落后的文明的某些因素，诸如从会说土著的语言到室内的装饰也采用了非洲本土的装饰物等。莱辛所要反思的是，处于被支配地位的非洲文化身份通过文化的杂交，一定程度上具有了颠覆占支配地位的英国白人身份的因素，使得英国白人的文化身份不再纯粹，不再像白人所标榜的那样"高贵"，也使得英国白人文化的压迫性之中暗藏了一些可以被反抗的意味。

三 身份/认同政治

由前文可知，文化的全球化和广义的后殖民语境所带来的一个共同后果是强势群体的文化身份对弱势群体的文化身份的霸权和压迫，这为弱势群体为了自己的身份平等和身份尊严高声疾呼提供了现实语境。莱辛本身就是一位族裔散居作家，身为英国白人，却出生并生长在非洲这片辽阔的土地上。作为白人，她对于生活在同一片土地上的黑人有着不自觉的隔绝；与同样作为英国人的英国本土的英国人相比较，英国本土的英国人又看不起这些生长在非洲的英国人，认为他们的身份受到了非洲文化的影响，不是纯粹而高贵的英国人，所以，在莱辛的非洲小说中，对身份的平等问题多有反思，并且在莱辛的其他小说中，也有对于弱势群体身份平等的思考和呼吁。

（一）"身份/认同"政治概况

随着冷战的结束，全球范围内的民族独立解放运动、民族国家内部少数族裔、边缘群体对平等权利的呼吁和诉求，使得后现代社会中，从日常生活到国家政治再到国际关系，到处彰显着对于作为主体的个人或者群体的身份/认同之争。"文化身份认同从同一原则作用下的诗性认同变成了差异原则支配下的身份认同，从欧洲知识话语的独白走向少数话语和后殖民话语的多声部合唱，交织着革命、反抗和其他政治斗争手段。"[①]

西方早在20世纪70年代就开始了对身份/认同政治的关注。乔纳

---

① 陶家俊：《同一与差异：从现代到后现代身份认同》，《四川外语学院学报》2004年第2期，第114~118页。

森·弗里德曼（Jonathan Friedman）认为："七十年代中期起（在美国还要更早）兴起的文化政治从建立在普遍进步和发展理想基础上的现代政治全面转向……与性别、地方或种族身份相关的文化身份（认同）政治。这表现为'新'身份、新社会类别以及通常情况下新政治群体的激增。"[①] 新的身份/认同问题涵盖着第一世界中的边缘群体的身份/认同问题，如少数族群、女性、移民、同性恋、青年、少数民族等，以及殖民地的被殖民主体的身份/认同问题。身份/认同政治通过差异的原则，以政治关怀的姿态，反对身份上的等级与压迫，着力使少数族群突破沉默和被书写的状态，发出自己的声音，重新界定自己的身份。

身份/认同政治作为一个时代趋势，其产生有多方面的原因。

首先，身份/认同政治是主体觉醒之后的产物。等级制度时期人的身份是被给定的、是固定的，人面对自己的身份是被动的，人的位置被嵌在等级制度当中，与人的主体性和个性毫无关系，更不必说人自我定位的能动性。在现代性进程中，笛卡尔赋予了人以完整统一的主体，现代政治确立了主体的平等与尊严，民族国家的建立为个体提供了稳定的认同归属感，由此，主体通过对自我的确认获得稳定的认同感和归属感。

其次，由于全球范围内资本、文化、人口的流动与迁徙，无论是西方国家还是非西方国家都面临着文化身份多样性和差异化状况，在社会制度和国家政治不能保证差异身份平等的情况下，少数族群必然要求身份/认同的平等与尊严，由此文化身份/认同政治应运而生，如重建民族文化身份认同、宗教身份认同、同性恋群体的身份诉求、少数民族的身份认同等，都在以身份作为发生和斗争的手段来寻求平等。

（二）民族身份/认同

全球范围内身份之争最为激烈、受到最多关注的当属民族身份/认同问题。

民族（Nation）的法语和拉丁语的词源都是"种族"，然而，民族和种族是不同的，《西方文论关键词》中解释道："种族"（Race）是由生物学上的遗传基因标识的，并且结合了地域、肤色、体质等因素的一种

---

① Jonathan Friedman, *Cultural Identity and Global Process*, London: Sage, 1994: 234.

科学区分人类群体的方式,又被称为"人种"。然而,种族又不仅仅是一个生物学的概念,它还涉及社会文化的范畴,其中由强势群体强加于弱势群体之上的一些想象性的特质就属于社会文化的范畴。① 康德曾在《自然地理》中指出:"人类最完美的典范是白种人,黄种人智商较低,黑人智商更低,部分美洲部落位于最底层。"虽然"种族"概念是存在价值判断的,并不是一个中性的区分人群的纯粹生物学概念,但"种族"概念主要以生物学为立论根本,而民族更多的是强调文化、历史、社会等诸多人为因素的建构。② 直到16世纪,Nation 一词才具有了政治意味,17世纪初才开始指代一个国家的全体国民,18世纪末19世纪初才与现代国家政治架构相关联。英国社会学家吉登斯曾明确表示:"民族主义本质上是18世纪晚期以后才产生的现象。"③ 民族作为政治共同体,要依靠国家机器来维护它的政治上的长治久安;民族作为想象共同体,又要依赖文化的统一和传承。雷蒙·威廉斯(Raymond Henry Williams)在《关键词:文化与社会的词汇》一书中指出,"民族主义"(nationalism)一词,19世纪初才出现,19世纪中叶才变得普遍,是群体和政治形构间意涵的重叠。④ 虽然"民族"和"国家"概念有很大的关联性,且民族需要依托国家政体而存在,但二者还是略有不同之处,"民族和国家之间的区别体现在爱国情感的性质中。我们与种族的联系仅仅是出于自然,我们对政治民族的义务却是伦理的。一个是用爱与本能联结起来的共同体,这种爱与本能在原始生活中极其重要和强大,但是更多地与动物性而非文明的人相联系;另一个是一种权威,它依法实行统治,制定义务,赋予社会自然关系一种道德的力量和特征"⑤。可见,"种族"是以生物学为基础确定的概念,"民族"是依托人们的凝聚力和民族情感而存在的,

---

① 赵一凡、张中载、李德恩主编《西方文论关键词》,外语教学与研究出版社,2006,第860页。
② David Farrell Krell, The Bodies of Black Folk: From Kant and Hegel to Du Bois and Baldwin, Boundary2, 2000, (3): 109.
③ 安东尼·吉登斯:《民族—国家与暴力》,胡宗泽等译,生活·读书·新知三联书店,1998,第144页。
④ 雷蒙·威廉斯:《关键词:文化与社会的词汇》,刘建基译,生活·读书·新知三联书店,2005,第316~318页。
⑤ 阿克顿:《自由与权力——阿克顿勋爵论说文集》,侯健、范亚峰译,商务印书馆,2001,第129页。

"国家"则是强调其权威性、伦理道德力量的政治实体。

本尼迪克特·安德森在他的《想象的共同体——民族主义的起源与散布》一书中分析了民族身份/认同具有想象性建构的特征,明确指出民族是"一种想象的政治共同体——并且,它是被想象为本质上是有限的,同时也享有主权的共同体",它被作为一种"特殊类型的文化的人造物（cultural artefacts）","这些人造物之所以在18世纪末被创造出来,其实是从种种各自独立的历史力量复杂的'交汇'过程中自发地萃取提炼出来的一个结果；然而,一旦被创造出来,它们就变得'模式化'（modular）,在深浅不一的自觉状态下,它们可以被移植到许多形形色色的社会领域,可以吸纳同样多形形色色的各种政治和意识形态组合,也可以被这些力量吸收"。① 民族是通过民族成员的想象建构的,这是因为对于民族成员来说,是不可能认识大多数的其他民族成员的,甚至都没能够遇见过、听说过大多数的其他民族成员,然而,每个民族成员的内心当中都有着共同的民族意象,从而将所有人联结起来。② 通过想象从未谋面的民族内部成员的情感联系,民族内部成员就能够建构起民族共同的意象、心理联系,共同存在于一个主权国家之内,有自己的领土界限、有自己的心理界限。然而关于民族的想象也是有限的。想象所有民族成员平等地生活在同一片领土和主权国家之内,作为一个和谐的共同体而存在,"民族于是梦想着成为自由的,并且,如果是在上帝管辖下,直接的自由。衡量这个自由的尺度与象征的就是主权国家。"③

本尼迪克特·安德森还指出这个"想象的政治共同体"的产生是有其社会历史根源的。由于中世纪的没落,中世纪提倡的宗教共同体逐渐衰落,宗教观念提供的循环式的时间观念受到质疑,线性的、进化的历史观逐渐占据主流地位。民族作为一个现代的概念,与生俱来的带有了线性的时间观念。由于宗教的衰落,伴随着拉丁语的没落,民族的方言在文学和日常生活中得到张扬,成为想象共同体的语言和

---

① 本尼迪克特·安德森：《想象的共同体——民族主义的起源与散布》,吴叡人译,上海人民出版社,2005,第4页。
② 本尼迪克特·安德森：《想象的共同体——民族主义的起源与散布》,吴叡人译,上海人民出版社,2005,第6页。
③ 本尼迪克特·安德森：《想象的共同体——民族主义的起源与散布》,吴叡人译,上海人民出版社,2005,第7页。

社会文化基础,而这种语言被限定在一定的地域范围内,将非本民族成员排除在语言和地域之外。所以,安德森揭示了民族起源的空间和时间维度,"民族通过用一种新的时间感(一种线性的'历史'而不是循环的时间感)和一种新的空间感(世界被划分成边界明确的'领土')代替了更宽泛的、'垂直'有序的宗教和王朝的社会组织形式",为现代人提供了一份稳定的民族认同感和归属感。① 由此,想象的共同体一旦建立,就会产生强大的民族认同感和心理凝聚力,而这种依托于国家主权、拥有自己领土、凝聚力强大的民族,会更好地抵抗其他民族政治、经济、文化的压迫,甚至吞并。

虽然一部分理论家仍然坚持民族主义的身份/认同,但自20世纪80年代开始,大批的理论家对这种二元论的身份/认同模式进行反思,即我们前面提到过的典型的后殖民身份/认同理论。霍米·巴巴认为,二元对立的身份/认同模式所带来的是自我与他者的永久对立,这种对立会导致身份的固化,这样一来,殖民问题就会一直存在下去,因为弱者渴望变成自己的对立面——强者,而强者会谋求变得更强。② 霍米·巴巴致力于解构固定的民族身份,提出了"社群"概念,社群即是根据即时的利益组成的临时性团体。人在这个临时性的团体里充当一定的角色,取消了身份的本质属性,例如,黑人不必具有确定的、所谓的"黑人性"。如此一来,身份所代表的文化内涵就被解构了,人只是在某一时间、某一个临时性的社群中充当一个临时性的角色,人们不必再为争夺身份而头破血流,因为每个人都是独特的个体,有着区别于其他所有人的个性。例如,当移民者的移民身份被取消了,他们就不必带着移民者的标签而被作为边缘群体对待,他们不过是社会中具有独特个性的个体而已。

同样具有本质化的民族身份/认同主张的理论家还有弗朗兹·法农(Frantz Fanon),他从在民族身份/认同和反殖民斗争中起着关键性和特殊性作用的知识分子角度出发,探讨知识分子在重建民族身份/认同中所经历的阶段:第一阶段是本土知识分子认同西方宗主国文化,此阶段的知识分子渴望获取宗主国的文化,渴望认同宗主国的民族身份,甚至渴望能够成

---

① 阿雷恩·鲍尔德温等:《文化研究导论》(修订版),陶东风等译,高等教育出版社,2004,第163页。
② 翟晶:《边缘世界——霍米·巴巴后殖民理论研究》,文化艺术出版社,2013,第176页。

为宗主国殖民者的样子,本土知识分子以为自己能够通过认同宗主国殖民者的身份而成为他们,由此否定自己,并获得一种归属感和安全感。用法农的话来说,这些认同宗主国文化的本土知识分子就如同被收养的儿童,一旦从新的家庭获得归属感和安全感,就不会再对这个家庭的结构进行反思。同样,这些本土知识分子,为了获得相同的归属感和安全感,也会停止反思,而努力使宗主国文化成为自己的文化,他们不会止步于熟悉一些西方的文学和作家,他们更想要成为他们。① 然而,他们即使认同了宗主国的民族文化,也无法真正排除自己的民族文化和记忆,因此,他们永远都无法真正成为他们所想要认同的宗主国的民族身份。

进入第二个阶段,他们开始反思自己的身份,面对自己的现实,重回本土文化去寻找自己的民族身份,"逝去的儿童时代往事从他们深藏的记忆中被挖掘出来,古老的传说被拿来按照借来的唯美主义理论和在别人的天空下找到的概念予以重新解释"②。他们开始回到本民族的记忆深处去寻找那些被遗忘的集体无意识,想通过民族的传统、神话、习俗、传说来重建民族身份。然而,被殖民的民族国家已然不是过去那个乌托邦,过去的记忆和文化无法原封不动地承载今天的现实,今天的民族已然和记忆中的民族大相径庭,民族过去的语言已经解释不了如今的民族现状,过去的民族语言也无法描绘如今民族人民的心理。

进入第三个阶段,即战斗的阶段,他们将民族传统和习俗服务于民族当下的现实,发展民族的文学,建构适合当下现实的民族身份/认同。民族文化既不是那种简单且显而易见的、同人民的现实毫无关系的民俗学,也不是一堆抽象的行为,相反,民族文化"是在思想方面描述、论证和歌颂那些人民通过它而组织起来和维持下去的活动",也就是说,民族文化应该同人民的现实相结合,尤其在那些不发达国家,民族文化应该成为民族国家进行解放斗争的助力和阵地。"为民族文化而斗争,首先是为民族解放而战,这是个具体的模版,从这模版出发文化变得可能存在。没有一个

---

① 弗朗兹·法侬:《论民族文化》,毛荣运译,载巴特·穆尔-吉尔伯特等编撰《后殖民批评》,杨乃乔等译,北京大学出版社,2001,第167页。
② 弗朗兹·法侬:《论民族文化》,毛荣运译,载巴特·穆尔-吉尔伯特等编撰《后殖民批评》,杨乃乔等译,北京大学出版社,2001,第170页。

文化斗争是在人民斗争的旁边发展的。"① 由此可见，相对于民族文化中传统的民族文化部分，法农更关注的是民族文化中关乎现实的、适应现实的、表达现实的部分。这样的民族身份/认同是一种二元论的身份/认同模式，强调通过确定的、本质性的民族身份/认同来抵抗殖民者的入侵，获得一种坚定而明确的反抗性力量。

然而，霍米·巴巴对于本质主义的民族身份/认同持解构的态度，他认为民族就如同叙事一样，自神话时代起就无法追溯它的起源了，人们只有通过想象才能够探知到它的可能的范围。因而，这样的民族和叙事似乎就变得极端的浪漫化和极度的隐喻性了。然而，西方的民族观念是从政治思想和文学语言之中诞生出来的，是一个历史观念。"它是这样一种观念：它的文化的强迫性冲动把作为一个象征性力量的民族进行了难以置信的整合。这并不是想要否认为民族主义话语所做的一切努力：把民族作为一个具有连续性的民族进步叙事、自我生产的自恋叙事、人民的原始礼物的叙事生产出来。"② 霍米·巴巴指出，民族主义是一种叙事，是一种连续不断地被建构起来的话语体系，它具有极强的隐喻特点。如前所述，很多学者提到过，民族是通过回顾其传统、文化、习俗、节日、文化表征而建构出来的。但是霍米·巴巴认为，这种建构忽略了民族当中的个体性与差异性，不同地域的气候、文化、环境，不同个体的心理、情感、心智等都被这些同一的民族身份/认同所掩盖和遮蔽了，而真实的民族是混杂的、差异性的。

民族就如同叙述语言那样，充满了能指的延异和不确定性，民族也是不具有本质和确定性的，是在叙事中不断变化的、永恒发展的。在此，霍米·巴巴提出了民族身份叙事的两种策略：一方面，日常生活的残余、补充、分项必须不断转化为文化印记，接受民族文化的条贯统合；另一方面，在叙事演练动作本身的召唤下，民族成员的圈子也会越拉越大。在民族产生叙述的过程中，训示层次重视时间推进的连续、累积，演练层次则以重复、循环为策略，两者之间形成分裂。有这个分裂的过程，现代社会在观

---

① 弗朗兹·法农：《全世界受苦的人》，万冰译，译林出版社，2005，第162页。
② Homi K. Bhabha, *Introduction: Narrating the Nation*, *Nation and Narration*, Hom K. Bhabha, eds., London and New York: Routledge, 1990: 1.

念上的双向牵引才会成为书写民族的场所。[①] 训示是指民族国家身份对于民族人民的教育和训诫,通过时间性的连续和累积的文化标示指示人们形成同一的民族身份/认同,认同同一民族历史目标;而演练则是反方向的,指民族人民按照民族身份/认同的训示对同一的民族身份进行表现、协商、偏离甚至再造,也就是主体从自身的主体性出发对于同一的民族身份进行混杂性的理解和建构,由此,同一的、本质的、确定的民族身份/认同被霍米·巴巴解构成混杂的、协商的、非本质化的民族身份。

(三) 族裔散居身份/认同

身份政治的另一个方面便是族裔散居身份/认同。"族裔散居"是20世纪末最热门的、被讨论最多的概念之一,从广义的语义学上来说,这个词不仅与任何分散的人群相关,而且使其概念化为一种特定类型的意识。[②] 可见,族裔散居是当下文学与文化研究的热门话语。

"族裔散居"从词源学的角度来看,意思是"种子的散布",其源于希腊词 speiro(播种)和 dia(结束),希腊词 diaspeir 恰是一个完整的词,原本是一个植物学上的名词,后引申为离散、散落之意。张冲指出,该词其实是描述历史上曾经出现过的较大范围的人口迁徙、移民等现象,及由此而产生的外来人口和土著居民之间,在政治、经济、文化、社会等方面出现的冲突和融合现象。[③] 族裔散居现指"族裔散居经验、族裔散居意识和族裔散居体验"[④]。就"族裔散居"概念的发展来说,共分为三个阶段,第一个阶段为20世纪60年代以前,此阶段"族裔散居"概念更倾向于宗教神学,"指那些分散在宗教教区以外的犹太教徒和基督徒们所处的生活状态";第二个阶段为20世纪60~70年代,此阶段"族裔散居"概念突破了狭隘的宗教观念,指原殖民地国家的民众在风起云涌的民族解放斗争之后,向原宗主国迁徙的现象和相关研究,也就是说,

---

[①] 霍米·巴巴:《播撒民族:时间、叙事与现代民族的边缘》,廖朝阳译,载刘纪蕙主编《文化的视觉系统——帝国—亚洲—主体性》,城邦文化事业股份有限公司,2006,第106页。

[②] Martin Baumann, Diaspora: Genealogies of Semantics and Transcultural Comparison, Numen: *Religions in the Disenchanted World*, 2000, (3): 314.

[③] 张冲:《散居族裔批评与美国华裔文学研究》,《外国文学研究》2005年第2期。

[④] Tony Bennett, Lawrence Grossberg and Meaghan Morris, New Keywords: A Revised Vocabulary of Culture and Society, 2005, (3): 82.

在后殖民时代，民众由亚洲和非洲等第三世界国家向发达的资本主义国家迁徙的族裔散居现象及其相关理论研究，这一时期的族裔迁徙范围扩大，包括移民、留学、劳工、避难等的各种形式的大规模人口流动现象；第三个阶段是20世纪80年代至今，在全球化的大背景下，全球范围内的文化交流与冲突加剧，从个体到群体，对于身份/认同问题的诉求日益凸显，身份的混杂性也日益受到关注。①

可见，族裔散居的中心问题是身份/认同问题：一方面带来的是身份/认同上的断裂、破碎和不确定，是人类在后现代所面临的一种普遍的文化境遇和生存状态；另一方面，也就是身份/认同的断裂、破碎和不确定所带来的个体对于同一完整的身份/认同的追寻，是个体由于缺少安全感所导向的对于身份同一性的强烈追问。② 当族裔散居成为生命的一种存在样态的时候，族裔散居的身份问题就成为对于生命本质的追问与诉求，族裔散居是从已有的文化中的逃离，面对另一种甚至多种文化的适应与冲突，在文化间的断裂、破碎和不确定中去寻找身份确认，这是一个个体和民族对于身份/认同稳定性和同一性的强烈要求。霍尔曾明确指出："……族裔散居经验，不是通过对本质性或纯粹性的认知，而是通过认知多样性和异质性；通过其赖以存活的'身份'和曾经经历过的'身份'，而不是身份的杂交性。族裔散居身份是那些经常性地通过改变和分辨生产和再生产它们自身的那些东西……'本质的'加勒比人：正是肤色、天然色和长相的混合；加勒比人烹饪的各种味道的'混合'；用迪克·赫伯迪格那句警示性的话说，是'跨越'与'切割'的美学，这就是黑人音乐的灵魂。"③ 也就是说，族裔散居者的身份不再具有固定的本质，不再是对原初本质的机械性回归，不再是主流民族视野下的客体，不是只能回到那个原初的固定不变的身份当中去，而是能够在不舍弃本民族原初性文化的同时，与现在所处的文化产生交流和互动，以此来建构自身的身份。所以，与现在相连的那个所谓的原初的身份也并不是它本来的样子，而是被当下主体所在的语境置换了的新的身

---

① 邹威华：《斯图亚特·霍尔的文化理论研究》，中国社会科学出版社，2014，第230页。
② 钱超英：《流散文学与身份研究》，《中国比较文学》2006年第2期。
③ Stuart Hall, Cultural Identity and Diaspora, in *Colonial Discourse and Post-Colonial Theory: A Reader*, Patrick Williams and Laura Chrisman, eds. New York: Routledge, 1994: 402.

份,这种族裔散居身份/认同强调的是,文化的差异基础上的族裔散居者主动的身份建构。"既不能固守过去,也不能忘却过去,既不与过去完全相同,也不完全与过去不同,而是混合的认同与差异,那是一块认同与差异之间的新领地。"①

这种身份建构需要通过表征来实现。表征"这个术语同时指制造符号以代表其意义的过程与产物。这是一个有用的概念,因为它把乍看似乎没有联系的、各种各样的概念化片段整合在一起。表述是一种抽象的意识形态概念纳入具体形式(也就是说,不同的能指)的过程",与"它是在一切有效的意指系统内形成意义的社会化过程",以及"表述为性的东西在不同形式与不同时代也各不相同,表述本身也在变化。因此,表述的概念便完全承认再度表述(re-presentation)的观念,即重新加工能指,并将它带入针对'同一'所指的能指视野"。②表征通过语言等手段描述和象征某物,通过这个过程来生成和建构意义,"意义取决于符号与概念间信码所确定的关系,构成主义者会说,意义是'因关系而定的'"③。这是一个主动赋予意义的过程,用来解释霍尔的有关族裔散居的表征理论,即通过语言、文学、电视、电影等大众传媒手段,将不同族裔文化的差异表征出来,以此来建构新的族裔散居身份,塑造新的文化认同。人们归属一种文化,就是通过对这些语言符码系统的共享来思考文化和身份/认同。归属感能够把个体集合到一个"想象的共同体"中,而象征性的边界则确立了将共同体内的人和共同体外部的人区分开的界限和规定。④表征建立了象征性的边界,也就为族裔散居身份/认同确立了边界,使得族裔散居者获得了身份的归属感。

然而,这种表征方式同样可以被那些相对于族裔散居者的文化而占据支配地位的西方资本主义文化所利用,支配性文化通过文学、绘画、雕塑、电影、电视等手段将一些特征强加给族裔散居者,通过不断地重

---

① Stuart Hall, Ethnicity: Identity and Difference, *Radical America*, 1991, (4): 20.
② 约翰·费斯克等编撰《关键概念:传播与文化研究辞典》,李彬译注,新华出版社,2004,第241~242页。
③ 斯图尔特·霍尔编《表征:文化表象与意指实践》,徐亮、陆兴华译,商务印书馆,2003,第27页。
④ 斯图亚特·霍尔:《现代性的多重建构》,吴志杰译,载周宪主编《文化现代性精粹读本》,中国人民大学出版社,2006,第44页。

复表征,使这些特征固定在族裔散居者身上,成为他们本质的身份特征,如在西方文学作品反复的铺陈和描述中,东方总是神秘的、落后的,甚至被妖魔化的。由此,霍尔又提出了以反表征的方式来抵抗占据支配地位的文化强加给族裔散居者的固定的身份本质,通过反表征来彰显族裔散居者自身文化的个性和差异性,驱除那些被固定下来的文化表征,成为文化表征的主体,而不是被表征的、沉默的他者,这正是一场霸权与反霸权的身份政治较量。"这种认识是对传统的认同政治反思的结果,是从共同的种族边缘体验走向差异的政治、自我反思的政治与一种向偶然性开放的政治的结果,表达了霍尔在族裔散居语境中对文化认同的差异性的深刻诠释。"其"本质上是通过少数族裔族群对主流族群政治发出自己的文化和政治诉求,表达自己的政治意愿,与其他认同空间是一种共存的关系,与其他认同是一种对话关系,这是一种'建构差异基础上的统一体的认同的政治'"①。霍尔的这种观点不是要将多种差异的文化分成两个对立的阵营,而是要发掘不同文化的差异与个性,让不同的文化都能够发出自己的声音,而不是被支配者的表征体系掩盖了自己本来的面目。

第三节 文学中身份叙事策略传统与莱辛小说创作

文学的作者和读者作为生存于全球化语境和后殖民语境中的个体,他们也都面临着自身身份确定的问题,如何在全球化的浪潮中保有个体或者群体的文化身份,如何在后殖民语境中获得身份的平等与尊严,文学在这一过程中,作为文化传播的主要阵地,它可能反思不同文化身份之间的不平等关系,也可能成为身份压迫的帮凶,所以,在这个时代,辨析文学中的身份/认同问题,成为反思身份/认同问题的重要组成部分。

首先,对于作者与身份的关系来说,现实中如果作者自身面临着身份/认同问题或者关注身份问题,那么在他/她的作品中也多会有所体现。而且,随着后殖民时代和全球化时代的到来,全球范围内大规模的移民

---

① 邹威华:《斯图亚特·霍尔的文化理论研究》,中国社会科学出版社,2014,第270~271页。

浪潮一波接着一波，致使很多作家都带着不同民族国家的身份背景，在新的文化环境中面临着身份焦虑问题。其次，说到小说中的人物与身份/认同问题，文学本身就有关注人物身份的传统，而且民族独立运动致使民族身份/认同政治持续受到关注，这一现象充分反映在了这一时期的文学作品当中；并且，由于后现代时期作者自觉地追求文学形式的新和异，使得人物身份的本质和意义被掏空，成为一个没有内核的嬉戏的能指，人物身份成为作者的一场自觉的游戏。最后，对于读者和身份的塑造来说，读者通过发掘文本表层话语背后的空白、失误、沉默等，以及通过对文学经典的重读，来发掘人物身份特征，并对其加以主动认同。

综观莱辛小说的总体创作情况，虽然作者自身的族裔散居身份对其作品的创作有诸多影响，但是，莱辛关于身份/认同的诠释和反思主要是通过其作品中的人物表现出来的，而不是直白地在小说中表达自己的想法，小说中的人物所呈现的身份/认同诠释更加形象和具有文学性。

一 文学与身份/认同

本节将文学与身份/认同的关系分成三个角度，分别是作者与身份/认同，即作者会将自身的身份/认同体验和对身份/认同的关注带入到文学之中；人物与身份/认同，即文学自身有对于身份/认同关注的传统，而当下文学对于身份/认同的关注显现出了新的特征，将人物身份作为嬉戏的能指，进行自觉地游戏，体现了后现代主义文学的创作特征；读者与身份塑造，即读者可以通过一定的阅读策略，来重读经典，发掘文本表层背后的深层意蕴，从而认识人物的身份特征，或者对人物身份加以认同，或者对人物身份有所反叛。

（一）作者与身份/认同

现实中如果作者自身面临着身份/认同问题或者对身份问题多有关注的话，其作品中也会有所体现。以西蒙·德·波伏娃（Simone de Beauvoir）为例，她的《第二性》被称为女性主义的"圣经"，她本人作为一位女性，非常关注女性的身份/认同和生存状况。她在《第二性》中就探讨过女性之所以被定义为女性，这个身份并不是天然合法的，这个身份是由男性话语塑造出来的，然后女性又不断地对这个人造的身份予以认同。她在这部哲学作品中还深入探讨了男性话语通过何种策略使得一代代的女性误以为女性的身份是确定性的和本质性的,如让女孩子玩娃娃来培养她对于娃娃的认同和女性母性特性的认同;通过给女性的服装增加繁复的装饰来改变她们的审美,让她们认同女性身份该有的身份特征,以此来限制女性的活动;通过代代相传的反复建构,来使男性话语设置的女性身份特征被作为本质固定下来。正是因为波伏娃对于女性身份问题的关注,在她的作品中才有了女性各种各样的生存状况,包括年龄、爱情、革命、婚姻、家庭等具体的身份处境,以及揭示女性身份内涵中值得被探讨的方面。

另外,随着后殖民时代和全球化时代的到来,全球范围内大规模的移民浪潮一波接着一波,致使很多作家都带着不同民族国家的身份背景,在新的文化环境中面临着身份焦虑问题:一方面无法真正融入新的民族文化之中,另一方面又无法回到原有民族的文化根基之上;一方面无法避免新的文化的影响,另一方面又无法保有原有文化的纯正性。作家们在现实中所遇到的身份/认同问题,往往体现在他们的文学作品之中。卡勒德·胡赛尼(Khaled Hosseini)是一位美籍阿富汗作家,生于阿富汗的喀布尔,11岁时因为阿富汗政变和战乱不断而举家迁往法国巴黎,15岁时为获得政治避难全家迁往美国加州的圣何塞,之后再没有回到祖国。而他仅有的三部小说都不约而同地以阿富汗为主要背景空间,都提到了主人公的流亡、移民、家庭支离破碎的状况,都写出了主人公在去到一个新的环境时,艰难融入的过程,而在这个艰难的过程当中,支撑着主人公的又都是阿富汗人勇敢、乐观、积极生活、拥有梦想的精神特质,主人公一方面没有放弃阿富汗文化的底色,另一方面又不得不融入当地的文化生活当中,这其中有焦虑和彷徨,也有坚守与思考。卡勒德·胡赛尼的这种多重民族的身份背景,使得他在确定自我的身份时,面临着阿富汗民族文化和美国文化碰撞所产生的身份/认同困难,从而产生了一种身份/认同的焦虑感。他的这种焦虑同样体现在他笔下的人物身上,表现了作者对处于全球化语境和后殖民语境中的个体的关注,这是具有多重民族身份背景的作者的创作自觉。

(二) 人物与身份/认同

"文学历来关心和身份有关的问题。文学作品对这些问题或清晰或含蓄地描绘出答案。在不同角色界定自己,同时也被他们各自不同的经历、不同的选择和社会力量对他们的作用这个大混合物所界定的过程中,叙述文学始终追踪着他们的命运。"① 所以,这里提出了一个文学中常见的问题,到底是人物主体创造了身份,还是社会经历创造了身份,换句话说,身份是人物的本质特征决定的,还是由社会文化塑造的?在西方的传统文学中,"文学作品为身份的塑造提供了各种隐含的模式。在有些叙述中,身份主要是由出身决定的:国王的儿子即使由牧羊人抚养长大,本质上仍然是国王。一旦他的身份得以发现,他便合理合法地成为国王。在另一些叙述中,角色是根据命运的变化而变化的,或者身份是根据在生活的磨炼中所反映出的个人品格而决定的"②。在这里,文学中的人物身份是本质性和确定性的,或是由一个人的出身决定,或是由一个人的品格决定。以《俄狄浦斯王》为例,俄狄浦斯刚出生就注定要杀父娶母成为国王,因而被生父——忒拜王拉伊俄斯放入河流,后被牧羊人捡到,送给了科林斯国王,当俄狄浦斯长大成人后,为避免杀父娶母的悲剧,而逃到忒拜城,路遇生父却被欺凌,在不知情的情况下杀之,后又铲除危害忒拜城人民的狮身人面女妖斯芬克斯,被推举为王,并娶了母亲,生了孩子。本质上是国王的俄狄浦斯没能逃脱他确定性的身份,他的聪明使他顺利获得了这个国王身份,可见,人物的身份因其本质的确定而具有了确定性。而"当小说是关于群体身份(一个女人是什么,一个中产阶级家庭的孩子是什么)的时候,它们通常是挖掘群体身份的要求是如何限制个人行为的"③。托尔斯泰的《安娜·卡列尼娜》一书中,安娜代表的是俄国新旧交替时期贵族妇女的生存状况:忍受无爱的婚姻,不能够自由地追求爱情,生命力被家庭和社会扼杀,安娜不仅仅是一个个体,更多地代表了一种普遍的现象,一个群体的身份。这种由确定的阶级属性和文化属性确定的人物身份,是小说情节发展的附属品,身份在这些作品中并不是被作者自觉探索的主题。

两次世界大战之后,随着民族独立运动的蓬勃发展,使得民族身份/认同政治不断受到关注,由此也引发对于边缘身份的政治问题的关注,既包括欧美原殖民国家中的少数民族身份/认同政治问题(女性、儿童、

---

① 乔纳森·卡勒:《文学理论入门》,李平译,译林出版社,2013,第115页。
② 乔纳森·卡勒:《文学理论入门》,李平译,译林出版社,2013,第115页。
③ 乔纳森·卡勒:《文学理论入门》,李平译,译林出版社,2013,第117页。

同性恋、移民等），也包括被殖民国家的民族身份/认同或原被殖民国家的民族身份/认同问题，这些都反映在当时的文学作品之中。这一时期对于身份政治关注的文学作品，可以说具有充分的自觉性和身份意识。如法国女作家西蒙·德·波伏娃就在她的小说《懂事年纪》中探讨了年老女性在创造力逐渐丧失、儿子长大成人的条件下，如何能重获自己身份的意义；新时代的知识女性如何能够保有自己在情感中的独立性的同时，平衡和爱人的关系；女性革命者如何平衡爱情和革命的关系；家庭主妇在长期远离社会之后，如何能够应对丈夫的出轨甚至抛弃；女性如何摆脱男性设置的女性身份特征而按照自己的意愿重新建构女性身份等。波伏娃探索了各种女性身份所面临的困境和挑战，并指出这些女性如何通过自己的能力和智慧保有自己身份的完整性和意义。在这里，女性的身份成为社会力量角逐的战场，女性的身份时刻面对着新的危机与挑战。再如英国女作家多丽丝·莱辛，她的整个创作生涯都非常关注殖民问题，在她的小说中，她关注宗主国的白人在非洲殖民地的身份/认同问题：他们既远离宗主国的文化、被宗主国轻视，又无法认同土著的文化，在双重文化的影响和放逐之下的身份分裂感和焦虑感异常鲜明；殖民地的土著黑人的身份/认同问题，一方面他们想通过认同宗主国的文化身份，以此摆脱自己的黑人身份，靠近所谓的高贵的身份，另一方面他们由于受自己已有文化和肤色影响，以及白人并不想黑人摆脱他们自己的身份，使得黑人无法成为真正的白人的矛盾的身份/认同问题；黑人如何通过杂交黑人和白人的身份，而获得反抗白人的力量；白人如何通过保持自己身份的纯正性而拒绝和同黑人生的孩子相认，等等。莱辛通过小说文本的探索，意在说明身份通过什么样的策略进行压迫以及获得反抗的力量。

这一时期对于身份的自觉性关注还体现在，人物的身份被掏空了本质和意义，身份成为一个没有了内核的嬉戏的能指，作者将注意力放在人物身份本身上，人物的身份成为作者的一场自觉的游戏。如巴塞尔姆的《白雪公主》，这个白雪公主与格林童话中的白雪公主不仅名字一样，而且也是与七个小矮人一起等待着王子的到来，然而其身份的内容却被掏空了，格林童话中的白雪公主是一个外貌清纯、性格纯洁，深受小矮人和王子爱戴的公主，而巴塞尔姆的白雪公主是一个浑身长满了美人痣的性感女人，是七个小矮人的老婆，她的王子对她并没有多少爱和忠诚。

白雪公主的身份作为一个能指，其所指已经被掏空和置换了，作者将这个身份放在了当下庸俗的环境中，以游戏和戏谑的态度赋予了这个身份在这样的语境当中应该有的身份意义。通过这种所指的置换，使同一身份在不同语境中拥有了不同的身份意义，其意在反思和批判当下庸俗语境中，无法再出现那个高贵和纯洁的白雪公主了，这个身份在当下成为一个空洞的能指。

可见，文学中对于身份问题的关注，其实是经历了一个从非自觉到自觉的过程；而对于身份的书写也是经历了由本质化、确定化的身份书写到身份场域的争夺与身份能指的嬉戏的书写的变化的。

（三）读者与身份塑造

当代文学批评愈发关注文学与文化、制度的相关批评和研究，在当下全球化的时代背景下，由于边缘群体（同性恋、女性、少数族裔等）对于生存权利的要求，全球范围内移民对于反歧视压迫的呼声，欧美文化输出造成的文化垄断局面，甚至欧美国家由于接受移民所带来的文化身份危机等情况，都使得从个人到民族国家要求重新建构和确认自己的身份/认同，这就致使文学批评界致力于重读经典，重新发掘文学作品中关于身份政治的书写：性别身份政治的冲突、族裔散居身份的混杂性、民族文化身份的杂交性等。

阿尔都塞认为文本的表层话语看似清晰明了，但其背后还潜藏着一层"沉默话语"。所以，读者和批评者不应该停留在文本表层的浅层阅读，而是要通过文本中的空白、失误、沉默等，进行深入发掘式的阅读，以此发现文本与意识形态和社会历史之间的深层联系，由此更能够接近现实本身。这就是阿尔都塞所提倡的症候阅读，利用这种方式重读经典，可以发现文本中甚至连作者自己都未意识到的殖民意识或反殖民意识。读者通过发掘和认同文本中的这些深层意蕴，根据文本的召唤，主动认同文本中的人物身份，进而通过文本来塑造自己的身份，所以，文学在一定程度上影响着读者身份的塑造，正因如此，人们才格外重视文学的导向和教化作用。另外，读者会根据自己已有的身份/认同经验来取舍人物身份中的要素，强化自己的身份/认同。所以，不同的读者面对同一部文学作品时会有不同的理解，正是这种前理解的存在，才让读者与人物身份有了沟通的可能性，并且根据自己的认同需求吸纳人物的身份经验，

第二章 "身份/认同"理论与莱辛小说创作中的"身份/认同"问题

为塑造和强化自我的身份提供可能。

萨义德同样相信可以通过对文学经典的重读，发掘作者和文本中人物的身份/认同特征，读者可以通过对文本的阅读和发掘，实现自我身份的塑造。于是，萨义德提出了"对位阅读"，采用现代复调思维，借用音乐中的"对位"术语，创造出的重读欧洲经典文学的方式，即"通过现在解读过去"，"回溯性地和多调演奏性地"阅读方式。萨义德认为，18世纪英国和法国的文学作品虽然表面上看都是写繁华都市或者僻静乡村，但通过"对位阅读"对文本重新解读，就会发现它们彰显着宗主国殖民扩张的政府意志，体现着一种欧洲文明的中心意识和白人种族的优越感，与海外的帝国扩张主题和资本原始积累有着复杂的关联。

萨义德在他的《文化与帝国主义》中分析了爱尔兰诗人叶芝的诗《丽达与天鹅》，认为天鹅代表的是神话中化身成天鹅让丽达怀孕生子的宙斯，而宙斯是英国乃至欧洲殖民者的化身，相对应的，丽达就成为爱尔兰民族，也就是被殖民者的化身。诗中，天鹅先是袭击了丽达，这场暴力行为紧接着引起了一场战争——"残破的墙垣、燃烧的屋顶和塔颠"和一场谋杀"阿伽门农死去"（因为神话里丽达生的女儿克莱提斯纳斯杀死了从特洛伊战争中胜利后返乡的阿伽门农）①。萨义德认为这场暴力是关于殖民者的暴力，丽达是受苦难的被殖民者，而作者叶芝则是站在欧美殖民主义对立面的亚非反殖民主义运动中的一员，是一个政治正确的思想家和革命家。"叶芝有预见地认为，在某些时刻，仅有暴力是不够的。因此，政治的策略和理性必须起作用。"② 然而，作为文学作品的读者和批评者，萨义德过度强调了文学的政治正确性，片面地解读了叶芝这篇具有隐喻性暴力意义指向的诗作，把一个延续了欧洲文学浪漫和唯美传统的象征主义诗人的超越性，固定在了民族主义身份之中，忽略了诗作的文学性。"这样一来就把审美降为意识形态，或顶多视其为形而上学。一首诗不能仅仅被读为'一首诗'，因为它主要是一个社会文献，或者（不多见但有可能）是为了克服哲学的影响。我与这一态度不同，

---

① 叶芝：《丽达与天鹅》，裘小龙译，漓江出版社，1987，第183~184页。
② 爱德华·W. 萨义德：《文化与帝国主义》，李琨译，生活·读书·新知三联书店，2003，第335页。

力主一种顽强的抵抗，其惟一目的是尽可能保存诗的完整和纯粹。"[1] 由此，也可以看出关于文学作品的身份解读存在着挟持性解读，通过过度阐释或者强制阐释，将身份强加给作者或者作品人物，希望以此来完成读者自身的身份塑造，却忽略了作者的文学家身份和文本的文学性，致使认同了作品和人物政治身份的读者，自我建构的身份被窄化了。

二 莱辛小说创作中的身份观照

莱辛的非洲小说系列对于种族身份多有关注，但莱辛的关注并不仅局限于黑人土著的身份，还包括贫苦白人女性身份、贫苦白人农场主身份、富有白人农场主身份、城镇的白人身份等，关注的身份范围之广，是已有的关于非洲的小说难以企及的。另外，莱辛对于性别身份的关注，也并没有止步于女性身份，而是同时关注了男性身份，这与其所秉承的男性与女性应该共同获得自由，而非只有女性或者只有男性争取到自由就是性别身份的胜利的观点相关联，由此生发，她还关注了同性恋身份和老年女性身份等。

（一）种族身份

莱辛对于非洲殖民地的黑人身份和白人身份都有关注。其中的黑人身份都是具有反抗性的。以《野草在歌唱》为例，女主人公玛丽·特纳每天几乎看不到其他人，也没有什么事情可以做，生活毫无希望；她的丈夫早出晚归，对她毫不关心，与此相反，男仆摩西有着健康和紧致的身体，又特别细心关照玛丽，时间久了，玛丽就开始依赖这个黑人男仆，甚至在他身上看到了已经在自己身上逐渐消逝的生机勃勃的一面。但是，由于种族隔离的残酷现实，玛丽在面对外界压力的时候，选择抛弃摩西。这使得摩西一怒之下杀了玛丽，然后自首。

摩西这个黑人曾经在教会接受过一定的教育，深受西方倡导的人人平等观念的影响，可见，他的黑人身份中掺杂着白人文化的因素，所以，他的黑人身份已经不是那种原初性的纯粹身份了，这也是为什么他能够将自己作为和玛丽一样的平等个体，去同她交往，去关心她。玛丽最终选择背叛这种平等关系时，摩西选择杀死她，这种行为是一个黑人对于

---

[1] 哈罗德·布鲁姆：《西方正典》，江宁康译，译林出版社，2005，第13页。

自己黑人身份的反抗，如果摩西不杀死玛丽，那么他就又恢复到原来的低人一等的黑人身份，作为不平等的个体和玛丽继续共存，而杀死玛丽的摩西则是以一个平等的个体的身份，杀死了背叛他的情人，保存了自己作为玛丽情人的身份，可见，这种谋杀行为是黑人作为一个个体对于白人给他设定的黑人身份的反抗。

在莱辛关于非洲殖民地种族隔离题材的小说中，值得关注的另一个身份即白人女子的身份，也就是跟随丈夫来到荒无人烟的农场的白人女子们，她们的丈夫每天在自己的农场里奔忙，而她们只能守在家中无所事事，还要忍受着非洲酷热的天气，时间久了，她们都变得对生活失去了热情和希望，整个人变得呆滞和萎靡不振。对于这种身份，在小说《魔法不卖》《小檀比》《高地牛儿的家》《德维特夫妇来到峡谷山庄》等中都有所表现。仍以《野草在歌唱》为例，玛丽每天只能待在家里，因为丈夫不善经营，农场收入微薄，其他英国人也不将她当成朋友，并且作为白人，她也不会自降身份同黑人奴隶做朋友，因而，她没有朋友，没有可以说话的人，也没有用来打发时间和驱散无聊可以做的事情。她的丈夫懦弱无能，总是半途而废，使得他们的农场经常入不敷出，贫穷且毫不见起色的生活让她感到绝望。她每天唯一能做的事就是挑黑人仆人的毛病，这就好像是支撑她的精神的最后一点动力。在非洲殖民地，人们看到的、关注的都是男人们如何在农场中辛苦劳作，他们如何开拓这一片处女地，他们是多么有勇气和力量，但是，跟随这些男人一起来的、被圈禁在一栋栋房子里的白人女子们，却很少有人关注她们的生存境遇，也从未有人给她们发声的机会，来表达她们在这个陌生的环境中所经受的苦难和被消磨的意志。莱辛在她的小说中，让这些白人女性也作为被殖民掠夺和种族隔离的牺牲者显现在众人的目光中，让她们的生存境遇被人们知晓。

（二）性别身份

莱辛在她的小说中多有关注性别身份，诸如《三四五区间的联姻》《金色笔记》《简·萨默斯日记Ⅰ：好邻居日记》（*The Diary of a Good Neighbour*）《天黑前的夏天》等，对于性别身份的关注不仅局限于女性身份，也包括男性身份和同性恋身份。

对于女性身份的关注，比如《金色笔记》中，关注的是自由女性的生存状况。自由女性安娜因为婚姻中缺少性和爱而选择离婚，离婚之后本以为能够找到真正的爱情和和谐的性爱，但结果是，这个时代的男性对于单身女性的追求已经没有爱的成分了，要么是为了在婚姻之外寻找刺激，要么单纯地为了证明自己的性能力。所以，自由女性面临的困境就是，她们要么只能违背婚姻道德当第三者，在这种情形下，她们也并没有机会得到爱情；要么配合男人的需求，证明他们的性能力，但这样没有爱的性又是自由女性所鄙夷的。可见，在这个时代的英国社会，成为一个自由女性几乎是不可能完成的任务。比如《天黑前的夏天》，关注的是作为母亲和妻子的女性如何被圈禁在家庭中不能自拔。小说中的女主人公凯特由于自己的孩子长大了、丈夫有了年轻的情人和自己的事业，都不再需要她了，这个为家庭付出了青春的女人突然不知所措了，因为在她的世界里，一直以来只有两个身份——母亲和妻子，当这两个身份突然间被取消时，她不知道以何种身份存在在这个世界上。所以，这部小说反思的是被家庭束缚住的作为母亲和妻子的女性如何在生活中逐渐失去了自我却不自知，这样失去了自我的女性是否能够打破这样的身份危机，重新找回失落的自我。比如《简·萨默斯日记Ⅰ：好邻居日记》中，关注了老年女人的生存处境，她们在失去行动能力之后，厌恶自己变得脏乱不堪，却又无能为力；她们是多么希望有人能够陪在她们身边，陪她们说说话，帮她们洗洗澡，可是所有人都尽最大努力地远离她们；她们有多么害怕去医院，多么想留在家里生活，却最终不得不被送到医院去，孤孤单单地等死。莱辛对于这种女性群体身份的关注可以说是前所未有的，不仅在小说中描绘了老年女性的生存困境，还从她们的视角出发，叙述她们的具体生存感受，真正让她们自己发声。

  对于同性恋群体的关注，如小说《好人恐怖分子》（*The Good Terrorist*）《金色笔记》等。小说中的同性恋者生活都不如意，因为社会对于同性恋并不宽容，甚至是排斥，使得这些同性恋者只能狠狠地压抑自己的情感，假装自己是异性恋，甚至有的人和异性结了婚，但结果却是结婚的两个人都不快乐，都不幸福。一个因为是同性恋，无法给另一半爱情；一个想要爱情，却无奈跨不过与同性恋者间的那道鸿沟。作者通过展现同性恋群体状况，表现了社会对他们的偏见，以及他们的生存困境。对于那些选择反抗的同性恋者，他们往往会加入某些亚文化的帮派和组织中，表现出一种对于主流的反叛，但是，这种反叛并未给这些同性恋者以幸福感，他们往往有无法弥补的创伤，加之社会对他们的排斥，使得他们更加感觉到作为边缘人的困惑。这个时候，他们往往会选择以自残的方式舒缓内心的痛楚，会选择吸食毒品以忘记痛苦，甚至反抗主流社会。到目前为止，真正把同性恋者作为小说中的人物来描写和表现，并且深刻地反映他们生存状况的小说还很少，可以说，莱辛通过小说，使读者正视这一弱势群体身份的生存状况。

三 莱辛的身份与其创作中的身份观照

莱辛在小说中对于身份的关注是多层次、多角度的。她不仅书写不同的身份，如黑人身份、白人女性身份、上层白人身份、下层贫苦白人身份、老年女性身份、同性恋身份、男性身份、混杂的族裔散居身份等，还涉及种族身份、民族国家身份、性别身份、阶级身份、族裔身份，其涵盖的范围极其广泛。而对身份的关注又离不开占据身份的个体的具体生存语境，生存语境的设置因为身份范围的广泛而囊括了社会的方方面面，从非洲到欧洲，从上流阶级到下层阶级，从富人区到贫民窟，从共产党的社群到松散的无政府主义个体，从政治生活到家庭生活，从高雅生活到亚文化青少年的非主流生活，从战场到商场，等等。莱辛对于不同身份及其不同生存语境的关注，与她自身经历密不可分。

莱辛 1942 年加入了南罗得西亚的一个被英国人称为"左派图书俱乐部"的密切关注时事与政治的团体，同年，她还加入了苏联罗得西亚友人小组，而后，又作为创始人之一创建了左派俱乐部，这些俱乐部当时都深受共产党的影响。她曾在自传《在我的皮肤下》中表示，她成为一名共产党员，是因为她遇见了一群志同道合的人，他们和她一样不区分书的等级，什么书都读，他们也探讨原本没人敢探讨的种族问题。[①] 她在参加这些组织时，阅读了相关的马克思主义的经典著作。也是在这一时期，她结识了她的第二任丈夫，来自德国的流亡共产党人戈特弗莱德·安顿·尼古拉斯·莱辛。莱辛一直保留着第二任丈夫的姓氏而非第一任丈夫的姓氏，正是因为她的第二任丈夫带给她的影响是重要且深远

---

① Doris Lessing, *Under My Skin*, London: Harper Collins Publishers, 1994: 259.

的,让她真正认识到了马克思主义的价值,并且成为一名马克思主义者。[①] 1951年,莱辛在伦敦正式加入共产党,马克思主义关于消灭阶级、实现全人类的幸福与平等的远景社会的总体性思想深深影响着莱辛的文学创作,也正是这个梦想,驱使她成为一名马克思主义者。正如我们在莱辛的小说中所看到的,她关注着不同种族身份在种族歧视语境中的生存状况,如《野草在歌唱》中的黑人男仆摩西,由于种族歧视,从来不被当作人来看待,白人认为黑人土著正常的人类情感是不存在的,他们也不应该对白人女主人产生任何服从之外的情感,更不应该对白人女主人有"非分之想"。而白人女主人对于黑人男仆也不应该有人类之间的情感,这是种族观念所不允许的,是违背白人的道德的。所以小说最终,白人女主人因自责而平静地走向了死亡,黑人男仆也因捍卫那一点点的人类的情感而杀死了白人女主人,可见,黑人身份和白人女性身份都是种族歧视观念之下的牺牲品。这恰恰是莱辛作为一名马克思主义者对于身份及其生存语境的现实性思考。

莱辛对于身份及其生存语境的思考并不限于种族、阶级等具体的生存情境的探索,还涉及马克思主义的总体性思想,即人既应同自然界完成本质统一,也不应脱离作为总体性的人生存于其中的总体性社会。对于莱辛来说,人不是孤立存在的,而是和自然、社会、他人、自己相互关联而存在的,所以,在历史和宇宙之中的个体,其所经历的事情,是每一个人所共享的,把个人的经历转变成更大的东西才能使文学具有更广泛的意义。[②] 在《玛莎·奎斯特》中,玛莎像很多战争前夕殖民地的青年男女一样,因为惧怕战争,使得她把每一天都当作生命中的最后一天来过,使劲地狂欢、拼命地玩耍,就像世界要毁灭了一样,婚姻也成为狂欢的一部分,玛莎随随便便就找了一个人结了婚,如同小说结尾所说的:"可怜的孩子们,让他们趁着还能享受的时候尽情享受吧——他极其愤怒地摇醒了自己;战争时期,某种残酷的伤感情调总是会毒害我们

---

① Margarete von Schwankopf, Placing Their Fingers on the Wounds of Our Times, *Doris Lessing: Conversations*, Earl G. Ingersoll, ed., New York: Ontario Review Press, 1994: 105.

② Doris Lessing, Preface to The Golden Notebook, *A Small Personal Voice: Essays, Reviews, Interviews*, Paul Schlueter, ed., New York: Vintage Books, 1975: 32.

所有人，而这就是最初受到感染的征兆"①。可见，虽然莱辛是在写玛莎的故事，但又不仅仅是在写玛莎的故事，更是写战争前夕殖民地白人的恐惧是如何通过狂欢的形式表达出来的。在《野草在歌唱》中，莱辛冲破了黑人种族身份的界限，同时也关注了在种族歧视的观念之下，白人身份受到的压抑。由此可见，莱辛的小说不仅冲破了个体身份的局限，甚至冲破了群体身份的限制，进入一种更大的视野当中去书写身份，而且，其身份书写的背景也是广阔的，从非洲到欧洲甚至到苏联，关注的是全人类的生存处境和幸福。

莱辛曾在自传《影中漫步》中表示，她参加政治活动以及成为一名共产党员，只是因为这个组织当中的人们是她能够遇到的唯一敢于同种族歧视观念做斗争的人；她成为马克思主义者，是因为马克思主义者和她一样读着真正提供一定道德价值判断的文学，能够反映现实真实的文学。② 这恰恰说明，莱辛成为马克思主义者是因为马克思主义的观念和思想契合了她原本已有的人文主义思想。她曾明确宣称："当共产党人的结果就是成为人文主义者。"③ 这种人文主义就是伟大作家狄更斯、托尔斯泰、斯丹达尔、巴尔扎克、陀思妥耶夫斯基等的作品中表现的共同的价值，"极度的同情与极度的纪律与选择之间游移，并根据调和这两个极端之比例的程度而变得人文"，"人通过他这种融合自身相反品质的能力显示其人性，也显示其高于其他动物的优越本质"。④ 即是说人文主义者要平衡个人的欲望和责任，由此可以生发出的是人的自由与平等和人的自我完善，进而实现理想的大同世界。而莱辛成为马克思主义者，正是因为马克思主义思想符合了她对人文主义思想的追求，马克思主义所主张的消灭阶级，消灭种族歧视，实现人人平等，进而实现全人类的幸福的观念正契合了莱辛以人为本的总体性思想。同样，对于莱辛来说，以文学介入现实，不是要导向正确的政治身份立场，也不是要传递某种身份应该具有的确定的价值观，而是让读者对于文本所提出的问题有所思

---

① 多丽丝·莱辛：《玛莎·奎斯特》，郑冉然译，南京大学出版社，2008，第380页。
② Doris Lessing, *Walking in the Shade*, London: Flamingo, 1998: 318.
③ Doris Lessing, Preface to The Golden Notebook, *A Small Personal Voice*: *Essays*, *Reviews*, *Interviews*, Paul Schlueter, ed., New York: Vintage Books, 1975: 20.
④ 欧文·白璧德：《什么是人文主义》，王琛译，载美国《人文》杂志社、三联书店编辑部编《人文主义——全盘反思》，生活·读书·新知三联书店，2006，第13页。

考。如《野草在歌唱》中，莱辛既没有指明黑人仆人的立场是对的，因为他虽然受到种族歧视的戕害，但他也突破了做人的底线——杀死同类，也没有指明白人女主人的立场是正确的，而是在同情她由于种族歧视的存在而不得不扼杀自己正常人的情感的同时，还要思考使白人女主人被白人道德束缚着却拥有了正常人的情感的原因是什么。可见，作者并没有指明在种族歧视的状态之下，哪种身份才是具有合法性的身份，哪种观念才是正确的观念，而是从全人类的角度出发，展现矛盾，引起读者的思考：是否在种族歧视观念之下，何种身份都不具有合法性；造成个体存在着矛盾观念的成因是什么；以何种途径能够突破这种种族歧视观念的迫害，获得人与人之间的平等与自由？

莱辛的小说对于身份的多层次、多角度的关注归根结底离不开莱辛的人本主义思想，而莱辛选择用不同的形式和叙事手段来书写身份，源于她的创作观及其早年经历、辩证法思想和所受到的心理分析学派的影响。

对于莱辛来说，小说的形式是有意味的形式，是其内容的一部分。莱辛认为，所谓传统的现实主义小说的写作方式，并不是真实的写作方式，因为它不能真正地涵盖现实的丰富性和复杂性。① 以《金色笔记》为例，其"自由女性"部分是以传统的写作手法进行叙述的，"黑色笔记"以日记的形式记述了安娜在非洲时的经历及关于其小说的商谈事务；"红色笔记"记录了她在英国共产党组织内的生活；"蓝色笔记"则以简报的形式拼贴了当时的时事及安娜的情感生活。"自由女性"作为一部完整的传统现实主义小说并没有全面地概括安娜的事业、政治生活和感情生活，只是零散的记述了安娜的生活。而将小说分为"黑色笔记""红色笔记""黄色笔记""蓝色笔记"，其形式是有意味的，意味着主人公是分裂的，是迷茫的。安娜作为一个"自由女性"，摆脱了婚姻的束缚，拥有自己的事业，可以根据自己的喜好选择是否加入一个党组织。看似她的生活完全由她自己安排，但是，仔细想来，安娜向往爱情婚姻，但是得到的都是有妇之夫将其作为婚姻之外的消遣，将其当作浪荡的女

---

① Doris Lessing, Preface to The Golden Notebook, *A Small Personal Voice*: *Essays Reviews, Interviews*, Paul Schlueter, ed., New York: Vintage Books, 1975: 32.

子；她也并未真正获得经济的独立，要考虑房租、考虑孩子的学费；而且她还患有写作障碍症，并没有在思想上获得真正的自由。可见，自由女性安娜，并不是真正的自由，正是这种的自由的假象和不自由的现实让安娜迷茫和精神分裂，小说通过形式的分裂暗示主人公自身的分裂。由此可见，《金色笔记》通过形式的创新展现了作者对于自由女性身份的思考和探索。正是作者的这种形式即内容的创作理念，才让我们看到了莱辛小说以多样的创作手法和叙事手段进行身份书写与表述。

莱辛虽然生在伊朗，却长在非洲的南罗得西亚，这片辽阔的土地赋予了莱辛广阔和自由的胸襟，让她始终记得这一广阔空间对于她的人格的塑造与影响。她曾说过，非洲对于她最重要的就是它的空间，在她家的农场周围，几乎没有人烟，莱辛，一个小女孩就是这样每天几个小时独自一人待在草原和丛林里，与这片空间为伴。① 可见，空间本身是沉淀于莱辛记忆深处的形式，她对于空间有着特殊的情感，所以，在莱辛的小说中，对于空间及空间转换是异常敏感的，这也是为什么莱辛会选择通过空间的隐喻和流动来书写身份。如莱辛的小说中经常提到的，非洲的丛林充满了未知和神秘，那里面有凶猛的野兽和古老的神灵，这些都使得小说中对非洲充满好奇心的主人公感到恐惧或兴奋。这其实隐喻着非洲人古老的身份，以及对于白人来说非洲人身份之中所具有的神秘的野性和灵性，而这种身份特征通过未被文明所覆盖的丛林隐喻出来，所表现的恰是白人所不愿意承认的，对于黑人身份的恐惧。

值得注意的是，莱辛的辩证法思想在书写身份时也多有体现。莱辛在小说中并不是罗列各种对立面和矛盾关系，包括社会关系的矛盾和人的内心世界的矛盾，而是通过设置一个对立面，将对立双方矛盾斗争的结果作为一个创造性生成的合成项，这个结果大于两个矛盾对立面的相加之和，是一个全新的创造性生成物。如《天黑前的夏天》中，女主人公凯特是一个典型的中产阶级家庭主妇，从衣着、发型到言谈举止都是符合统一的中产阶级程式的，她的全部生活重心都围绕着孩子和丈夫。简单来说，她，甚至她们，完全没有属于自己的生活。而她的对立项，

---

① Nigel Forde, Reporting from the Terrain of the Mind, *Doris Lessing: Conversations*, Earl G. Ingersoll ed., New York: Ontario Review Press, 1994: 214.

邻居玛丽·费切丽，一个完全相反的妻子，无论是行为举止还是人生选择，全都出自自己的喜好，而不是遵循所谓的中产阶级妻子的准则。两个人是矛盾对立面的双方，二者在相互影响的过程中，并没有使一个完全被消灭，而另一个完全被保留下来。也就是说，最后剩下的并非是原封不动的凯特或者玛丽，而是受到对方影响的凯特或者玛丽。当凯特注意到了生活中的玛丽的与众不同，并且羡慕不已的时候，她就已经不是那个完全专注于自己的中产阶级家庭主妇身份的凯特了，而是一个打开的、时刻准备着改变的凯特，所以，小说中的凯特，尝试了不同的选择，如和年轻的男子恋爱、改变自己的服饰发饰等。可见，通过作者的辩证法思想，小说书写身份的叙述手段也具有了辩证法的特征。

  莱辛刚到伦敦的一段时期内，曾经连续三年去看心理医生，她真诚地感谢这一段心理咨询的经历，因为她认为这段经历挽救了她的生命。由此可见，莱辛受心理分析的影响是巨大的。但是，莱辛并不喜欢弗洛伊德，她认为无意识本身并不是邪恶的，而是被人为地塑造成好的或者坏的。由于弗洛伊德，我们的文化把潜意识当作了敌人，这是不好的。① 同时，莱辛还指出，相比于弗洛伊德，她更喜欢荣格，因为弗洛伊德关注的是个人，而荣格的集体无意识则将视野扩展到了全人类。莱辛的这种偏向荣格的喜好，恰与她的人本主义思想相契合，一个作家的责任感要求她更多地关注全人类的幸福。莱辛试图把个体心理和集体心理相结合，以心理为起点，将小说关注的焦点扩展到社会的方方面面，以至于整个人类的总体生存状况。而在对人的心理状况的关注中，梦境是最让莱辛着迷的，是她除了园艺和猫之外的第三大爱好。② 在莱辛的小说中，也多运用到梦境来书写身份。在《野草在歌唱》中，通过白人女主人的三个连续梦境，暗示了其对于现有身份的不满以及想要冲破现有身份的愿望，而这种关于身份的不满和愿望是在现实生活中不能被明确表达出来的。在《天黑前的夏天》中，女主人公凯特做了三种类型的梦，每个类型的梦又由一系列的梦组成，这三种梦是女主人公凯特的中产阶级家庭主妇

---

① Jonah Raskin, The Inadequacy of the Imagination, *Doris Lessing: Conversations*, Earl G. Ingersoll ed., New York: Ontario Review Press, 1994: 14.
② Margarete von Schwarzkopf, Placing Their Fingers on the Wounds of Our Times, *Doris Lessing: Conversations*, Earl G. Ingersoll ed., New York: Ontario Review Press, 1994: 106.

的身份危机在其心中的映现。在莱辛的小说中,梦境总是预示着人物身份遭遇的危机以及建构的可能性,因而梦境也成为莱辛书写身份的一个重要手段。

在所有的身份问题当中,莱辛最为关注的是种族身份和性别身份等边缘群体的身份,这和她自身的经历分不开。她生在伊朗,长在非洲,成年后回到英国。在非洲的时候,她看到黑人种族在白人的霸权和压迫之下,成为白人的奴隶,不被作为人来看待,没有作为人的尊严,享受不到身份上的平等。黑人种族在白人的叙述中成为刻板印象,是落后的、愚昧的、神秘的,代表着强大的性能力的,未开化的,等等。然而,黑人对于自己的种族身份却没有属于自己的叙述,他们在白人的殖民之下是不能够发出自己的声音的。所以,莱辛在她的非洲小说中不断地书写着黑人的处境,黑人身份所带来的不公的待遇,沉默的黑人被白人定性的身份特质。当莱辛回到英国之后,莱辛的身份很难说是纯粹的英国人,她深受非洲文化的影响,她怀念在非洲的那些无拘无束、与天地为伍的生活。回到英国的莱辛,就如同受白人殖民的黑人所面临的生存境遇一样,英国人是鄙视生活在非洲的英国人的,认为他们贫穷,并且受到了未开化的黑人们的"污染",所以,这些在非洲生活过的英国人回到英国后,只能生活在英国的最底层,面对森严的身份等级。莱辛在英国这片土地上找不到"回家"的感觉,而且,在英国,莱辛作为一个没有丈夫的单亲母亲,还带着一个满是非洲口音的孩子,这样的边缘身份让她遭受了无数的白眼和鄙视,使得莱辛对于边缘身份有所反思,而这都体现在她的文学创作中。莱辛的文学创作对于边缘身份的关注,其实质表达了一种身份政治的诉求,想要为边缘身份发声,想要改变身份压迫的现象,想要寻求身份的平等和自由,无论是种族身份、性别身份等边缘群体身份,还是边缘的个体身份,在她的人文主义思想指导下,她都想让其获得应有的尊严与平等。

本章小结

对于身份/认同的内涵,不同领域的学者都尝试着从不同的角度给出界定,这也使得身份/认同的内涵丰富而复杂。如果要厘清身份/认同内涵演变的历程，可以以主体观的演变为参照，因为身份是主体的位置，认同是主体性的认同。以此为线索，可以看出身份/认同经历了从完整统一的主体与完整同一的身份/认同，到以社会为中心的身份/认同，再到破碎的主体与身份/认同的混杂性的流变过程。

而当下的身份/认同以各种形式被反复提及和探讨，是因为个体在当下最为重要的两个语境——全球化语境和后殖民语境中，都无法不触及、经历以及被迫或者主动地去思考自身的身份/认同问题。也就是说，身份/认同问题已经成为当下时代个体不可回避的生存处境，尤其是在社会中难以为自身困境发声的边缘群体，关注这些特定群体的身份/认同政治问题，是具有时代责任感的作家无法忽视的现实。

莱辛以其独特而深刻的文学创作观照当下个体的身份困境，突破了前代文学书写身份的策略传统，采取了更能应和时代和反映当下复杂身份/认同现状的策略手段，不仅彰显了文学家的社会责任感，也展现了其流光溢彩的文学才华。

第三章 莱辛小说创作中的叙事手段与身份

导　语

　　早在19世纪的法国，作家居斯塔夫·福楼拜（Gustave Flaubert）就已经非常重视文体风格，尝试着摆脱过去作家习惯采用的全知叙述视角，以使叙述者的叙述更符合现实呈现的自然状态。之后，美国作家亨利·詹姆斯（Henry James）更明确地提出选择恰当叙述视角的重要性，并且相对于全知型的叙述视角，他更提倡客观的、限知的叙述视角，以此增加小说的真实感和叙事效果。可见，这两位作家不同于以往的评论家评论小说的方式，以往的评论家都从人物形象、情节、场景、小说与社会的关系入手进行评论，而自这两位作家开始，以往被忽视的小说形式逐渐受到了关注。

　　20世纪20~30年代，现代主义文学开始兴起，随之而来的是对小说形式的倍加关注。早在20世纪初，俄国形式主义理论家维克多·什克洛夫斯基（Viktor Shklovsky）和鲍里斯·朱哈伊洛维奇·艾亨鲍姆（B. M. Eikhenbaum）就区分了"故事"和"情节"的概念。紧随其后的英美新批评提倡文本"细读"，将小说批评从文本外部转向了文本的内部，小说自身的形式受到了应有的重视。20世纪50年代，"自由间接引语""叙述焦点""内心独白"等设计叙述技巧和手法的专业术语被广泛使用。60~70年代，结构主义叙事学正式诞生，并出现了一大批小说叙事学的理论家，使得叙事学成为研究文学的一门独立的学科。结构主义叙事学以巴黎出版的《交际》杂志（1966年第8期）为标志，将一系列的叙事学的基本理论、概念、方法等呈现在公众面前。法国学者茨维坦·托多罗夫（Tzvetan Todorov）区分了"故事"和"话语"，使得叙事学的理论框架得以基本确立。值得一提的是，"叙事学"这个概念由法国学者茨维坦·托多罗夫在《〈十日谈〉语法》一书中提出，该书把小说中的人物看作是名词，人物的特征看作是形容词，行为看作是动词，因此故事也就成为一个句子。

20世纪60~80年代，是经典叙事学时期。这一时期的主要特点是将文本作为独立自足的体系，并将之作为研究的中心，隔阂了作品与时代、历史、文化以及社会之间的联系。而自80年代中后期开始，女性主义叙事学、修辞叙事学、认知叙事学、非文字媒介叙事学等跨学科的叙事学兴起，关注文本和其产生的语境以及读者的接受语境之间的联系，被称为"后经典叙事学"。80年代至今，虽然后经典叙事学兴起，但其分析文学和文化的基础仍然以经典叙事学的方式为主，虽然后经典叙事学不断弹压经典叙事学，但其技术支撑仍然是经典叙事学的理论。

身份意识确立的一个主要方式就是通过文本的叙述。一个民族要想建构自己的文化身份，可以通过神话和传说的叙述构建起自己的民族英雄形象、民族精神、民族信仰、民族传统、民族风俗等，具体到神话和传说文本中，就要涉及具体的叙述策略，通过什么样的叙述策略建构起民族英雄形象、民族精神、民族信仰、民族传统、民族风俗等。例如，通过民族英雄的第一人称叙述视角的叙述，可以更方便这个形象抒发豪言壮语，能让听者跟随这个英雄的语言和内心活动而情绪起伏，拉近听者与英雄的距离，从而使听者能够更好地认同英雄所说的话，英雄所做的事，以及英雄所代表的民族精神。再比如，通过设置反派人物来与民族英雄进行对比，反派人物越强大，失败得越彻底，就会使得民族英雄的形象获得人们更深的认同感，同时也就张扬了民族精神以及与其相关联的民族传统、民族信仰等。可见，叙述策略的运用对于身份意识的确立和身份/认同的确认具有重要的作用。

第一节　叙述视角与身份认同

法国作家福楼拜和美国作家亨利·詹姆斯作为现代小说理论的奠基者，无论是在理论上还是创作上，都非常注重叙述视角的运用。在《小说技巧》（*The Craft of Fiction*）中，珀西·卢伯克（Percy Lubbock）将小说视角视为使得小说戏剧化的重要手段。在马克·肖勒（Mark Schorer）的

《作为发现的技巧》（*Technique as Discovery*）一书中，视角则具有了界定主题的作用。关于视点的理论最重要、应用最为广泛的是热拉尔·热奈特（Gérard Genette）在《叙述话语》（*Narrative Discourse*）一书中提出的"聚焦"（focalization），很多时候，这个词和"point of view"是可以互换使用的，都指感知或者观察故事的角度。① 20 世纪 70~80 年代，西方关于叙述视角的研究出现了前所未有的高潮。

一 集体性叙述声音对群体身份的建构

莱辛的科幻小说《三四五区间的联姻》讲述了三区的女王爱丽·伊斯和四区的统治者本恩·艾塔因为供养者的谕令而联姻的故事，联姻后两人各自带着本区的文化和思想相互影响，最终使得本恩·艾塔不仅改变了自己原有的统治方式，带领四区以征战为主要生活内容的男人们开始裁减军队和减少战争，回家从事生产劳动；还用从三区习得的统治方式来影响五区女王的统治方式，减弱了五区统治中野蛮、粗鲁的成分。

这部小说的特别之处，在于它的叙述者是集体型叙述者——"我们"，"作为本区的编年史家和民谣创作者，我们曾经断言过：此项新谕令对这桩经典婚姻中的双方究竟意味着什么——在他们意识到这一点以前，民谣也涵盖了我们自己，还延伸到三区的每个人。当然，四区也是如此"②。可见，叙事者"我们"是三区记录历史的一群人，他们对历史有自己的看法和断言，所以，可以说，他们讲述的历史是透过他们的眼睛看见的历史，也是透过他们的头脑思考的历史，亦是他们凭借自己的情感断言的历史。并且，他们自己也是这历史中的人，民谣涵盖着他们作为历史参与者的身份以及作为三区臣民的身份。正是因为这种双重身份，使得"我们"能够代替三区的臣民言说历史，为三区的人民建构民族身份。

然而，"爱丽·伊斯进入四区的情节，我们都听说过很多，也猜测了很多，但我们从未真正去过那儿"③。"我们"作为小说中三区历史的讲述者和四区历史的讲述者，从未真正到达过四区，所以"我们"所讲述

---

① 申丹、王丽亚：《西方叙事学：经典与后经典》，北京大学出版社，2010，第 90 页。
② 多丽丝·莱辛：《三四五区间的联姻》，俞婷译，南京大学出版社，2008，第 1 页。
③ 多丽丝·莱辛：《三四五区间的联姻》，俞婷译，南京大学出版社，2008，第 31 页。

的四区历史是听来的,也是猜来的。三区中唯一到达过四区的只有爱丽·伊斯一人,所以这里的听说也多半是听爱丽·伊斯述说的,甚至是听转述爱丽·伊斯的话的人说的;而猜测的部分多是按照自己的民族情感将不连贯或者不合理之处合理连接。

无论是对三区历史的叙述还是对四区历史的猜测,都带着叙述者"我们"的主观判断,而不是纯粹和客观的事实本身。综观这些所谓的历史故事,我们可以看出,自从三区女王爱丽·伊斯去了四区,四区野蛮的统治者本恩·艾塔学会了野蛮的性以外的爱情,看到了自己统治地界的蛮荒和贫穷,甚至他本人由不懂得思考也学会了反思。正是在文明的象征——爱丽·伊斯的指引之下,四区的统治者开始趋向文明治理,裁减了军队,减少了战争,人民开始从事生产劳动,生活逐步富裕,甚至后来,本恩·艾塔去指导相较于四区更加蛮荒的五区女王改善她的国家统治,获得了一种前所未有的优越感。

小说中有一个细节,三区的叙述者"我们"叙述的历史中有一段是关于四区女人的:四区的女人在看到爱丽·伊斯的优雅以及她的衣服的美之后,特别向往三区,所以有一天,四区的女人成群结队地来到了三区参观。在旅馆里,她们惊叹于屋内陈设的精美、布料图案的雅致、食物的美味。回到四区之后,她们大肆宣扬,甚至在四区刮起了一阵奢靡之风,但这仿佛东施效颦,过于俗气了。"我们"作为叙述者,并未到过四区,也对四区女人回去之后的情形并不知晓。然而从这段历史的叙述中,可以看到"我们"带着三区人民的一种优越感,从生活细节上都要优于四区的优越感。可见,小说通过集体叙述者"我们"的叙述,建构起了三区人民优越的民族身份感和归属感,而这种身份感和归属感是通过身份对比实现的。

另外,当三区女王爱丽·伊斯像本恩·艾塔一样,也因受到不同文化的影响而使得自己的身份不再纯正,甚至其影响愈发加深时,她本人也受到了三区人们的排斥。虽然,作为三区叙述者的"我们"客观地承认,爱丽·伊斯和本恩·艾塔的联姻确实解决了本区原本面临的牲畜繁殖力下降的严峻问题,但作为三区子民的一部分的"我们"也同其他子民一起排斥,甚至彻底忘记了这个为本区做出巨大牺牲的女王。可见,相对于四区,三区人民的身份封闭性更强,即使是为本区做出巨大牺牲的女王，只要她的身份受到了"污染"，失去了纯正性，就会被排斥。而三区身份的排斥性和它的优越性是相辅相成的，正是因为三区人民骄傲于本区身份的优越性，才会最大化地保持身份的纯正性，从而造成身份的封闭性特点。所以，在小说的结尾处，三区原来的女王爱丽·伊斯的王位被妹妹取代，她本人也被她的妹妹和臣民驱逐出境，最终去了二区。

二区对于"我们"来说是未知的和更加文明的地方，就如同二区的地势高于三区，三区的地势高于四区一样，二区的文明层次相对于三区是更高级的。所以，虽然"我们"没有去过"二区"，但"我们"相信，"我们"曾经的女王最终消失是因为她去了二区这个文明程度更为高级的区域，并且被二区接纳了。可见，在小说的结尾，叙述者"我们"仍为保持本区人民身份的优越性做着最后的努力，他们的女王即使身份不再纯正、不被"我们"接纳，她也不能停留在四区，而是应该去到更加文明的二区，这代表着即使"我们"现有身份的封闭性在未来被打破，也只会是因为它趋向了更加优越的身份。

综上所述，"我们"作为历史的叙述者和三区的臣民的一部分，是有建构民族身份的合法性的。"我们"叙述了三区的文明与优越，叙述了四区的蛮荒与落后，正是通过这种对比叙述，将三区的民族身份建构成为优越于四区的文明级别更高的民族身份，通过这个被建构起来的身份，三区可以引导在文明上低一等级的四区走向更高级的文明之路。正是这个被"我们"的叙述建构起来的具有优越性的身份，使得三区的人民有了强烈的身份归属感和优越感，因而，他们才要求自己身份的纯正性，不能被落后的民族文化"污染"。这也体现了莱辛对于身份等级的思考，身份本身并不存在等级，但西方的民族，对于莱辛来说尤指大不列颠民族，总是通过自己的叙事构建起先进的民族身份，这样才能够去教育和引导他们认为的落后的民族走向文明，而这种教育和引导带来的极有可能是文化上的霸权与殖民。

二 多层级叙述声音与身份解构

在虚构的叙事作品中，我们有的时候可以看到叙述者以作者的身份进行叙述。有的叙述者甚至并不避讳提到叙事作品中的叙述者就是作者自己，而且，这一叙述者还可能作为作品中的人物参与其讲述的故事。但是，我们不能将真实的作者等同于作品中以作者身份进行叙述的叙述者，因为"小说中作者不同于叙述者。……为什么作者不是叙述者呢？因为作者要创作，而叙述者只是叙述所发生的事件……，作者创作出叙述者以及叙事风格亦即叙述者的风格"①。以作者身份存在的叙述者也是由真实作者虚构出来的一个小说形象，它和小说中的其他形象并无本质区别，这类似于韦恩·布斯（Wayne Booth）所提出的"隐含的作者"的概念，即作者的第二个自我，由一定的思想规范构成的作者的隐含的替身，作者可以根据不同作品的需要，创作出不同的隐含作者。

就叙述者而言，可以分为"不参与故事而只承担故事讲述的异故事叙述者，与既承担故事讲述、同时又是所讲述的故事或情境中一个人物的同故事叙述者"②。同故事叙述者多以第一人称"我"出现在虚构作品当中，既是故事的叙述者，同时又是作品中的特定人物。莱辛的《金色笔记》的特别之处就在于，它选取了三个层级的叙述者，且有的叙述者是同故事叙述者，有的是异故事叙述者。小说的隐含的作者自然是写作《金色笔记》的莱辛，她写了一个关于安娜的故事，这个故事在"金色笔记"中有所体现，这一层的叙述者是安娜，以第一人称"我"作为超叙述层的同故事叙述者；而这个安娜作为作者又写了一个关于"两个女人单独待在伦敦的一套住宅里"的故事③，这个叙述层讲述的是小说的主体部分，所以这个层次是主叙述层，叙述者是第一人称"我"，也就是超叙述层的叙述者安娜写的小说中的主人公安娜，也是同故事叙述者；次叙述层是主叙述层中的叙述者安娜所写的一部小说，主人公是爱拉，因而这一层级的叙述者是异故事叙事者；最后一个层级也是一部小说，其作者是爱拉，但小说只有梗概，没有原文，所以不清楚叙述者是谁。

在这部小说中，关于安娜的故事是以隐含的作者莱辛的生平为素材

---

① 萨特：《家庭的白痴》，迦利玛尔出版社，1988；转引自热奈特《热奈特论文集》，史忠义译，百花文艺出版社，2001，第142页。
② 乔国强编《叙事学研究——第二届全国叙事学研讨会暨中国中外文艺理论学会叙事学分会成立大会论文集》，武汉出版社，2006，第56页。
③ 多丽丝·莱辛：《金色笔记》，陈才宇、刘新民译，译林出版社，2000，第3页。

的，关于安娜的小说其素材来源是关于安娜的故事，写爱拉的小说的素材来源是关于安娜的小说，可见，这些不同的叙事层级之间是相互关联的，甚至主要的故事都是相似的。但值得注意的是，虽然这些故事层级中的故事主干是相似的，但人物的性格和具体相处中发生的事情却是千变万化的，甚至叙述者的叙述态度，是理性多一点还是感性多一点，也都是不一样的。所以，虽然这些故事看似不断重复，但重复中又在不断变化着。这就使得小说中人物的身份具有了不确定性因素。

虽然安娜的故事来源于隐含的作者莱辛的生平，但是，它又不同于真实的莱辛的生活。关于安娜的小说虽然来源于安娜的故事，但两个安娜又不完全一样，并且她们遇见的同一个男人的名字也是不一样的，比如对于超叙事层的叙述者安娜来说，她搬离大房子前遇见的美国男人叫米尔特，而主叙述层的安娜在搬离大房子前遇见的美国男人叫索尔。由此可见，身份内容的稳定性和可靠性被取消了，我们很难确定一个形象，或者说一个身份中确切地发生过哪些事件，这是作者为了打破真实的幻觉所做的形式上的努力，意在说明，小说的隐含的作者并不是真实的作者，以作者的身份为素材来源的写作也不能等同于小说作者的身份内容。小说正是通过不断重复，不断改写，解构了小说中人物的身份。

小说中作为作者身份的叙述者不仅仅有同故事叙述者安娜，还有异故事叙述者爱拉。虽然安娜写的关于爱拉的小说的素材来源还是她自己，但是在次叙述层里，人物的名字也发生了变化，所以，相似的故事讲述的到底是谁的故事，是隐含的作者莱辛的，还是小说的作者安娜的，抑或是爱拉的？可见，身份的确定性的最后一道防线也被突破了。

而且，我们发现，这三个叙事层的叙述者都是安娜，但讲述安娜自己故事、讲述虚构的安娜的故事，以及讲述名字叫作爱拉的女子的故事时使用了不同的叙述风格：讲述自己的故事时用的是情感叙事的方式，运用了大量的梦幻般的心里独白，强烈的情绪倾诉；讲述爱拉的故事时是冷静克制的；讲述虚构的安娜的故事时，是将安娜分成几部分，分别叙述的。同一个叙述者，以不同的方式叙述着相似的故事，可见叙述者的身份也是难以确定的，到底哪个风格的叙述者才是那个真实的安娜，抑或一个确定的安娜的身份已经不重要了，重要的是故事要呈现的是生活在这个时代的英国女性的生存状况。

多层级叙述通过不同的叙述态度和改变具体的故事细节的方式,反复叙述同一个故事,使得同一个人物在不同的叙述层级里面,从名字到具体的经历发生了微妙的变化。读者想要确定故事中的人物到底是谁,到底在某个时间里遇见了什么事情,是困难的,这也就取消了人物身份的确定性和稳定性,解构了身份的统一性,使得人物身份成为一个叙述游戏,这个游戏是由不同层级的叙述者共同完成的。作者莱辛借用同一个故事框架,通过不同层级的差异性重复叙述,展现了一个名字叫安娜,或者名字也叫安娜,抑或名字叫爱拉的英国女性,所面临的共同的生存处境。这部小说反复陈述的故事,是一个追求自由的女性无法真正得到自由的故事。这体现了莱辛对于女性性别身份的思考:被圈禁在家庭中的女性并没有自由可言,而那些追求自由的女性,看似拥有随心所欲的生活,其实也并没有多少自由可言,自由的女性同样得不到真正的爱情,因为他们被视为放荡的女子,同样要为经济问题发愁,同样要面对女性所要面临的所有困境。莱辛正是通过多层级叙述解构身份,反思女性身份所面临的生存困境和女性身份可能带来的来自社会的围困。

三 第一人称回顾性视角与视角越界对既有身份的书写

第一人称有限视角分为第一人称经验性视角和第一人称回顾性视角。第一人称经验性视角是指叙述者以当时事件正在发生时的眼光来叙述自己曾经历过的事情;第一人称回顾性视角是指叙述者以现在的眼光追忆过去自己曾经历过的事情。小说《简·萨默斯日记Ⅰ:好邻居日记》中就是以主人公简娜的视角来回顾曾经发生在她自己身上的事情。在简娜的第一人称回顾性视角中,穿插进了简娜的视角所看不到的老太太莫迪一天的生活,这里运用了视角越界手法。视角越界是指"不在场的叙述者就摇身一变,堂而皇之地以目击者的身份对所发生的事开始了展示性的描述"[①],即叙述者超出了自己有限视角的边界,以全知视角的方式去描述,并不时地对所观察的人物进行心理描写。

首先,小说《简·萨默斯日记Ⅰ:好邻居日记》中选取的叙述视角是第一人称回顾性视角,即以主人公简娜的视角来回顾曾经发生在她身

---

① 申丹:《叙述学与小说文体学研究》,北京大学出版社,2001,第252页。

上的事情，也就是她和老太太莫迪之间相处的故事以及简娜自身心理的变化。选择这样的叙述视角的目的是给主人公提供一个反思的机会，以现在的眼光追溯曾经发生过的事情，必然带有现在对于过去发生的事情的思考，这些思考都体现在简娜所记的日记中。简娜在认识莫迪之前，是一个"长不大的妻子"、"长不大的女儿"，她的丈夫和妈妈都死于癌症，而她则以赚钱为名远离了当时已经患有癌症的、需要被照顾和被关爱的丈夫和母亲。在简娜记述这一段过往的时候，是对自己行为的反思。她通过回顾过去的事情，认识到了自己的任性，没能在丈夫和母亲最需要她的时候陪伴他们，而是选择了逃避。当她在丈夫和母亲去世后，遇见了莫迪——一位九十多岁的老太太时，她用自己大把大把的时间去陪伴她、照顾她，她在日记中提到这一段经历的时候，反思自己是因为内疚才会找一个"替代品"，补偿曾经未能给予丈夫和母亲的时间与关爱。可见，第一人称回顾性视角的选择有利于主人公对自我的反思和批判。

其次，这种叙述视角能够拓展叙述的时间广度，将过去和现在并置与对照，为主人公的反思提供合理性。莫迪是一个生活上基本不能自理的、孤单的老太太：莫迪无法自己洗澡、洗衣服，甚至自己去买点东西都要费好大的力气；她的衣服都是脏兮兮的、房子也是脏兮兮的，她根本没有能力去做更彻底的清洁工作；由于长期患病，莫迪的脾气也非常不好；由于长期独处，使得她的表达方式也与众不同；由于孤单，每次简娜有事不能去看她，她都非常的生气……此时，简娜才意识到一个患病的老年人是多么需要陪伴和照顾，他们内心是多么的脆弱。由此，她在记述当时对待自己患病的丈夫和母亲的态度时，才具有了反思的可能性：当时她以赚钱为借口，每天都在外面奔波，而把丈夫一个人扔在家里，不闻不问；对于自己的母亲也是这样，从来都是患病的母亲自己洗澡，简娜没有帮过任何忙，现在想想那时行动不便的母亲洗个澡得多么的辛苦。可见，第一人称回顾性视角为主人公的自我反思提供了时间上的合理性。

而第一人称回顾性视角和视角越界的配合使用，首先给了老年人以发言权。在小说中，叙述者是简娜——"我"，叙述都是从现在的简娜的视角来看过去发生在简娜身上的事情，是不能够叙述简娜不在场的时候发生在别人身上的事及其心理活动的。然而，这部小说却单独开辟出了一小节来记述莫迪一天的经历和心理活动。这样的视角运用可以给予老年人以发声权。综观小说写作的历史，我们发现，很少有以老年人为主人公和叙述者的，因为老年人在人们的观念里不能够代表希望和理想，也不能代表青春和美丽，甚至与爱情和战争都毫无关系，所以对大多数的作家来说，老年人是小说人物的边缘地带，是不值得被描述的群体。但是莱辛不同，她不仅关注老年人的生活处境，还让老年人发出自己的声音，这样能够真实地反映老年人的生活状态和心理诉求。如果不让老年人自己发声，我们很难知道——"她挣扎着到了门边，开门放猫，然后背对着门站着，思考。莫迪和自己的虚弱以及可怕的疲惫感作斗争，以智取胜，将军制订作战计划也用不着这等聪明才智。她已经在后门了：离厕所只有五步之遥；如果她现在去的话，就省了以后的一趟……莫迪挪进厕所，解了手，在那里想起房里还有一个又脏又臭的便桶，想方设法沿着走道回到房间，想方设法把那罐儿从圆外壳里取出来，好歹端着便桶挪回厕所。倒的时候泼出来了一点，看着，闻着，她的理智必须承认是有什么很不对劲。但是她想，只要她（指的是简娜）看不到我拉的是什么，就没人知道了"①——一个老年人为了去趟厕所要花费多大的力气，如何将便桶倒掉而不会洒出来，这些都是只有经历过的人才会了解，只有她们自己才能知道，即使是每天陪在她身边的简娜也不能充分了解她的状况。

作者选择以莫迪的一天作为视角的越界，来表现莫迪的生存状况，而不是直接让莫迪作为叙述者叙述自己的生存状况，因为作者的本意并不是要让老年人哭诉生活多么困难，不是要进行感情的宣泄，而是要对老年人的生存状况进行理性的反思和思考。作者选择即将步入老年阶段，却离年老还有一步之遥的简娜为主人公，老年既与她相关，又同她保持一定距离，使得简娜在感同身受的同时还具有一定的反思能力；在简娜反思的同时，具体呈现出老年人的生活状态，两者相互补充，使读者能够更加认同简娜的思考，同情老年人的生活，进而给老年人以更多的关照，以突出关爱老年人、理解老年人、关注自己也会有的老年状态的主题。

---

① 多丽丝·莱辛：《简·萨默斯日记Ⅰ：好邻居日记》，陈星译，译林出版社，2016，第142页。

除此之外，第一人称回顾性视角和视角越界的配合，为简娜关心莫迪提供了合理性。小说中很多人都不明白，原本对老年人冷漠的简娜，怎么会这么关心一个在路上偶遇到的老太太呢；甚至每天去莫迪那里两趟，不管自己多累，都要到莫迪那里去聊天；最后甚至将自己的全职工作调换成兼职工作，这样就可以陪伴患有胃癌的莫迪最后一程。通过简娜的回顾性反思可以发现，简娜是因为之前不能陪伴丈夫和母亲而深感内疚，想通过照顾莫迪缓解内心的负罪感。但是，这不能完全说明简娜为什么积极地照顾莫迪，甚至给她洗掉身上的屎尿。从莫迪的叙述中可以看出：一方面莫迪是一位很自立的老太太，虽然行动不便，但凡事都尽量自己做，所以，对于简娜的帮助不是非有不可的。但是，从情感上来说，莫迪从小缺少亲人的关心，她的母亲很早就去世了，她的父亲给她找了个继母，她的姐姐抢走了父亲留给她的遗产。所以，这个年纪大且换有癌症的莫迪非常需要亲人的关怀，简娜正好满足了她这方面的需求。正因为她对于简娜情感上的需求，使得简娜感觉到自己的被需要和不可或缺，使得她的内疚感得以缓解，并获得满足感。另一方面，莫迪知道她能给简娜提供一些有趣的故事，也就是自己曾经生活中的点点滴滴。简娜想要写一本关于莫迪的小说，这些有关莫迪的故事，不仅有趣，而且是简娜写小说需要的素材。由此可见，两种视角的配合不仅给了老年人以发声权，表现了她们真实的生存状况和心理诉求，凸显了关爱老年人的主题，而且也为简娜关心莫迪提供了合理的依据。

总的来说，第一人称回顾性视角使简娜获得了对已有身份的反思，通过回顾自己所做的事情，意识到自己是个不成熟的、没长大的妻子和女儿，但当简娜年纪渐老、遇见老年人莫迪的时候，通过视角越界，展现了老年人的生活处境，而这也是简娜不久的将来必然要面临的处境。莱辛通过第一人称回顾性视角和视角越界的配合，让趋向于老年人身份的简娜，在反思自己作为"长不大的妻子"和"长不大的女儿"的身份的同时，改变了这一已有身份，主动去关心老年人，而成为一个"成熟的妻子"和"成熟的女儿"，就如同简娜对待老太太莫迪那样，像一个成熟的女儿应该有的样子。可见，身份并不是固定不变的，而是可以被书写和改变的，这部小说就是通过第一人称回顾性视角和视角越界的运用来改变原初性的身份，赋予身份以新的意义和内涵。

第二节 叙事线索与身份/认同

关于小说情节的探讨可以追溯到亚里士多德的《诗学》，他认为，情节就是对"事件的安排"，是对故事结构本身的建构，以行动为其模仿的对象；并且，情节结构是完整的，所有事件的起因、发展、结果之间的关系是有机的，所以情节之间是有内在联系的。

亚里士多德之后的传统情节观，承袭了亚里士多德的情节观，认为情节结构具有完整性，如皮埃尔·高乃依（P. Corneille）就强调故事情节必须有头、身、尾三个部分。到了 20 世纪，小说中的情节越来越复杂化，如何安排事件、建构情节成为小说创作和文学批评日益关注的热点，而对素材处理的重视，使亚里士多德所倡导的情节结构应该有"有机性"得到了进一步发展。E. M. 福斯特（Edward Morgan Forster）所认为的情节，相对于故事来说，因果性占据了主导位置，虽然这种观点有其片面性，却从读者审美心理的角度继承了亚里士多德的情节观。到了经典叙事学时期，俄国形式主义把情节视为对事件进行的重新安排，"故事"只是情节的素材，情节则是作家对素材的加工和安排。这种对于"故事"和"情节"的区分，在结构主义理论中得到了延续。法国结构主义叙事学家克罗德·布雷蒙（Claude Bremond）和 A.J. 格雷马斯（Algirdas Julien Greimas）认为俄国形式主义的分析，强调的是故事表层的逻辑结构，他们认为应该从故事的深层结构进行分析，因为深层结构的"叙事语法"是恒定不变的，其构成了作品的本质性结构。

一 多层级叙事层与身份隐藏

小说《金色笔记》即为多层级叙事，每个层级所讲述的故事或多或少都有重合之处。小说的隐含的作者自然是写作《金色笔记》的莱辛，她写了一个关于安娜的故事，这个故事在"金色笔记"中有所体现，这一层是超叙述层；而这个安娜作为作者又写了一个以"两个女人单独待在伦敦的一套住宅里"[①] 作为开头的关于安娜自己的小说，这个叙述层

[①] 多丽丝·莱辛：《金色笔记》，陈才宇、刘新民译，译林出版社，2000，第 3 页。

讲述的是小说的主体部分，所以这个层次是主叙述层；次叙述层是主叙述层中小说中的安娜所写的一部小说，叙述者是主叙述层中小说中的安娜，主人公是爱拉；最后一个层级也是一部小说，其作者是爱拉，但小说只有梗概，没有原文，所以不清楚叙述者是谁。可见，《金色笔记》呈现一种倒金字塔式的叙述结构，主干的安娜的故事下面套着关于安娜的小说，关于安娜的小说下面套着关于爱拉的小说，关于爱拉的小说下面套着爱拉写的关于死亡的故事。随着故事范围的逐渐缩小，形成一个倒金字塔的叙事结构。

比如在主叙述层中关于安娜和迈克尔的情爱故事并没有展开来说，但是为了该叙事层故事逻辑和内容的连贯性则略有提及。而在次叙述层中，也就是"黄色笔记"中提到的爱拉和保罗的故事，其故事概况就是安娜和迈克尔的故事，在此叙述层中，叙述者安娜用了大量笔墨，描写爱拉和保罗之间的情爱故事。以小说形式，而不是以日记形式写出爱拉和保罗之间的情爱故事，可以窥见作者安娜对于自己和迈克尔的爱情故事态度是什么样的，具有反观已发生的事情的反思性，而且还可以通过和安娜所记的日记进行对比来查找安娜在写小说时做了哪些修正，因为日记是给自己看的，相对于小说来说更为真实，而小说有潜在的受众，作者在写作时会考虑到读者的反映，并会由此对所写的内容做一定的修正，这种修正可能是有意识的，也可能是无意识的。如在小说中，安娜着重描写了爱拉和保罗在一起时是拥有爱情和性的和谐的，虽然后来小说中说保罗认为爱拉是一个死缠着他不放的浪荡女人，爱拉很是伤心，但前期关于爱情和性的描写为爱拉此后怀念保罗好几年奠定了基础。但是，日记中并没有过多的描写安娜和迈克尔在一起时的具体的情爱感受，只是说她在和迈克尔分开很久之后，生活中仍然处处有他的影子。可见，小说的书写其实给了安娜以弥补遗憾、抚慰心灵的作用，假若没有小说书写中的修正，我们会很自然地认为其实安娜和迈克尔最初在一起的时候并没有感受到多少快乐，反而是安娜的占有欲将迈克尔越推越远。

通过不同叙述层级内容之间的对比，还可以看出作者试图掩盖的身份信息。同样是这个例子，在爱拉和保罗的故事中提到，爱拉不自觉地羡慕起保罗的妻子，因为听保罗讲述，他的妻子从来不会嫉妒和吵闹，一直都是以超然的态度对待两个人的关系。虽然安娜一直标榜自己是自由女性，和男人在一起是因为爱情，会克制自己的占有欲，尤其是和有妻子的男人在一起的时候。可是，从小说的描写中，虽然没有直接提到爱拉对于保罗是有极强占有欲的，却提到爱拉对于不嫉妒的女人是多么的羡慕，可见，爱拉已经被自己的占有欲和嫉妒折磨得受不了了。虽然，安娜在讲述关于她和迈克尔的关系时，也没有提到自己可怕的占有欲，但在她为了抚慰自己因迈克尔离开而受伤的心灵所写的小说中，我们窥见了迈克尔离开的原因，即因为她的占有欲和嫉妒心过于强大。正是这种多层级叙事层的叙事技巧的存在，使得安娜试图隐藏的拥有着强大占有欲和嫉妒心的情妇身份得以显露，而不是她所一直想要展现的超然的自由女性的身份。

《金色笔记》通过不同层级的故事的重复和变异，将安娜的不同人生阶段并列起来——不是以时间顺序，而是以空间形态将之并列。这样既可以看到安娜在日记中和小说中对于同一事件的不同态度，也可以由此窥探出安娜试图在话语间隙中隐藏了哪些身份信息，而且还大大扩展了《金色笔记》的叙事空间和思想内涵。

二 情境重置与身份书写

在小说《三四五区间的联姻》中，讲的是三区的女王爱丽·伊斯和四区的国王本恩·艾塔之间的联姻，以及四区的国王本恩·艾塔和五区的女王瓦西之间的联姻。其中，三区的文明和发达程度高于四区，四区的文明和发达程度高于五区。三区和四区、四区和五区之间联姻就如同情境的重置，具有相似的特征，都是上一级的区域对下一级的区域产生巨大的影响。以战争为生活主要内容的四区受到富裕且没有战争的三区的影响，从而减少战争，从事生产，生活变得富裕，国王生活习惯也变得更加文明；相对于五区来说，四区相当于三区和四区交往中的三区的角色，相对于五区更加文明，四区成为文明的象征，指导着蛮荒的五区从生活到生产趋向于文明。

通过这种情境重置，使得区域的身份具有了可写性。三区的女王爱丽·伊斯来到四区之后，一开始四区国王本恩·艾塔同她做爱的方式是野蛮的，将三区的女王当作女战俘一样的角色，完全没有情感上的交流，更不用说温柔的对待。两个人在这个过程中并不是平等的文明人之间的交流，而是爱丽·伊斯要承受本恩·艾塔兽性般的宣泄。同时，在四区几乎是没有生活和生产可言的，所有的男孩和成年男子都被迫参军，每天从事军事训练，虽然实际上并没有多少战争可打。每家每户剩下的都是女人，这就使得几乎无人从事生产，由此导致四区整体上的生活贫困。然而，在三区女王爱丽·伊斯到来之后，本恩·艾塔感受到了一种不同的性爱，于是开始摸索着去学习人和人之间进行交流的方式，学习情感的交流，学习平等的交往，并且最终在不断的学习过程中体会到了平等的人与人之间的温暖的性爱。而且，他通过向爱丽·伊斯请教治国的方法，学习文明人的思维方式，借鉴三区让国家富裕起来的生产方式，使得自己成为一个懂得思考和反思的国王，即使爱丽·伊斯离开了四区，本恩·艾塔仍然按照三区的管理方式，决定裁减军队，放士兵回家从事生产，以使国家更加富裕。可见，四区国王的身份受到了来自三区文明因素的影响，其身份当中具有了新的因素。四区国王在与五区女王的联姻中，充当的正是三区女王在与四区国王交往中具有教育和引导意义的角色。当他俘虏了前来四区军营试探他的五区女王时，"他要强奸这个女孩，这是他的权利，甚至是他的义务，不管他愿不愿意。以前他根本不会有丝毫犹豫——或者说，他根本都没想过这个。但是现在他在思考这个问题。他依稀还记得这些五区的女孩们身子摸上去满是尘土，粗得跟沙子一样，想起来真觉得可怕"[1]。他看到野蛮的五区女王，已经感到了不适应，这说明他已经摆脱了自己身份中的野蛮成分。同时，他也不再习惯于从前的那种对待俘虏的方式来对待女孩子了，不仅如此，他还引导五区女王摆脱她的蛮荒状态，以一种更加文明的方式和自己在一起。可见，通过这种情境重置的方式，可以看到四区国王的文化身份不仅具有被动的可写性，能够受到来自更高一级文明文化的影响和书写，同时也具有主动的可写性，通过自觉的输入更高一级文化的思维方式和文化内容，来完善自身的身份，并且去书写下一等级文化身份。所以，身份是具有可书写性的，这恰恰是不同的文化相遇时，一种文化身份不自觉受到的影响，以及自身的主动的身份选择。

正因为身份具有可写性，才使得身份具有了混杂性的特征。以四区

---

[1] 多丽丝·莱辛：《三四五区间的联姻》，俞婷译，南京大学出版社，2008，第286页。

国王本恩·艾塔的文化身份为例，受到三区文化影响的四区国王的文化身份，已经不再是纯粹的四区身份。它打破了身份原初性的神话，从身份被书写的那一刻开始，它就再也回不到原初性的四区文化身份了，因为它已经交杂了三区文化的因素。同时，四区国王的文化身份，虽然被三区的文化所书写，但是它永远都在趋近于三区文化身份的路上，永远在过程当中，不可能真正彻底成为三区的文化身份。所以，此时受到三区文化书写的四区文化身份就具有了混杂性和居间性，处于三区文化和四区文化的中心地带。

身份的可写性还带来了身份的不稳定性。前文提到，由于四区的身份在受到三区的书写之后，又以三区的思维方式主动书写自己的文化身份，这就使得四区国王的文化身份一直处于不断地被动书写状态和不断的主动改写状态，由此，四区国王的文化身份会持续保持更新，而没有一个完成的状态，也就是虽然它会无限趋近于三区的文化身份，却不能彻底摆脱四区文化身份中的因素，由此，在两种文化的不断博弈中，身份的稳定性也被取消了。

所以，情境重置不仅说明文化身份具有可写性的特征，即文化身份不是固定的、本质的、不变的，而是可以被改写和重塑的；还间接说明这种可写性身份所具有的混杂性和不稳定性特征，也就是说，正因为文化身份具有可写性，才使得文化身份具有了敞开性，能够接纳和融合其他不同的文化元素，从而使文化身份有了混杂性和不稳定性。

三　故事线索与心理线索并置体现的身份危机

在《天黑前的夏天》中，并列着两条行文线索，一条是故事线索，即女主人公凯特在家里的生活，从家里出走之后在国际食品组织工作的一段日子，与一个偶遇的年轻男子所进行的一段旅行，这段旅行之后她独自一个人生病待在酒店的生活，病好后、回家之前在一个出租公寓居住的过程。另一条是心理线索，这条心理线索以梦境的形式展现出来，随着凯特旅行的不断推进、身份危机的不断加深和对身份归属的不断探索，这个梦境也相应地发生着变化。这两条线索的相互配合，展现了凯特在走出家庭生活，失去了原有的中产阶级母亲和妻子的身份之后，又不能够很好地适应新出现的身份，不能够在新出现的身份中去安放那个焦灼的自我时所产生的身份危机。故事线索展现了凯特身份的变化，心理线索展现了在凯特身份变化的同时所带来的身份危机。

凯特本是个家庭主妇，家里面，孩子们长大了，不需要她了；丈夫有年轻的情人和自己的事业，也不需要她了。作为母亲和妻子的身份突然被取消了，这位为了家庭付出了半生的女人又没有新的身份可以认同，充满了失落感。恰在这个时候，国际食品组织需要人进行翻译工作，于是她从家庭中走出来，去寻找新的身份。然而，到了国际食品组织，她本期待的职业女性的身份并没有兑现，因为国际食品组织的人发现她更擅长处理生活琐事，于是，她发现她又做回了她原本最擅长的事情，仍然像一个母亲和妻子一样，去负责管理参会人员的日常生活琐事。"她摇身一变又开始重操旧业：成了保姆，或护士，像查理·库伯一样。还有母亲。没关系，再过几天她就可以脱身，再也不会像只见人遇到一点儿小麻烦就滥施同情的鹦鹉。"① 一个职业女性的身份没能够获得和这个身份匹配的内涵，原有的身份还束缚着凯特，让她不能够直接认同新的身份。就在这个时候，凯特第一次做了关于海豹的梦，她梦见她在一个自己并不熟悉的地方，那里有一座山，坐落在一个景区里面。她看到有一个黑乎乎的东西摊在一块岩石上面，她还想着，这黑乎乎的东西会不会是海参，可是转念一想，这么大怎么可能是海参。实际上这黑乎乎的东西是一只搁浅的海豹，可怜地瘫在一块岩石上面，发出微弱而痛苦的呻吟声。于是，她决定把海豹送回到海里去，她抱起了海豹，关心地问着海豹是否还好，海豹只用呻吟来回答她，她带着很沉很沉的海豹朝山下走去。梦中的这个搁浅的、无助的海豹正象征着无法在新的身份中获得归属感的凯特，是迷茫的，是无助的，是需要人引导和拯救的，而能够拯救这只海豹的，只有凯特，也就是说，能够让凯特驱逐身份危机，能够使凯特在新的身份中获得归属感的人，只有凯特自己。所以，是凯特抱着这只痛苦的海豹去寻找水域，而那片海豹想要回去的水域，正是海豹应该去的地方，也就是凯特最终认同的和归属的那个身份。

凯特在失去了原有的母亲身份和妻子身份后，未能够认同职业女性的身份，而是在职业女性的身份之下，做回了原本的那个母亲的角色。

---

① 多丽丝·莱辛：《天黑前的夏天》，邱益鸿译，南海出版社，2009，第28页。

也就是说，凯特失去了原有的身份，原有的身份阴影却笼罩着凯特，让她不能够认同新的身份，所以，此时凯特的身份危机并没有解决，反而因为尝试认同新身份失败而加深了。这个时候，凯特在路上偶遇了一位年轻的男子杰弗里，他使她有机会再次尝试一个新的身份——情人的身份，她尝试着跟杰弗里发展成为情人的关系，并决定一同出游。然而，本应该发展成为情人的男子杰弗里，生病了，凯特又像照顾家人那样去照顾他，没能成为一个反叛的妻子，没能发展出一段婚外情，没能毫无芥蒂地发生性爱。先前凯特想以职业女性的身份反叛母亲的身份失败了，这一次凯特想以情人的身份反叛妻子的身份又失败了，凯特的身份危机没有被解除，反倒不断加深。这种身份危机又在梦中展现出来，"她一入睡就梦到了那个乱石山坡。没错，那只可怜的海豹在慢慢地、痛苦地朝遥不可见的大海爬去。她抱起那只滑溜溜的动物——噢，她不该把它扔在那里。海豹更虚弱了，乌黑的眼睛责备地看着她，身上皮肤非常干燥，她必须找到水。远处有一幢房子，她跟跟跄跄地朝它走去。这是一幢木房子，屋顶倾斜以防积雪——很快就会下雪，因为现在已经入秋。房子里空无一人，但有人居住，因为小壁炉内还有即将熄灭的炭火。她把海豹放在壁炉前的石头上，然后使劲扇着炭火，想把火重新燃起。柴火所剩无几，但最终还是烧着了。海豹静静地躺着，两侧肌肉痛苦地剧烈起伏，双眼紧闭，渴得不行。她把它抱进浴室，用木墙边的木桶接水泼在它身上——虽然梦的感觉依然存在，但越来越像另一个梦，像神话或古老的传说。海豹睁开眼睛，好像活了过来。她想，她有好多事儿要做：打扫屋子，趁冬雪未来之前到林子里拾柴火，准备食物，把衣橱里的冬衣整理清楚，给她自己和住在这栋房子里的人们备用"①。在梦里，凯特本来为海豹找到了一个可以遮风挡雨的屋子，这意味着她为海豹找到了一个身份，她希望这个身份能够给海豹以归属感，也就是现实中的情人身份。屋子象征着情人身份，然而凯特面对这个情人身份，面对这间屋子，要做的事情仍然是打扫屋子、准备粮食、整理衣物、收拾柴火，也就是一个妻子的身份要做的事情，也就是说，凯特仍然不能从情人的身份中获得归属感，屋子不是大海，并不是海豹真正需要的，情人的身份

---

① 多丽丝·莱辛：《天黑前的夏天》，邱益鸿译，南海出版社，2009，第94~95页。

也没能解除凯特的身份危机。

由于身份危机导致了凯特的焦虑情绪，她不知道自己应该去哪里寻找属于自己的身份，从而获得归属感，她迷茫而不知道方向。于是，她什么也不做，任由自己孤零零一个人躺在宾馆里生病。此时，她又做了一个梦，梦见海豹自己孤零零地、痛苦地朝着大海爬去，因为它以为凯特抛弃了它。凯特什么也不做，使得海豹以为凯特要抛弃它了，然而，海豹所代表的凯特对于身份的探索并未停止，独自朝着大海爬去。此时是凯特心理最为脆弱的时候，因为身患重病的凯特就在自己家的附近，也就是伦敦，但她家的房子租出去了，她没有能回到过去家中的客观条件，也就没有能够回到原有身份中去的现实基础。本来凯特从家中走出来，是为了寻找新的身份，以解除身份危机，但此时虽离原有的身份如此之近，却不能回到原有身份中去的现实，加深了她面对身份危机时的焦虑感。她此时是无助的，原有的身份回不去，新的身份又毫无着落，她不可能一直躲在宾馆中不出门，不去寻找自己的位置，所以，她只能竭尽全力去寻找。于是，在梦中，她开始竭尽全力去救活这只海豹，并且抱着它北行，去寻找大海。

由于这次生了重病，凯特无暇顾及自己的穿衣打扮，却有了体验完美的中产阶级家庭主妇以外的身份的喘息机会，在这个不知道具体是什么身份的身份中，她不必按照中产阶级家庭主妇的标准穿衣打扮，而是以自己舒服和喜欢的方式打扮自己，头发也不再弄得一丝不苟，而是随意一扎，不必时刻以母亲和妻子的身份提醒自己要去做符合这些身份的事情。所以，此时的凯特已经不再着急回家了，而是安心地在出租公寓中自在的生活了一阵，不再为了家里人的需求时刻准备着。母亲和妻子的身份原本像个咒语一样，束缚了她的行为，使她成了这个身份应该有的样子，而不是凯特本来的样子；而职业女性的身份和情人的身份像个面具一样，试图拥有这个面具的凯特也不是真实的凯特，不过是她对于身份的一种探索和尝试。而那个让自己喜欢和让自己舒服的身份，才是真正的凯特，当身份和真实的自我相遇，而不是身份规定的自我的时候，凯特就像重生了一样。于是，此时凯特做的梦也展现了身份危机解除后的情形，"仍旧是在寒冷的黑暗中。海豹此时沉得不得了，她只能拖着它艰难地行走在雪地里。她用不着再替海豹担惊受怕了，不用怕它会死，或者只剩一口气:她知道此刻的它生机勃勃,跟她一样,充满希望"①。象征着凯特自我的海豹,象征着凯特的自我进行身份探索的海豹,此刻是生机勃勃的,生机勃勃的自我,生机勃勃的凯特,凯特的自我找到了真正属于她的身份,也就是凯特自己,成为自我和身份统一的凯特,而不是被身份规定的虚假的自我,由此身份危机解除了。

  由此可见,故事线索展现了凯特在遇到身份危机后的身份探索,而心理线索则展现了凯特的自我在寻求与之和谐的身份时所做的努力,二者相辅相成,相互呼应,成为作者处理主人公身份危机的叙事策略。通过凯特对身份的不断尝试和探索,莱辛也意在告诉读者,人不应该迷失在身份之中而失去自我,很多时候,身份就像面具,人戴面具久了,也就变成了那个面具,真实的自己反倒被面具的规定性压抑住了,一旦面具被摘掉了,人也就迷失了自我,因为面具背后那个真实的自我已然丢失了。当人失去一个身份,却摆脱不掉这个身份的规定性的时候,身份危机就产生了,所以,人不能够失去反思能力,不要丢失自我,不要戴久了面具就忘记寻找那个与自我相统一的身份。

第三节 人物设置与身份/认同

  小说中的人物属于"故事"层,有别于"话语"层的叙述者。"就故事的结构而言,其基本构成单位是事件,而事件所指的正是由行为者所引起或经历的由一种状态到另一状态的转变。"② 可以说,行为者对于故事的构成和事件的发展变化都有着重要作用。叙事作品中的行为者即是人物,在虚构的叙事作品中几乎不存在没有人物的作品,没有了人物,也就没有了行为和事件,也就意味着故事不存在了,叙事作品也就不存在了。可见,人物在叙事作品中占据着重要位置。

一 自我相关式人物设置的身份思考

  在小说《金色笔记》中,安娜写的小说《第三者的影子》中的女主

---

① 多丽丝·莱辛:《天黑前的夏天》,邱益鸿译,南海出版社,2009,第232页。
② 谭君强:《叙事学导论——从经典叙事学到后经典叙事学》,高等教育出版社,2014,第157页。

人公爱拉是和安娜非常相似的女性，两个人都是那种身材瘦小，下巴尖尖，一脸严肃，有着一双好看的手的自由女性；两个人的人生经历也颇为相似，都写过小说，都信仰过共产主义，也都爱上过一个年轻的医生。但两人也有很多不同之处，安娜一直靠版税生活，并没有外出工作，而爱拉在一个妇女杂志社工作，负责回复有神经官能症的女士们的来信；安娜本身有神经官能症，几年来一直坚持看心理医生，而爱拉则是为其他人答疑解惑的角色；安娜有一个女儿，而爱拉则有一个叫迈克尔的儿子。

安娜为自己设置了这样一个自我相关式的人物，首先是对自己已有身份的正视。对于安娜来说，一直声称自己是一个自由女性，和孩子的父亲离婚也是因为有着自由女性的觉悟，她认为只有真诚的爱与和谐的性才能将她和男人绑在一起，否则有违自己的自由意志。所以，安娜在离婚之后会单纯地因为爱或者性和不同的男人在一起，也会因为某方面的不合适而频繁更换男人，安娜认为这是自由女性该有的表现。而有了爱拉这个人物的对照，我们看到爱拉和一个有妇之夫保罗在一起五年，她是别人婚姻当中的第三者，从道德上来讲这是不对的。而且，她也并不像一个真正的自由女性那样，只要有爱就可以，她还有占有欲、有嫉妒心，她还想要结婚。所以，通过这两个自我相关的形象的对照，可以看到，以安娜为原型的爱拉其实并非一个自由女性，反而是站在道德边缘的妒妇，这是安娜对于一直以来的自由女性身份的正视和反思。

安娜是一个患有神经官能症的人，她多年来一直要去看心理医生，以缓解自己精神崩溃的状况。而爱拉则是一个能够正常工作的女性，主要负责为患有神经官能症的女士们提供帮助，通过回复她们的信件来解决她们遇到和提出的问题。对于安娜来说，她创造出这个和自我相关的女性，其实是一个治愈自我的过程。从安娜和马克斯太太，也就是她的心理医生聊天的过程，可以知道，安娜主要面临的问题是性欲的减退和情感的冷漠，她无法感知到痛苦的情绪了，在社会冷漠的大环境里，她也逐渐失去了自我。然而，小说中爱拉则能够感受到情人保罗的爱，感受到性的高潮，能够因为保罗的离开而号啕大哭、痛彻心扉，也就是说，小说中的爱拉是一个没有患神经官能症的、有着正常的痛苦情绪的人，所以，她能够写关于死亡的小说，她能够追溯自己潜意识中想要做的事情。可见，安娜试图通过重写自我来获得人格上的同一，来治愈心灵上的分裂，但最终的情况是，小说中的爱拉也一分为二了，"这时，爱拉的人格已一分为二，另一个站在一边，正吃惊地观看着眼前的一切"①。爱拉在保罗突然间离开她并且杳无音信之后，再也做不到爱和性的和谐，所以当他和另一个男人上了床之后，她变得分裂了，她的肉体的感觉在离开了爱之后，也冷却了。爱冷却了，肉体冷却了，人也冷却了，个体分裂成了多个自我，去迎合分裂和破碎的现实。

通过安娜和爱拉两个自我相关的人物形象的设置，呈现了一个自由女性真实的出路，在一个男人们到处在婚姻之外寻找刺激的时代，女性要么被圈禁在家里，动弹不得；要么走出家庭，在没有爱的日子里孤独终老。而那些想要获得爱和性的自由女性，不得不直面自己的生存状况，要么和有妇之夫在一起，成为第三者；要么只能独守空房，不能获得身心的愉悦。像安娜这样试图寻找真挚的爱与和谐的性的自由女性，最终只能缘木求鱼。可以说，《金色笔记》这部小说通过自我相关人物的设置，思考了自由女性这个时代身份的可悲之处。

二 背反式人物设置的身份思考

在《天黑前的夏天》中，女主人公凯特是典型的中产阶级家庭主妇，"她和她的同龄人都是机器，设定的唯一功能就是：管理、安排、调整、预测、命令、烦恼、焦虑、组织。小题大做"②。她们无论是衣着还是发型，抑或是言谈举止都有统一的模式，她们全部的生活重心就是孩子和丈夫，完全没有属于自己的生活。而凯特的邻居玛丽·费切丽却不这样，她是"别人嘴里的野蛮女人，……她身上少了什么东西，就像一只小狗，一个男人花了好几个月训练它，最后却说：没用，怎么做都不管用。对玛丽做什么都没用"③。玛丽不像其他人那样总是关注着什么应该做，什么不应该做，她没有这样的内疚感，因而，也不像一般人那样受这样的感觉的束缚。玛丽从来不会因为自己喜欢和不同的男人接触、喜欢婚内出轨而愧疚，她也不认为这样做是不对的，这一切的合理性都

---

① 多丽丝·莱辛：《金色笔记》，陈才宇、刘新民译，译林出版社，2000，第342页。
② 多丽丝·莱辛：《天黑前的夏天》，邱益鸿译，南海出版社，2009，第88页。
③ 多丽丝·莱辛：《天黑前的夏天》，邱益鸿译，南海出版社，2009，第216~217页。

是因为她喜欢，是从她自己的本性出发的。不像凯特那样因为没有对家庭付出全部、想要在婚内和其他男人在一起而时刻感到自责和内疚，不会像凯特一样在家庭中抹去一切属于自己的喜好和意愿。

对于凯特来说，玛丽就是一面"他者"的镜子，在这面镜子中，凯特看到了另一种生活方式，不同于呆板的中产阶级家庭主妇的生活方式。所以，凯特在从家里出走，想要寻找真正自我的时候、每当她遇见什么事的时候，她就会在心里想："玛丽会怎么想""玛丽会怎么做"。凯特通过玛丽这面"他者"之镜，看到了和自己完全不同的"他者"，也看到了她想要成为、想要认同的那个自己。当她遇见即将成为她的情夫的杰弗里时，她想到的是，玛丽如果也在同一家酒店，她绝对不会放过偶遇的门童、服务生、酒店的客人一夜春宵的机会，她会告诉凯特，"要是你想跟人上床，就去呀！"① 正是凯特想到的玛丽会有的反应和态度，使得凯特同意了杰弗里的要求，不仅共度了一晚，还答应进行一段长途旅行。

凯特不仅会频繁地想到玛丽，还会在头脑中和玛丽进行放肆的交谈，可见，对于凯特来说，玛丽不仅是她的"他者"之镜，更是另一个自己。通过对于"他者"的认同，内化成为"他我"，所以，凯特才能够在脑海中和玛丽——另一个自我进行交谈，其实就是一个想要固守中产阶级家庭主妇身份的现实中的凯特和想要打破这种身份的想象中的凯特进行的博弈和交锋。虽然她在丈夫和孩子们的训导之下，内化了中产阶级家庭主妇这个身份应有的行为：要为家人全心全意地服务、时刻准备着奉献自己、不应该背着老公发展婚外情、应该原谅老公偶尔的婚外情等，违反这些原则都是婚姻中的不道德行为，是这个身份不应该有的行为。但事实上，另一个想象中的凯特并不喜欢这种生活，所以凯特每次想到玛丽的时候，都是以一种羡慕的态度表现出来的，玛丽理所应当地认为自己喜欢与不同的男人发生性关系是合理的，这就是她的本性，她尤其喜欢年轻的男性，她甚至喜欢并勾引过凯特的丈夫迈克尔。凯特在想到玛丽会如何想、如何做的时候完全没有批判之意，甚至觉得这才是自由女人的表现。

于是，她也模仿玛丽找了一个比自己年轻了将近20岁的男子杰弗

---

① 多丽丝·莱辛：《天黑前的夏天》，邱益鸿译，南海出版社，2009，第57页。

里，现实中的凯特觉得杰弗里年纪太小，小得像她的儿子一样，这样的婚外情在别人眼中是"奸夫淫妇"的关系，但是想象中的凯特想到的却是"玛丽一定会觉得杰弗里太老了，她更喜欢20出头的男孩子"。现实中的凯特对于婚外的性羞于启齿，但玛丽却大方和人分享自己的婚外情，"玛丽·费切丽曾与一个美国飞行员共处了两个星期，据她说是这样的——当然她描述得非常详尽（凯特常常打趣自己，干吗要听这些东西）"[①]。现实中的凯特其实是喜欢听玛丽讲这些性事的，却羞于承认。可见，在凯特的世界里，两个凯特在不停地交锋着，虽然，凯特在"他我"玛丽的帮助下，终于同意与杰弗里开始一段西班牙之旅，然而，现实中的凯特却一直阻碍着她，觉得他是个孩子，使得她最终仍像一个妈妈一样给予杰弗里关爱，并且认为婚外情背叛了自己美满的婚姻，而从他身边逃走。可见，已有的中产阶级家庭主妇的身份对于凯特的禁锢如此之深，而使得有意识要获得自由、想要摆脱这个身份带来的刻板思想的凯特不停地回到"过去"，回到已有的身份之中去。让这样一个女人不断失去反思能力，陷入无意识的状态，这才是这个身份值得被反思的地方。让女性时时刻刻处于自我监督的情境之下，无论做什么都要反思是否符合自己的身份，即使丈夫和孩子不在身边，她也能感受到丈夫对于她所做的事情的态度，由此来修正自己行为。这使得凯特虽然从家里逃了出来，却未能真正从身份中逃离；即使有意识地去反抗这一身份，无意识的身份意识也将她拖回"过去"。所以，想要摆脱刻板的身份，首先要摆脱身份意识中的自我监视成分，获得真正的身份反思能力，才能突破已有身份的限制，实现像真实自我的靠近。

本章小结

叙事手段是莱辛书写身份的一种策略。这种策略能够建构人物身份，也能解构人物身份，即为人物身份的流动性和可写性提供一种策略可能。通过叙述视角和叙述声音的选择，说明人物的身份可以通过策略的选择，进行建构或者解构，从而将人物身份的可写性呈现出来，如集体型叙述

---

① 多丽丝·莱辛：《天黑前的夏天》，邱益鸿译，南海出版社，2009，第95页。

声音的选择，"我们"作为民族历史的讲述者，在叙述历史的过程中，建构起了民族的文化身份；而多层级叙述声音的选择，使不同层级的叙述者通过不同的叙述态度反复叙述同一个故事，使得这个故事中的人物展现出不确定的、不稳定的身份，从而解构了身份的稳定性。所以说，身份不是本质性的，是可以被建构或者解构的。然后，通过叙事线索的追寻，如情境重置，即不同文化身份之间的碰撞，使人物身份在不同文化身份之间流动起来，从而使身份具有了一种敞开性；再如故事线索与心理线索的并置，说明了身份的这种敞开性和流动性是必要的，如果固着在一个身份上，就会使人无法应付身份发生变化时所产生的危机。通过人物设置，引发对人物身份这种敞开性和流动性的思考。只有获得真正的身份反思能力，摆脱社会强加于人们身上的关于刻板身份的观念，才能保持身份的敞开性和流动性，从而向真实的自我靠近，而不是成为身份面具下的那个失落的自我。

然而，身份的流动性和敞开性总是被社会上刻板的身份观念所遮蔽，所以，莱辛通过空间策略，对于这种刻板身份观念进行了反叛。

第四章 莱辛小说创作中的空间与身份

导 语

20世纪后期，学术界开启了"空间转向"研究，使得地理学和文化研究呈现出多维互渗的趋势。随着空间理论的不断深入，空间观念经历了从传统的地理学（空间的地域、物质性存在）到后现代地理学（空间的社会存在）到文化地理学（空间的文化存在）到新文化地理学（空间作为一种地域和社会文化多维的存在）的演变过程。[①]

传统的地理学把空间作为人类活动开展的容器，是一种物质实体，正如菲利普·韦格纳（Phillip E. Wegner）所说："传统的文学研究中空间被认为是表现人物的舞台和背景，其重要性低于人物。"[②] 可见，这一时期的文学研究，空间被作为一种物质实体加以表现，其重要性被忽视了，没有得到充分的展现。但20世纪70年代开始，随着文化从现代主义向后现代主义的转型，空间研究逐渐从其自然属性转移到社会属性上来，其重要性也得到了肯定，"近25年以来，正因为形成中的跨学科体系聚焦于'空间'、'场域'及'文化地理学'上，有越来越多的人开始质疑传统的关于空间的观点"[③]。

空间社会学研究的奠基人当属亨利·列斐伏尔（Henri Lefebvre），他解构了传统的空间理论，转向关注空间的社会属性。他在《空间的生

---

① 丹珍草：《差异空间的叙事：文学地理视野下的〈尘埃落定〉》，东北林业大学出版社，2017，第7页。
② Phillip E. Wegner, *Spatial Criticism: Critical Geography, Space, Place and Textuality, Introducing Criticism at the 21st Century*, Julian Wolfreys Ed., Edinburgh: Edinburgh University Press, 2002: 180.
③ Phillip E. Wegner, *Spatial Criticism: Critical Geography, Space, Place and Textuality, Introducing Criticism at the 21st Century*, Julian Wolfreys Ed., Edinburgh: Edinburgh University Press, 2002: 180.

产》(The Production of Space) 一书中指出"空间是一种社会产物",它"不是其他物质中的一种物质,也不是其他产品中的一个产品,而是,它包括被生产出来的东西,包含它们之间相互共存和同时存在的关系——它们的(相对的)秩序或者/和(相对的)混乱"①。空间不再是被动的、不再是单纯的物质性的,它涵盖了多种社会关系,并作为一种社会生产模式,生产出与人相关的各种社会关系。列斐伏尔区分了不同的空间类型,并且提出了空间理论——"三一论",即"我们所关注的领域:首先,物质的自然、宇宙;其次,精神的,包括逻辑的和形式的抽象;再次,社会的。换句话说,我们关注的是逻辑—认识论的空间,社会实践的空间,感觉现象占据的空间,包括想象的产物,例如计划和设计、象征和乌托邦"②。由此,列斐伏尔打破了一直以来的二元论思维模式,空间不再简单地被分成物质空间(如房子、亭台等)和精神空间(如几何空间等)两个对立的空间模式,而是引入了社会的维度,开创了空间理论对于其社会性的关注。空间不仅是社会生成的,是处于一定社会关系中的人通过一定的社会活动生产出来的;而且空间自身也作为一种社会力量不断介入到社会活动当中,生成新的社会关系,空间从来都不是单纯的物质性的,"空间并不是某种与意识形态和政治保持着遥远距离的科学对象(scientific objects)。相反地,它永远是政治性的和策略性的"③。可见,空间的生产也是带有意图性和目的性的。

列斐伏尔的"三一论"将空间分为三类:"空间实践"是指物质化的空间,是社会空间的物质表现形式,是人类社会生活的产物,同时也是人类生存和社会关系的载体。"它包括生产与再生产,以及每一种社会形态的特殊位置与空间特征集合。空间实践确保连续性和某种程度上的内聚性。就社会空间以及每一位既定社会成员与空间的关系来说,这种内聚性意味着有保证层次上的能力/资质(compètence)与特殊层次上的

---

① Henri Lefebvre, *The Production of Space*, Donald Nicholson-Smith, Trans., Massachusetts: Blackwell, 1991: 73.
② Henri Lefebvre, *The Production of Space*, Donald Nicholson-Smith, Trans., Massachusetts: Blackwell, 1991: 12.
③ 亨利·列斐伏尔:《空间政治学的反思》,陈志梧译,载包亚明主编《现代性与空间的生产》,上海教育出版社,2003,第62页。

述行（performance）。"① 这种物质性的社会空间稳定性较好，不易随着个体的主观意愿发生变化，能够大体上保持一定的连续性，是能够进行测量和描绘的具体场所，可以被生产，也可以被感知。"空间表征"，是指精神的空间，是由统治阶层根据一定的权力知识和理念构想出来的特定的空间，它是"概念化的空间，即科学家、规划师、城市学家、技术官僚式'地块细分者'（découpeurs/subdivider）与'代理商'（agenceurs）们，以及具有特殊科学癖好的一些艺术家们——他们的空间，他们所有人都把亲历的经验与感知的空间、与构想的空间等同起来（如在神秘的数字思维中，有关黄金数字、模量与"窠臼"的说法，倾向于让这样的事物观永恒）"②。如福柯描述过的全景式监狱的构想就是空间表征的体现，是依照监狱的管理者的权力构想出的规训犯人的场所，通过这个构想的空间，使得犯人们能够把管理者的监视目光内化，由此实现这个构想空间预设的目标。"表征空间"，"通过与它关联的形象与符号，从而也通过它的'住户'和'用户'，或许还有某些艺术家、少数作家与哲学家们，他们除了对空间进行描述之外别无他图。这是一种被支配的——从而是消极体验的——空间"③。人生存在于这种具体的空间之中，与这种具体的空间直接发生关联，并且这种具体空间能够体现出一定的象征意义或社会文化意义，可以说，它并非是单纯的物质空间，也并非是单纯的精神空间，而是将二者包含在内的能够体现一定精神内涵的具体活动空间，如军队、学校、监狱等，都是包含着规训精神的具体生存空间。这三个空间既相互联系又相互区别，共同构成了空间的三个层面——物质层面、精神层面和实际层面。

而同样将社会引入空间理论中的福柯则从权力的角度阐释了他的空间理论。他曾宣称"当下的时代将可能首先是空间的时代。我们处在同在性的时代：我们处于并置、远与近、并排、分散的时代"。他指出空间既是我们生存其中的物质世界，也是权力的场所，是各种社会关系在其中角逐的世界，人们在这个空间中被权力和知识所支配，把权力外在的凝视目光内化为自己对自己的监视，从而成为规训的个体，被嵌进权力网络

---

① 亨利·列斐伏尔：《空间的生产》，刘怀玉等译，商务印书馆，2021，第51页。
② 亨利·列斐伏尔：《空间的生产》，刘怀玉等译，商务印书馆，2021，第59页。
③ 亨利·列斐伏尔：《空间的生产》，刘怀玉等译，商务印书馆，2021，第59页

的空间，被生产成为"顺从的、有经验的、听话的个体"①。

在列斐伏尔和福柯的努力之下，空间完成了从传统的空间理论向空间的社会存在的转变。自20世纪80年代起，空间研究开始向文化研究转向，强调空间研究和文化研究中的政治、宗教、历史、文化、哲学等诸多领域的结合，强调空间所具有的文化意义，这种空间的研究方式可以说是空间的社会研究的进一步扩展和深化。克恩（Stephen Kern）指出："不同的文化都有其独有的空间理念，它具有一定的象征意义，并且包含着生活的各个方面。这种空间理念是文化的'最重要象征'，是政治机构、宗教传说、伦理观念、科学原则和绘画、音乐、雕塑的内在的准则。"②

爱德华·索亚（Edward W. Soja）在《第三空间——去往洛杉矶和其他真实和想象地方的旅程》（*Thirdspace: Journeys to Los Angeles and Other Real-and-Imagined Places*）一书中创立了"第三空间"理论。"第三空间"是在列斐伏尔的"表征空间"基础上发展而来的，是一种开放的、包容的、多维的、解构的空间，其特点首先在于开放性，"在《第三空间》中我的目标可以一言蔽之，这就是鼓励你用不同的方式思考空间的意义和意味，思考地点、方位、方向性、景观、环境、家园、城市、地域、领土以及地理这些相关概念，他们组织构成了人类生活与生俱来的空间性"③。我们可以用多种方式来思考我们生存在其中的空间，对于地点、方向、景观、环境、家园等我们都可以通过空间的方式对其加以理解和解释。其次，"第三空间"具有文化多维性的特征，"我们生活的空间维度，从来没有像今天那样关牵着实践和政治。无论我们是有意应对日常生活中与日俱增的电子传媒纠葛，寻求政治方式来解决日益增长的贫困、种族和性别歧视、环境恶化等问题，还是试图理解全球范围头绪纷繁的地理政治冲突，我们日益意识到我们古往今来，始终生来就是空间的存在，积极参与着我们周围无所不在的空间

---

① Michel Foucault, *Discipline and Punish: The Birth of Prison*, Alan SheridanTrans., New york: Vintage, 1977: 138.
② Stephen Kern, *The Culture of Time and Space 1880–1918*, Cambridge: Harvard Universty Press, 1983: 138.
③ Edward W. Soja：《第三空间——去往洛杉矶和其他真实和想象地方的旅程》，陆杨等译，上海教育出版社，2005，第1页。

性的社会建构"①。"第三空间"包含着诸多的文化维度：日常生活、政治、种族、性别、地理冲突等，是一切主体与客体、具体与抽象、精神与肉体等的集合体，其丰富了空间的文化内涵，为空间的文化研究奠定了坚实的基础。

戴维·哈维（David Harvey）在后现代语境中提出了"时空压缩"理论，"这个词语标志着那些把空间和时间的客观品质革命化了，以至于我们被迫、有时是用相当激进的方式来改变我们将世界呈现给自己的方式的各种过程。我使用'压缩'这个词语是因为可以提出有力的事例证明：资本主义的历史具有在生活步伐方面加速的特征，而同时又克服了空间上的各种障碍，以至世界有时显得是内在地朝着我们崩溃了"②。随着全球化进程的不断深入、网络的迅猛发展，以及交通工具的飞速发展，空间和时间对于人们的日常生活和生产的限制日益降低，空间和时间被大大地压缩了，人们的生活方式也随之发生了前所未有的变化。社会的"时空压缩"特征体现在文学艺术领域，其创作中大量运用复制、拼贴等手段，使得文学艺术愈加的表面化和碎片化，生活的提速表现在文学艺术领域，即创造周期愈加缩短，即时性不断增强。

20世纪80年代，詹明信（Fredric Jameson）后现代空间理论的提出，标志着新文化地理学的诞生。新文化地理学将空间文本化，作为意义系统来表达信仰、价值观、意识形态等文化意蕴，即将文化研究空间化，强调先于人而存在的文化空间的中介作用。詹明信以1976年由约翰·波文（John Portman）设计建成的鸿运大饭店作为文本，分析了这个建筑通过玻璃幕墙、透明的电梯、旋转的餐厅和消失的入口的设计，使这个文本的"读者""完全失去距离感，使你再不能有透视景物、感受体积的能力，整体人便溶进这样一个'超级空间'之中"③。"一个充斥幻影和模拟的空间，一个纯粹直接和表面的空间。超空间是空间的模拟，对它而言，不存在原始的空间；类似于与它相关的'超

---

① Edward W. Soja：《第三空间——去往洛杉矶和其他真实和想象地方的旅程》，陆杨等译，上海教育出版社，2005，第1页。
② 戴维·哈维：《后现代的状况：对文化变迁之缘起的探究》，阎嘉译，商务印书馆，2003，第300页。
③ 詹明信：《晚期资本主义的文化逻辑：詹明信批评理论文集》，陈清桥等译，生活·读书·新知三联书店，1997，第227页。

现实'，它是被再生和重复的空间。"① 在这个超时空的空间里，透明的幕墙和电梯使饭店失去了历史的厚重感，使得"读者"失去了对其深度的感知，不再能对这样一个空间进行准确的定位，而且消失的入口的设计使得人们接近它、进入它愈发困难了，这增加了人们对其认知的困难，也增加了人与这个空间之间的疏离感。在这里，詹明信通过对建筑进行的文本分析，超越了原有的物质空间和精神空间的二元对立，阐发了后现代空间所具有的表面化和疏离感，理论呈现出巨大的开放性。

迈克·克朗（Mike Crang）的《文化地理学》（*Cultural Geography*）是新文化地理学的代表作。在这部著作中，他将空间作为一种文本，通过阅读这个文本能够领悟其背后深藏的文化意蕴。他以中国的承德避暑山庄为例，阐述中国古代的风水学和佛家思想对于这个山庄构造的影响。迈克·克朗将避暑山庄作为一个文本，解读了其中蕴含的文化指向。迈克·克朗非常重视文学、艺术、电影、电视、音乐等媒介对于文化景观的空间展示，认为文学作品中对于空间的描述不仅仅是客观的表述，还是提供认识世界的方式，人的思想意识和价值取向也会通过空间的描述得以显现，所以，通过阅读不同的作品可以认知不同的地理空间和其中的文化内涵。同时，通过对作品的阅读，以及对地理空间所体现的社会文化内涵的理解，空间还有助于规范社会意识和社会行为。

正是在空间理论不断地与文化研究相结合的背景下，文学的空间批评在20世纪90年代逐渐兴起。文学的空间批评关注文学作品中的各种社会文化因素，包括政治、权力、身份、宗教等，其中空间理论的身份问题是受到最多关注的。迈克·克朗表示："我们简单地使用空间理论来总结其他群体的特征，既根据他们的居住地对之进行界定，又根据他们对于他们自己的居住地所进行的界定……空间对于界定'他者'非常重要，这种身份认同以不平等的方式建立，这一过程通常被称为'他者化'的过程。"②

菲利普·韦格纳分析了康拉德（Joseph Conrad）的《吉姆老爷》（*Lord*

---

① 肖恩·霍默：《弗雷德里克·詹姆森》，孙斌等译，上海人民出版社，2004，第172页。
② Mike Crang, *Cultural Geography*, London and New York: Routledge, 1998: 61.

Jim)。小说中主人公生活的非洲岛屿是一个经济和文明都落后的地方，这个空间是一个相对于欧洲文明世界的边缘化的"他者"空间，它的存在正是要衬托出宗主国的文明与发达，小说的作者作为地道的英国人，也未能免俗，正是作者的欧洲中心主义逻辑，使得这个岛屿具有了"他者"化的特征，成为相对于欧洲中心的边缘空间。

20世纪后半叶，随着后殖民主义思想的兴起，空间理论进一步和民族身份意识相结合。萨义德从文学文本出发，指出东方是西方话语建构下的东方，并不是真实的东方，是西方以西方的中心主义思想建构起来的关于"他者"东方的想象空间，东方对于西方来说，只能是不够文明的、不够发达的，这样才能作为"他者"的身份彰显出西方的优越性。所以，当两种不同的文化进行交锋的时候，总是会形成一个中心身份、一个边缘身份的态势。在莱辛的小说中，非洲相对于英国和欧洲大陆来说，是被欧洲文明世界边缘化了的"他者"空间，英国人眼中的非洲是英国人想象和建构出来的，无论是非洲的落后和愚昧，还是非洲人的神秘和可怕，都不是非洲本来的面目。然而，想象出来的非洲，这个神秘而落后的空间的样子，为英国殖民者的到来提供了合法性，英国人以文明优越者的身份来教育和引导非洲人，由此，英国人不断强调自己民族身份的优越性、贬低非洲民族身份的落后性。

空间理论中的性别身份问题也是值得关注的，迈克·克朗以亨利·赖德·哈格德（Henry Rider Haggard）的小说《百合娜达》（*Nada the Lily*）为例，分析了作者在小说中如何建构起了属于男性的空间，这个空间包含着理性、知识、权力，而女性在男性的空间里总是沉默的，属于从属地位的，女性空间相对于男性空间来说是作为他者存在的，体现着男性性别身份对于女性身份的压迫。在莱辛的小说中，也可以看到，女性的主要活动场所就是家，而在家中属于女性的地方主要是厨房，甚至女性接待自己的女性朋友的地点都只是厨房。厨房在家庭中代表着家庭琐事，这些琐事消耗着女性的时间和精力，毫无理性可言，女性被限于厨房中，是不能够到客厅中参与男人们的谈话的，这是一个没有话语权的沉默空间，不同于客厅所代表的权力和话语权。

莱辛在小说中也关注了空间和性别身份的关系，以下以空间理论的视角，解析莱辛小说中的身份问题。

第四章 莱辛小说创作中的空间与身份

第一节 表征空间与身份认同

表征空间是列斐伏尔提出的"三一论"中三种空间中的一种,是指人类实际生活中的空间,既有物质实体,又关联着相关的意象和象征物,隐含着一定的社会文化意蕴。如家庭中的厨房,对于女性来说,厨房是她们生存的具体空间,具有可感知性和物质性。同时,这厨房又隐含着一定的性别意味,厨房多是女性出入的地方,这就意味着厨房是女性的空间,是把女性禁锢在家庭生活之中的空间,这时,这个空间就带有了一定的文化批判意味。可以说,厨房是展现女性边缘的生存地位和女性受压迫的性别身份的表征空间。

一 表征空间与身份/认同的隐喻模式

空间从来都不是孤立存在的,总是会打上生存在其中的人的烙印。空间的描写和塑造,对于人物性格、身份的表达起着关键作用。欧洲小说中多有类似的表达方式,如果戈里在《死魂灵》中描写泼留希金,首先描写她家里的环境,到处都是她没有扔掉的废弃的纸张、破布等,通过对空间的描述,充分展现了一个吝啬鬼对于东西的吝啬,不肯扔掉一点东西,哪怕是没有用的、坏掉的,且对于生活品质完全没有要求,虽然有钱,却吝啬于花钱提高自己的生活质量。泼留希金生活的空间充分展现了她囤积癖式的吝啬鬼身份,

同样,在莱辛的小说《简·萨默斯日记Ⅰ:好邻居日记》中,在展现简娜成功女主编身份的时候,描写了她的浴室,"我的油漆是特别调制的,象牙白,泛着一点粉红。我铺了西班牙瓷砖,十分精致亮丽,珊瑚红,绿松石青,还有赭石黄。浴缸是蓝灰色的。有的时候一间房是完美的——不需加一丝,也不需改一毫。乔伊丝看到我的浴室后,想要拍照登上杂志"[1]。这个浴室,油漆都是特别调制的,象牙白中带着一点粉红,并不是那么容易调制出来的颜色。可见主人对于浴室的重视,对于

---

[1] 多丽丝·莱辛:《简·萨默斯日记Ⅰ:好邻居日记》,陈星译,译林出版社,2016,第20页。

浴室颜色的重视，说明主人对于浴室的颜色搭配有着自己的想法。瓷砖也是精心挑选的，体现了挑选者精致的生活态度，各种让人眼前一亮的颜色搭配在一起，这个浴室的主人每次在浴室里都要待上几个小时，泡一个长长的、舒服的澡，洗掉一身疲惫，然后在这间浴室里好好修饰自己，从整个身体到细小的部位，连手指甲、脚指甲都要精心修饰，从这里出去的时候，要让别人看到一个精致而优雅的女人，容不得半点马虎。所以，这个浴室被如此精心地打造出来，正体现了简娜精致而优雅的女性身份。这间浴室精致到，简娜所在的杂志社想要将它拍下来作为成功案例刊登在杂志上，这恰恰说明简娜的这个浴室正好配得上她作为杂志主编的身份及其应该有的品位。

而小说中那个九十几岁、无依无靠、穷困潦倒的老太太莫迪居住的地方是这样的："她住的房子有一面破破烂烂的矮墙，豁了口的台阶。她看也不看我一眼，因为她不准备开口邀请我。她小心地走下老旧的台阶，站在一扇门前，门已关不太拢，一块粗糙的木板拦腰钉在上面。""我们沿着走道走进'厨房'。我还从没见过这样的房间，除了在我们的'贫困档案'上，诸如拆迁的房子之类。这房间是走廊的延伸，摆着一个陈旧的煤炉，油腻腻、黑乎乎的。还有一个陈旧的白瓷水池，裂痕纵横，被油渍糊成了黄色。一个陈旧的水龙头，上面裹着破破烂烂的布，滴滴答答地一直在漏水。一张好看的旧木桌，上面摆着陶器，都'洗过'，但还是脏兮兮的。墙上污渍斑斑、潮湿。整间屋气味很重，难闻极了……""我进的那个房间里有一个陈旧的铁炉，燃着火。两把古老得难以置信的结实的扶手椅。有一张好看的旧木桌子，上面铺着报纸。一张堆满衣服和包袱的长沙发。地上有一只黄色的猫。到处都肮脏、昏暗、阴森、可怕。"① 这是一个年久失修的老房子，本应该被拆掉，因为莫迪不愿意离开而一再被推迟。外面的墙和台阶都已经坏掉了，可见莫迪已经在这里住了很久很久了，久到她宁愿忍受这里又冷又潮的环境也不愿意离开，把这里当作她这一生唯一的家。因为这是莫迪还能工作的时候，宁可不吃饭也要交房租占下的真正属于她的地方，可见莫迪是一个好强

---

① 多丽丝·莱辛：《简·萨默斯日记Ⅰ：好邻居日记》，陈星译，译林出版社，2016，第9~10页。

而又念旧的老人。屋子里的所有东西都黑乎乎、油腻腻的，可见主人年纪大了，已经没有能力好好打扫房子了，而且也说明这个老人是孤苦伶仃、没有人探望和照料的。陶器虽然都是脏兮兮的，但都是洗过的，说明这个老人是自强的，即使行动不便，也想要保持环境的卫生，坚持自己照顾自己，而不是自怨自艾地生活。但是这么破败的房子里面却有着结实的椅子和好看的旧木桌子，说明主人曾经对生活是有自己的要求的，也是满怀希望地生活着的。造成目前这种破败的情形，只是主人因为年纪太大了，失去了劳动能力。在这到处肮脏和阴森的地方，却有一只黄色的猫，说明莫迪是希望有人能陪伴她的，所以当她遇见了喜欢她的简娜后，非常珍惜和简娜聊天的时间，非常乐意能有简娜陪伴她。这是一个渴望家庭温暖的老人，虽然她的姐姐抢走了父亲留给她的那份财产，还对她特别不好，但她仍然在临死前去拜访姐姐，渴求那对别人来说稀松平常的家的温暖，然而即使到了人生最后，她也没能从姐姐那里得到任何关怀。通过作者对于莫迪生活空间的描写，塑造了一个自强、自立却失去劳动能力、渴望亲人关怀的上了年纪的老太太形象。

虽然同样是上了年纪、孤苦伶仃的老太太，安妮·里夫斯的性格却不同，这也可以通过她所生活的空间窥之一二。"安妮·里夫斯的家在顶楼，光线充足，通风透气。很好的房间，比例恰当，有大窗户。前厅俯视大街，比其他房间大。壁炉堵住了。墙纸略带褐色，细看上面有好看的棕色、粉色叶子和花朵花纹，不过颜色褪得厉害，还有污渍。挂画嵌线以上，因为屋顶漏水，墙纸已经脱落，松松地悬在那里。屋里火炉边有一把古旧的硬椅子，上面摆着破损的蓝垫子，内芯已经露出来了。有几张梳妆台，还有一个五斗柜。油毡，开了裂，褪了色。还有那张床……因为身体总是躺在同一个位置，床垫被磨出了痕迹，条纹亚麻已经被磨掉了，里面是一团团乱糟糟的粗毛和一个个洞。枕头上没有枕巾，就像床垫一样，里面的羽毛戳了出来。床上有一团污秽肮脏的毯子。真脏，真恶心。"[1] 安妮·里夫斯的房子是一栋好房子，目前看也是适宜居住的，可见安妮目前是有一定的经济能力的，不同于莫迪的穷困潦倒，

---

[1] 多丽丝·莱辛：《简·萨默斯日记Ⅰ：好邻居日记》，陈星译，译林出版社，2016，第174~175页。

也可以得知她年轻的时候是有好的工作，能够攒下一定的养老钱，不像莫迪年轻的时候虽然也有工作，但总是被骗、食不果腹。进到安妮的房间，墙纸已经褪色了，上了年纪的安妮应该已经在这里居住了很久了，并且失去更换壁纸的能力了。再仔细看，壁炉堵了、屋顶漏水、墙纸脱落、椅垫的内芯都露出来了，甚至床上的毯子是一团肮脏，让人觉着恶心，说明这是一个对生活漫不经心、什么都不愿自己动手的老人。事实上，这个老人还是能够照顾自己的，却什么事都想依赖别人，这一点从她的房子就能看得出来。

最糟糕的是安妮的抽屉，里面有"半幅绿色的旧绸缎窗帘，上面有香烟洞；两个断裂了的黄铜窗帘环；一条白棉布裙子，上面有污渍，正面撕了一个大口子；两双男士袜子，满是洞；一个胸罩，32号，那样式要我说该是1937年左右的，粉红棉布；一包没有开过的卫生巾，毛巾布做的——我以前从没见过这种东西，自然颇有兴趣；三条白棉布手帕，上面全是血迹，几十年前流鼻血的纪念；两条粉红人造丝衬裤，中号，没洗就塞进来了；三块OXO固体浓缩汤料；一个玳瑁鞋拔；一个女士夏鞋增白剂，已经干得开裂了；三条薄纱围巾，粉红的、蓝的、绿的；一包信，盖着1910年的邮戳；《每日镜报》上剪下来的一条新闻，宣布二战开始；几条珠链，全都是断的；一条蓝缎衬裙，腰两侧都开了口，以适应越来越宽的腰围；几个烟蒂"①。看着这个抽屉里的东西，感觉安妮把她的一生都胡乱地丢进去了，却不曾回头检视。旧窗帘上的香烟洞不知道是安妮弄的还是她的男人弄的，那另一半的窗帘去了哪里，这里面有着什么样的故事；白棉布裙上的口子是被谁撕开的；那两双破了洞的男袜是她老公的吗；手帕上的血迹为什么要一直留着；那两条粉红色的衬裤为什么忘记洗了……这混乱的抽屉记录着安妮的一生，解开这些物件上的故事，就等于揭开了安妮漫长的一生。混乱的抽屉，不仅说明安妮散漫的生活态度，什么都胡乱地塞进抽屉，无用的东西、脏了的东西、有用的东西，就这样混在一起、放到一边，还说明安妮即使在年轻的时候也并不是一个勤快的、对生活有着自己想法的人。安妮的房间展现了

---

① 多丽丝·莱辛：《简·萨默斯日记Ⅰ：好邻居日记》，陈星译，译林出版社，2016，第175页。

安妮的性格、对生活的态度及其身份信息。

　　空间的描写不仅能隐喻空间内人物的性格、生活态度，还能展现人物的性别身份。在《野草在歌唱》、《七月寒冬》(Winter in July)、《德威特夫妇来到峡谷山庄》(The De Wets Come to Kloof Grange)、《黄金之城埃尔多拉多》等这些讲述白人女子随丈夫在非洲农场生活的小说中，女性的活动范围基本上就是农场上那栋孤零零的房子。女人每天在这栋房子里为丈夫准备三餐，每天不停地打扫卫生，缝缝补补，每天在这栋房子里从早到晚的忙着，但毫无新意和变化，感受不到什么成就感，看到的是日渐破旧的家具、日渐褪色的衣服、日渐憔悴的身影。女性被困在这个房子里无处可去，又没有成就感可言，只能虚度生命。正因如此，来到非洲的白人妻子们，时间久了就变得对生活毫无期待，对什么都提不起兴趣，整个人也日渐消瘦和枯萎。然而，男性却不同，他们有广阔的活动空间，大片大片的土地等待着被他们开发，他们可以通过开垦土地来实现自己的价值、获得看得见的成就。所以，这些非洲农场上孤零零的房子其实是女性的空间，隐喻着女性的生存状况和身份失落，除了这个空间她们无处可去，但待在里面又耗尽了她们的生命力。可以说，男人们将她们扔进这个女性的空间，就不再过问，自己去到男性的空间中，实现自己的价值，从一定程度上来看，这些白人女性是白人男性们殖民游戏和开拓游戏的牺牲者。

　　空间还能隐喻居住者的等级身份。同样是在这些作品中，白人奴隶主和庄园主居住的是独立的、有很多间屋子的房子，房间内有着整洁，甚至昂贵的家具，融合着英国和非洲本土的装饰风格，屋外有花大价钱修饰而成的花园，有的花园还有喷水池。总之，这些空间都是高雅的、有品位的，能够彰显主人的高贵身份。而黑人奴隶居住的空间一般会被圈禁起来，不允许他们去这个范围以外的地方居住，所有黑人都要集中在这个固定的地方。这里的房子都是简陋的茅草屋。这些茅草屋毫无规律地挤在一起，屋内黑漆漆的，没有可以用的家具，地是黑色的泥土地，一家人挤在这狭小的空间里面。可见，黑人的房子只是为了保证他们最低限度的生存需求，与高雅、文明的生活毫不相干。通过不同的居住空间可以表征出与不同空间发生关联的人的身份的不同，是白人奴隶主还是黑人奴隶，通过审视这些表征空间，即可明了。

二 表征空间的流动性与身份的流动性

《天黑前的夏天》中的主人公凯特，是一名中产阶级女性，20多年来一直以妻子和母亲的角色严格要求自己，从衣着到发型到生活态度都符合中产阶级对于一位妻子和母亲的要求，但她却在这个过程中不断地失去了自我。所以，当她的孩子们都长大了，离开了这个家庭并且有了自己的生活，丈夫有自己的事业和年轻的情人的时候，她因为不再被需要而倍感失落。于是，她希望通过出走来寻找失落的自我身份。小说分为五个部分，每个部分的标题都是一个地点，分别是"在家""在国际食品组织""在旅途""在酒店""在莫琳的公寓"，也就是主人公凯特从家里出走后所经过的地点。

对于凯特，在家里的状况是：四个孩子都已经长大了，开始抱怨她对他们的干涉太多，不再需要她了，而凯特觉得内心特别委屈，自己这么多年尽心尽力为这个家付出，得到的却是这样的结果，原来自己所做的一切都是多余的。而且，她还惊讶地发现，自己是被禁锢在这个房子、这个家里面，已经失去了自由，因为自己除了家庭已经没有别的生活内容了，也没有别的生活方式。她已经被固定在妻子和母亲的角色中了，甚至她的衣着品位、发型设计以及生活态度都是符合这两个角色的要求的，20多年来从没有变化过，她也无法想象另一种生活方式、另一种自己是什么样子的。她已经在家庭中失去了自我、失去了自由，所以，她试图改变。恰巧，有人提供给她一个暂时离开家庭的机会——去"国际食品组织"工作一段时间。如果是以前，她一定不会接受，因为会觉得家里离不开她，而现在，她恰恰需要这样一个远离妻子和母亲的角色、发现自我价值的机会。

去到国际食品组织之后，她以20多年培养出来的良好的中产阶级的衣着品位和身体姿态赢得了男人们的青睐，也以她优异的语言天赋赢得了国际食品组织负责人的赞许和认可。但是，国际食品组织的负责人发现她除了语言之外的另一个明显的优长之处：她能够像一个优秀的妻子和母亲一样解决组织成员遇见的所有生活问题和情绪问题。所以，组织以高薪聘请她在接下来的另一个会议中负责解决和协调会议过程中遇见的所有的麻烦事，"她已经习惯这个角色，除了提供无形的吗哪（《圣经》记载古代以色列人出埃及时经过旷野，上帝赐给她们的一种神奇食物，叫吗哪）、安慰、温暖和'同情'之外，她已经转不了型了。这倒不是她需要工作，或者想做事儿，只是二十多年来她像台机器，设定的功能就是为人妻为人母"①。可见，她在国际食品组织的工作中，虽然有了短暂的身份流动，却最终因为已有身份的强大固着性而回归了已有身份，她本人也意识到了这一点，并感慨自己对失去的自由竟无能为力。在这种情况下，她再次试图通过空间的流动以实现身份的流动：她选择和偶遇的杰弗里以情人的身份出去旅行。

在和杰弗里旅行中，凯特脱离了家庭和厨房的束缚，体会着和杰弗里的性爱。但是，一方面对于凯特来说，杰弗里比她小了将近20岁，虽然她保养得很好，看起来很年轻，但杰弗里对她来说更像自己的孩子，她还是不能彻底转变扮演了20多年的身份——母亲，"一边想着自己的几个孩子，一边观察着那男子，看他想要什么——瞧她的神情，好像只要男子需要，就立即奉上香油和安慰供其所用"②。所以，当杰弗里生病的时候，她一直有意识地克制自己劝说他去看医生，克制自己像对待自己孩子一样去照顾他、要求他，而是想要像对待一个成熟男子那样维护他男子汉的自尊心，但最终的结果是凯特没有忍住，最终还是劝说杰弗里去看了医生。另一方面，她虽然和杰弗里是情人关系，却一直心怀内疚，认为所有人都把他俩当作"奸夫淫妇"，认为自己是一个不忠于丈夫的妻子。所以，凯特和杰弗里在一起的时候，她总是想着自己和丈夫让人羡慕的婚姻、自己为人妻应有的忠于婚姻的本分、自己和丈夫和谐的性爱以及丈夫的身体等。除此之外，虽然她还回想起丈夫一个又一个年轻的情人，以及自己对于丈夫拥有这些年轻情人的伤心，但仍然无法摆脱自己作为妻子身份应该遵循的道德准则。最终，她还是选择离开杰弗里，回到伦敦。

回到伦敦之后，凯特住进了一家高级酒店，在酒店的这段日子，她一直都在生病。即使躺在床上动弹不得，她还在观察着酒店房间里的陈设，想着自己待了20多年的家，"凯特躺在一个跟她家最小卧室一般大

---

① 多丽丝·莱辛：《天黑前的夏天》，邱益鸿译，南海出版社，2009，第43页。
② 多丽丝·莱辛：《天黑前的夏天》，邱益鸿译，南海出版社，2009，第68页。

小的房间里。房间的布局像一个工具箱。她睡的那张单人床跟她和丈夫早年同床共寝的床铺一样大,当时他们只买得起最小号的双人床。还有一张一模一样的床铺摆在旁边,伸手可及,床上罩着浅灰色床单,上面懒洋洋地摆放了两个玫瑰色靠枕,显得像家一样舒适:在这间房内,没有一样东西是无用的。窗帘很厚,是玫瑰色的,能用洗衣机清洗,而且不需要熨烫——要是和你一起入住的是家庭主妇,那么酒店又能起什么作用?话虽如此,但她仍旧继续清点房内之物:地毯是深灰色的,非常耐脏。她觉得,墙面的装饰有失明智:白色的,贴着带小麻点或小泡泡的材料,很容易积灰尘,是不是每周至少得用吸尘器打扫两次?房内还有电视、收音机,以及一个放在床后、装满开关和按钮的面板"[1]。这个房间和她家的卧室差不多大小,这里的床让她想起了自己的丈夫,即使到了一个完全陌生的环境,她也还是用妻子的身份和思维理解、解释现有的情境。酒店床上用品的选择也让她想起了家,像在家一样舒适,说明她即使身在家庭以外,心却仍然守在家中。她看到酒店的装饰的反应不是好看与否,而是能否用洗衣机清洗、是否需要熨烫、是否耐脏、是否容易积灰,这一切都是一个家庭主妇的本能。可见,她仍在用家庭主妇的眼光看待这个世界。

  然而,在一个陌生的环境中生的一场病,给了凯特以喘息和反思的机会。这场病使她没有精力按照中产阶级家庭主妇的模式,精致地修饰自己,她的身体日渐消瘦、失去了往昔的丰满、紧致,穿上原来昂贵的衣服显得松松垮垮,头发也不再打理得一丝不苟,花白的头发长了出来,又粗又硬的发丝不再规规矩矩,凯特看起来像是一个老年人了。这时,她体会到了一种自由感和轻松感,而不是为了符合精致的中产阶级妻子的形象和完美的母亲形象而过度修饰的紧绷感,她就是她自己,一个40多岁、头发花白、身材干瘪的中年女人,这就是她本来的样子。可见,陌生环境里的一场病使得凯特有机会体会另一种身份、另一种生活方式,她发现自己当了20多年的妻子,竟然有上百种的表情从来都没有用过,所以,她决定体会一下终于体会到的自由,于是她发了电报给丈夫,告诉他自己还要在外面逗留一段时间。

---

[1] 多丽丝·莱辛:《天黑前的夏天》,邱益鸿译,南海出版社,2009,第130~131页。

由于资金紧张,凯特搬到了莫琳的地下公寓居住。在这里,凯特和莫琳是共同成长的。莫琳是一个长不大的女孩子,虽然已经20多岁了,但是只吃儿童食品、睡觉的时候拇指还要放在嘴里面,和很多男生谈过恋爱,却害怕结婚,害怕结婚之后面对的成人世界。但当她看到凯特这样一个成熟的、自信的、解决一切问题都游刃有余的已婚女子,她虽然内心仍然是忐忑的,却决定去尝试新的角色,而不是一辈子被固定在孩子的角色里担惊受怕。而凯特看到了莫琳身上那种年轻和任性的姿态,这正是她19岁结婚以后就逐渐失去的东西,逐渐在婚姻里成为别人眼中要求的凯特,却失去了真实的自己。正是在莫琳的影响下,凯特穿上了莫琳的衣服,在自己粗硬的花白头发上戴上头巾,成为那个已经找回自由的自己。虽然,在小说的最后,凯特还是选择回归家庭,但是,此时的她已经不是最初从家里面走出来的那个凯特了,她此时是具有反思能力的自由女性,她没有再去染发和烫发,没有再迫不及待地回到中产阶级的家庭主妇的角色中去,而是以一种自己喜欢的方式去做妻子、去做母亲。所以,她下定决心,她自己的头发以后一定要按照自己的想法来弄,而不是按照中产阶级家庭主妇的角色来弄。

可见,表征空间的流动性带来了身份的流动性和反思性,使得小说中人物的身份随着表征空间的变化而发生变化,《天黑前的夏天》中的女主人公中产阶级家庭主妇的身份随着她的出走而打破了已有的身份模式,加入了自由的、任性的、自定义的身份元素。可以说,身份的流动是作者提出的反叛女性刻板身份的一种策略,通过走出将女性限制住的家庭,也就走出了将女性牢牢固定住的女性身份,而向其他空间所提供的其他身份流动。所以,走出固着身份的表征空间,让身份流动起来,也就有了反思身份、接近新身份的契机。

三 空间并置与身份合法性

《幸存者回忆录》中,叙述者讲述了在国家面临毁灭性灾难的时候,自己和周围人的生存状况:物资紧缺、人性扭曲、流离失所、人口大量迁徙等,一切都令人感到压抑和绝望。人类最基本的对于洁净水、洁净空气的需求也得不到满足,而原本各种各样的家用电器,此时却是最没有用的东西,人类的基本生存面临着严峻的挑战。这个作为幸存者的叙述者在将这一切从个人的视角娓娓道来的时候，还时不时地讲述她从自己墙壁后面的空间里见到的过去和未来的场景。作者将叙述者现在居住的空间和过去、未来的空间并置在一起，能够为人物身份的合法性提供依据。

有一天，一个陌生的男子带来了一个小女孩，名字叫艾米丽·玛丽·卡特赖特，让小说的叙述者对她负责，然后扔下这个小女孩就离开了，再也没有回来。而叙述者在自己的私人空间里和艾米丽相处的同时，也会时不时地去到她的客厅的墙壁后面的空间中，这个空间是童年艾米丽生活的空间场景，叙述者以童年艾米丽的视角跟随艾米丽来观察发生在艾米丽身上的事情。而叙述者的私人空间是一座大楼底层的一所公寓，艾米丽来到这间公寓之后，叙述者发现她有的时候像个天真的孩子，有的时候说起话做起事来又像一个成年人。艾米丽和叙述者在一起的时候，总是表现得像一个天真烂漫的孩子，想让叙述者喜欢她。而当艾米丽走出这所公寓，和她喜欢的男生杰拉尔德在一起，领导一群因为灾难而临时聚在一起的人时，表现得则像个成熟的妇人，能够准确地收集信息，给出正确的意见，甚至给真正的领导者杰拉尔德以情感上和智谋上的依靠，尽管她不过才是个十二三岁的孩子。她如何能在天真的孩子和成熟的妇人两种身份之间来回切换，并且为什么能够有很好的驾驭超出实际年龄的身份，通过进入她曾经生活过的空间可以窥知一二。

叙述者进入到艾米丽小时候生活的家庭空间之中，在这个空间里，高大的母亲非常不喜欢艾米丽，并把她的全部精力都放在了艾米丽的弟弟身上，给予艾米丽的都是满满的嫌弃和厌恶，艾米丽渴望爱、需要爱却求而不得。艾米丽的父亲对她的爱的表现就是，用比她的肋骨还要粗的手指触碰她的身体，"几分钟之前她还是身穿白睡衣的干净、整齐的漂亮小女孩，头发上系着白发带，可此时她热得流汗，身体扭来扭去，逃避男人硬伸进去摸她肋骨的大手，逃避凑得那么近的那张现出私自满足表情的残忍大脸。这个房间似乎充满了炽热的痛苦，既害怕被牢牢地抓住，又必须得被抓住和受折磨，因为只有这样她才能取悦抓住她的人。她尖声叫道：'不，不，不，不……'她很无助，身体在这个男人的探摸下暴露无遗"①，这个游戏使得艾米丽每天都筋疲力尽且痛苦不堪。并

---

① 多丽丝·莱辛：《幸存者回忆录》，朱子仪译，南海出版社，2009，第92页。

且，得不到爱的艾米丽，却被要求像对待自己的孩子一样爱她的弟弟，一个强加给她的孩子，一个她不得不去奉献自己的存在。可见，在这个家庭空间里，艾米丽想要获得的爱都只能靠自己去谋划和争取，对待父母就像对待陌生人一样，不得不以自己的方式取悦他们，与此同时又要像个成人一样去照顾年幼的弟弟，由此培养了她习惯照顾他人的性格和能力。可见，正是由于艾米丽童年时期的经历，使得艾米丽现在的天真的孩子和成熟的妇人的身份成为可能，这也是叙述者及艾米丽生活的现在的空间和艾米丽生活过的过去空间的并置为艾米丽的身份的存在提供的合法性。

与叙述者的现在的生存空间并置的还有客厅墙壁后面向叙述者敞开的未来的空间，未来的空间是这样的："那些房间的杂乱景象让人无可名状。或许房间里都没有我能插足的地方，因为里面堆满了破损不堪、裂成碎片的家具。别的房间曾用作（或模样像）垃圾场：满屋子的垃圾堆臭味扑鼻。有的房间家具摆设还算齐整，但不是房顶被掀掉了，就是墙壁开裂了。一次，我看到一间体面、华丽的房间，是法国第二帝国风格，活像专为博物馆布置的，那么缺乏生气；房间的中央，在一块旧铁板上有生过一堆火的痕迹，房间里随便搁着几个睡袋，靠近墙壁的地方有满满一罐凉了的煮土豆，沿着墙根十几双靴子摆成一行"①，一切都是破败的样子，是许久都没有人细心收拾过的样子。这个地方对于住在里面的人来说，不过是临时的居所，所以到处都是垃圾、房顶被掀开、墙壁都裂开了，这种情形恰恰体现了大灾难来临之后人们生活中所表现出的那种绝望之态，单单地只是为了生存，而无关生活中的希望。然而，这些幸存者也没能在这场灾难中活下来，这个房子里面只有人居住过的痕迹，而人本身却不知去向，这就是作为幸存者的叙述者可能拥有的未来。通过现在幸存者生存的空间和未来空间的并置，反向说明了幸存者现在生存的绝望心态和艰难的生存处境。正是这样一个并不能指向拯救和幸福的未来，力证了现在的灾难幸存者的身份，是在灾难中苦苦挣扎的个体，其现有的绝望心态和生存处境都是值得同情和重视的。

叙述者将过去、现在和未来的空间进行并置，将时间空间化，为灾

---

① 多丽丝·莱辛：《幸存者回忆录》，朱子仪译，南海出版社，2009，第169页。

难中新出现的身份提供了依据。一方面，灾难中出现的大量的像艾米丽一样的流离失所、混迹于街头的孩子们，他们失去了原有的源于家庭的身份，他们结成一个群体，要么以一定的准则和标准从事生产以维持生存；要么结成松散的社群，以打砸抢为主要手段，没有什么长期、稳定的生存目标和生存规划。这些群体和社群的出现，是因为食物和物资的极度短缺导致孩子被迫或主动地从家里出走，而灾难导致的社会环境的混乱和宽松状态使得各种谋生手段成为可能，无论是侵占无人居住的房子，还是由于社会治安薄弱所导致的抢劫等，都使得这样的群体或社会的存在成为可能。将过去、现在和未来的生存空间并置，不仅为这些群体和社群的存在提供了依据，表明正是由于原生家庭不够和谐和团结导致了孩子在特殊情境下的流离失所，而原生家庭对于孩子性格的影响也决定了孩子在这样的群体和社群中可能占据的位置及其所起的作用；而且还为这些群体和社群的生存状态提供了反向的证明，由于这场大灾难的破坏性的持久和不可逆转，使得不带有希望的生活方式成为一种必然的生存方式，使得在这些群体和社群中的孩子都只为眼下的生存进行谋划，而不会对未来有所打算。所以，工作、学习、自我发展已经不是这些孩子关注的事情，解决眼下的温饱才是他们的当务之急。

另一方面，像小说中叙述者这样的幸存者，其身份也是由于大灾难的出现而出现的，通过过去、现在和未来生存空间的并置，可以看出幸存者未必是真的幸运，也未必是真的幸存者。幸存者现在的生活状态充满了绝望和挑战，他们看不到这场灾难有任何转机，也看不到这场灾难什么时候才能够结束，生活并没有给他们留下任何希望。而且，他们还要面对各种各样的生存危机，如没有洁净的水和空气，没有充足的食物；还要面对人的侵袭，如成群的凶残的孩子的抢夺甚至刺杀，可见，幸存者未必是幸运的。再者，他们面对的未来空间是荒无人烟、破败不堪的，这说明大灾难的最后或许并没有幸存者留下，那么，小说中的幸存者不过是走在毁灭路上的幸存者。总之，这种将时间空间化的手法，为大灾难中出现的新身份提供了合法性的依据。

这部小说是莱辛对于战后英国社会现状的一种反思。二战之后，非洲的反殖民斗争高涨，非洲国家纷纷独立，英国的帝国时代结束，伴随而来的是反向的移民高潮，包括莱辛在内的非洲的英国人纷纷回到英国国内。回到英国的莱辛,发现经历了第二次世界大战的英国,可以说满目疮痍,到处是无家可归的人,到处充斥着贫穷、犯罪,流浪汉随处可见,就像这部小说中描写的那样,房屋破败,里面都是临时的住户,贫穷而没有希望。莱辛以及其他的战争幸存者,就如同小说的主人公一样,毫无目的的活着,且不知道幸存到底是幸运还是不幸,不知道战争是否还会卷土重来,不知道现实中的种种弊端是否能够解决。在莱辛的笔下,此时的英国社会是一个没有希望的,朝向毁灭的社会。可以说,莱辛在这里反思的不仅仅是战争,更多的是反思英国当时存在的种种社会弊端,诸如经济凋敝、政治灰暗、福利社会制度不健全等。小说通过时间空间化的手法,不仅为人物身份的合法性提供了依据,也隐喻了不同时代英国的生活场景,未来生活场景和现在生活场景的并置,既反思了现在,也警醒了未来。

第二节　梦境空间与身份建构

1953年美国芝加哥大学的教授纳撒尼尔·克莱特曼（Nathaniel Kleitman）和他的研究生尤金·阿瑟瑞斯基（Eugene Aserinsky）通过测量成人的脑电波,发现快波睡眠期是人在做梦的时候,并且人做梦时会配合着快速眼动。但后来的研究者发现,慢波睡眠期人也会做梦,梦游和梦话主要发生在这一睡眠期。虽然,脑电波测量能说明人什么时候做梦,但对梦的生理机制的研究还是比较少的。

早期的生理心理学家巴甫洛夫提出:"睡眠就是大脑皮层神经活动停止,也即所谓抑制。梦是大脑皮层神经活动停止时,偶尔出现的残余活动,也即兴奋。"[①] 他的观点显然是不准确的,睡眠不是一种被动的停止,而是中枢神经系统的一种主动的活动。

最早对梦进行全面研究和解释的,当属奥地利心理学家弗洛伊德。他认为梦是愿望的满足和达成,通过对于梦的材料——躯体状态、日间的事件、儿童时期的经历——的"伪装",来达成人的愿望。梦的伪装是由于"本我"的欲望为了躲过"超我"的检查,故意伪装成梦里的形

---

① 转引自朱建军《释梦》,安徽人民出版社,2009,第33页。

象，使这些欲望进入人的意识。伪装所采取的形式，分别是凝缩（把有联系的几个事物转化成一个形象或内容）、移置（把重要的内容放在不重要的情节上展现）、视觉化（把心理的欲望转化成形象）、象征（用一个事物去代表另一个事物）。但是，由于语言也可以进行欺骗和伪装，那么梦用形象而不是语言去讲述情节，并不全是为了伪装，还应该有其他原因；梦也不应该仅仅是为满足愿望，还应该有启迪思想、认识环境等作用。

瑞士心理学家荣格认为，梦具有补偿作用，有助于恢复心理平衡，同时还有警示作用，能够警示做梦者其内心被忽视和被压抑的一面。梦是通过人类的集体无意识世代遗传，然后这种集体无意识的倾向通过某种形象表现在梦中，这种集体无意识是潜藏在人的心灵深处的无数代人的生活经验和智慧的结晶，所以人总是有一些共通的梦。

美国心理学家弗洛姆认为，人在睡觉的时候不必面对外在的世界，只需面对自己的心理活动。梦是通过世界通用的、古今通用的象征语言来表现内心活动。梦所用的象征语言分为偶然的象征，即所选的象征物和所代表的事物有一定内在联系，一般这象征源自人的具体经历，是个体性的，而不是人所共有的；普遍的象征，其象征物和代表的事物联系非常密切，这种象征能够超越时代、种族，是人类所共有的。

总的来说，我们的梦有的源自心理活动的无意识部分，这些比较接近个体的日常生活；还有一部分源自人类的集体无意识，是人类所共有的文化记忆。通过释梦，我们可以了解一个人的内心，也可以窥见人的文化记忆和文化身份。

一 梦境与身份暗示

《野草在歌唱》是多丽丝·莱辛的第一部长篇小说，讲述的是一个南非土生土长的"穷苦白人"农场主理查德·特纳的妻子玛丽·特纳被黑人奴隶摩西谋杀的故事。这场谋杀的真相源于两个人的情感纠纷，但真相却不约而同地被当地白人隐藏，闭口不提，因为白人无法忍受自身身份的纯正性被玷污。

摩西是一个懂英语、受过教育、会反思、有尊严的黑人，他平日里关注战争和宗教问题，是一个不同于其他土著的黑人，对待玛丽也像是父亲对待孩子那般关心。而玛丽则是一个城市女孩，被丈夫理查德带到了荒无人烟而又贫穷的农场，被扼杀了生气。理查德是一个勤劳却无能的、运气不好的农场主，每年都入不敷出。有一次，理查德得了疟疾，摩西为了玛丽的健康，主动要求晚上照顾老板，这天夜里，玛丽闻着摩西身上热烘烘的气息，听着摩西有节奏的呼吸，想象着摩西高大的身影，接连做了三个梦。

第一个梦：她仍然是个孩子的时候，她家里面有一个小花园，她此时就在这个小花园里面嬉闹，花园里满是灰尘。小花园后面有一间屋子，屋子建在一个高高的山坡上，屋子是由木头和铁皮制成的。玩游戏时，大家都围着玛丽，喊着她的名字，问她游戏规则是什么。玛丽站在那些散发着干燥气息的天竺葵旁边，沐浴在阳光中，孩子们都围在她身边。这时候，她听到母亲的尖声叫喊，让她回家，她独自一人走出了小花园，走向房子的阳台。但是母亲没有出现，她心里觉得不安，于是走进房子里。卧室的门敞开着，她看到了她的父亲，矮小的个子，又大又光的肚皮袒露着，这让玛丽觉得很恶心，于是在卧室的门口停住了脚步。样子滑稽可笑的父亲正抱着母亲，母亲表现出不情愿的样子，还发着可笑的脾气，不让父亲抱着她，而父亲反倒弯下腰来更加贴近母亲。玛丽看到这一幕，转身离开。

梦中的花园都是简陋的，院子里到处是尘土。就如同玛丽现在居住的环境，房子顶是铁皮做的，夏天闷热，冬天又冷得刺骨。到处都是干旱和炎热带来的红色的尘土。现实中的生活环境到了梦里都不能避开，可见玛丽对此的厌恶之情。梦中她的伙伴们都没有脸，但她却是所有孩子的领头人，这当然不是她小时候的场景，而是她成年后在城里工作的影射。那个时候她有很多朋友，是可以一起玩耍却不能交心的朋友。那个时候因为玛丽年纪较长，所以朋友们都愿意向她倾诉，她感到了满足和被需要。可见，在现在的生活中，她是怀念那段快乐的城市生活的，暗示了她真正认同的身份是城里工作的秘书身份，这个身份给了她满足感和独立感。但是，她看到了自己粗鄙可笑的父亲以及和这样的父亲在一起的母亲，她觉得害怕。她在与丈夫理查德相处的时候，曾多次发现，自己的语调和做法同去世的母亲一模一样。所以，这个梦境中的父亲和母亲隐喻的其实是玛丽和理查德，暗示出了玛丽对目前身份——一个毫无希望可言的农场女主人的极度厌恶之情。两个身份的对比表明了玛丽对于目前身份的不满和想要回归曾经拥有过的身份的愿望。

接下来第二个梦:"一会儿她又做起游戏来,这一次是在睡觉之前跟她父母兄弟姐妹一块儿玩。大家玩的是捉迷藏的游戏,轮到她蒙住眼睛去找躲藏起来的母亲。"玛丽的哥哥和姐姐们觉得这个游戏太过于幼稚,都不陪她一起玩,而只是站在一边看着,提不起兴趣来。玛丽的父亲用他毛茸茸的手遮住她的眼睛,把她的头按在膝盖上,并且大笑地开着玩笑,取笑母亲闪躲的样子。玛丽闻到了父亲身上令人恶心的酒味,她的头被按在了父亲的裤子上,更让她闻到从父亲身上传出来的久不洗澡的味道,这股气味让玛丽喘不过气来,便想着从父亲的手里挣脱掉,把头抬起来,可是怎么也摆脱不掉父亲的那双手,对此她的父亲还嘲笑她怎么这样慌慌张张的。她大叫一声,努力地从梦中醒来,一面竭力张开沉重的眼皮,一面因梦境而感到恐怖。①

梦中玩捉迷藏游戏,四处乱撞的寻找,就如同她目前生活的迷茫和不知所措一样,她总是想要赋予生活一点生机,为此她做了各种尝试,包括装饰房间、养鸡、挑剔仆人、思考农场经营等,她害怕自己因无事可做而萎靡不振,事实上,她到后来确实对什么都提不起兴趣来,每天只是枯坐在沙发上,一动不动。在这个梦里,她的现实生活更加清晰,在这个环境里,她没有朋友,也没有人理会她,而她自己却成为被嘲笑的对象。她看到脏兮兮的父亲,就像看到自己丈夫不修边幅的样子,让她生出一股厌恶之情。而且,这个丈夫和影响了她整个童年的父亲一样,禁锢住了她,她无从逃离。她想逃开,但是他们却死命地不放开手。她从父亲那里逃离的方式是去城里工作,她也尝试着以同样方式逃离开她的丈夫,却发现这是不可能的,因为此时的她已经不再年轻,不再好看,甚至连件像样的衣服都没有了,她被所有人拒之门外。此时的梦暗示了她对目前身份的一种抗争以及无力的绝望感。

紧接着,她做了第三个梦:她梦见她的丈夫因为这场病去世了,而摩西这个黑人就在隔壁房间等着她,她看到他像巨人一样的腿、厚实的皮肤、粗壮的脖子,闻到了他身上野兽般的气味,就如同"闻到了当年

---

① 多丽丝·莱辛:《野草在歌唱》,一蕾译,译林出版社,1999,第173页。

她父亲不洗澡的那股气味",而且"他安慰她,他俨然以一个保护人的身份安慰着她。但同时那又好像她父亲的声音,那样可怕,那样充满着威胁的意味,一面带着欲望抚摸着她"。在这个梦里,拯救她的人出现了,就是摩西。如果丈夫去世了,她和摩西之间就没有那么多阻碍了,当她作为白人农场主的妻子的身份消失的时候,白人的禁忌也就没有那么可怕了。然而,玛丽在摩西身上看到了父亲身份和丈夫身份的重合。他对玛丽有着父亲一般的保护欲,也有着丈夫一般的欲望,这暗示了玛丽生活中的缺失——父亲关爱的缺失和丈夫关怀的缺失。在玛丽无法逃出妻子身份的时候,她寄希望于换一个强有力的,而不是懦弱无能的丈夫。但白人的禁忌和种族的歧视决定了玛丽只能在梦中实现,所以,当梦醒了的时候,丈夫还活着,她和摩西之间也有一道跨不过的鸿沟。而这几个梦恰恰暗示了贫穷的白人女子的生存状况:童年的时候,家庭贫困,有着不务正业的父亲和脾气暴躁、神经质的母亲;成年后,本可以逃离家庭,却无法和社会对抗,只能选择结婚;她的出身又决定只有贫穷的男子会娶她,于是,她成为了她的母亲,她的丈夫成为了她的父亲,她的生命在这个身份上被彻底耗干。而白人的禁忌,为保证白人身份的纯正性所立下的通约,又让她其实无人可选、无路可走,只能在这个怪圈里走向绝望。

可以说,玛丽的这三个连续的梦,暗示了贫穷的白人女子可悲的生存状况,作者试图在给出一种解决方法,就是白人要与黑人一起反抗这种既定的身份。然而,小说的结局是玛丽被摩西杀死,摩西投案自首,这种反抗的代价太过沉重,沉重到需要两条性命来祭奠。

二 梦境与身份危机

在小说《天黑前的夏天》中,主人公凯特一共做了三种梦,其一是关于她抱着将死的海豹寻找大海的梦,其二是关于国王和年轻女子跳舞而抛弃了皇后的梦,其三是关于一只一直叫着"不要、不要"的笼中的黄色鸟儿的故事,这三种梦在凯特作为中产阶级家庭主妇身份遇到危机的关键时刻起着预言的作用。

第一种梦,是凯特被家人排斥时做的。当凯特的孩子们都长大了、丈夫也有了自己年轻的情妇的时候,她在这个任劳任怨地20多年的家里不再被需要，甚至被排斥的时候，她做了一个关于海豹的梦。她梦见在一个她并不熟悉的地方，那里有一座山，坐落在一个景区里面。她看到有一个黑乎乎的东西摊在一块岩石上面，她还想着，这黑乎乎的东西会不会是海参，可是转念一想，这么大怎么可能是海参。实际上这黑乎乎的东西是一只搁浅了的海豹，可怜地瘫在一块岩石上面，发出微弱而痛苦的呻吟声。于是，她决定把海豹送回到海里去，她抱起了海豹，关心地问着海豹是否还好，海豹只用呻吟来回答她，她带着很沉很沉的海豹朝山下走去。① 在她后来试图从家里逃出，寻找自由和自我的过程中，从家到国际食品组织，到和偶遇的情夫杰弗里的旅行，到自己生病居住在酒店，到居住在莫琳的地下公寓，这个梦一直跟着她，时不时就会出现。

在梦中，凯特一直在向北行进，北方是她所不熟悉的地方，是一片未知的地域。就如同她从家里出走，但出走后所将面临的处境都是未知的，是她这20多年来从未经历过的人和事，所以她内心是忐忑的。一个远离了大海的、被遗弃在路边的海豹就像她目前的境况一样，独自一个人面对未知的未来，也没有人会去照顾和关心她，可见凯特是渴望家人的关心和体恤的。于是，凯特自己充当起了照顾自己的角色，她将需要照顾的海豹抱在怀里。在这个梦境不断持续的时期里，她一直抱着这只海豹寻找大海，这正说明凯特自己一直在帮助那个需要关心的、已经被家人伤害到了的自己，去寻找真正的自己，寻找能让自己获得生机和自由的地方。可见，这个关于海豹的梦暗示着凯特原有的中产阶级家庭主妇的身份发生了危机，虽然想要冲破这个身份的努力是沉重的，就如同抱着愈加沉重的海豹前行一样，虽然未来是迷茫和未知的，就如同凯特从没有到过的北方和不知具体位置的大海一样，但凯特没有逃避自己所面临的身份危机，所以凯特无论多么辛苦都始终抱着海豹不放手，即使遇见成群野兽的进攻和要经过怪石嶙峋的地区。

不仅凯特作为家庭主妇的身份遇到了危机，她作为妻子的身份也遇到了危机，这种危机是通过第二种梦预示出来的。这个梦的开始是美好的，是"我"和一个年轻、帅气的国王在跳舞。但没过多久，年轻的国

---

① 多丽丝·莱辛：《天黑前的夏天》，邱益鸿译，南海出版社，2009，第29页。

王就离开了她，村民们把她扔到了一个坑里面，而此时年轻国王正在台上与别的女孩翩然起舞。她大声叫喊着，这样囚禁她，太不公平了；不，就这样把她的皇后之位废除了，对她是不公正的。而国王冷冷地收起了笑脸，带着怀里的舞伴，满是火气地走到了凯特所在的坑边，大声地训斥她是一个不够大度、不懂宽容、不讲道理的皇后，看不到她作为皇后应有的职责和责任。他会和这个王国里面的每一位女子跳舞，会当着所有臣民的面，就在这个台子上面，而皇后不应该有任何的异议。① 这个年轻的国王代表的是凯特的丈夫，在凯特的印象和记忆中，她的丈夫是完美的丈夫，对她来说就像国王一样，她就是一个安分守己的妻子，她也非常满意于自己的婚姻和性爱。但是，后来，她的丈夫承认自己有了年轻的情妇，这件事使凯特深受打击，但是，即便如此，凯特在婚姻里也仍然是那个光彩照人的、善解人意的迈克尔夫人，并没有因为这件事和丈夫闹别扭，也没有过想要离婚的念头，凯特甚至感谢丈夫能为了顾及她的颜面而注意和情妇的相处方式。

  从这个梦中，我们可以看出，凯特对于丈夫其实是心怀不满的，不满于丈夫破坏婚姻契约和违反婚姻道德而在外面有了女人，甚至还对这种事理直气壮、不加隐瞒。这恰好说明凯特作为妻子的身份遇到了来自丈夫破坏的危机。这个梦所做的时间恰恰是在凯特找到了一个年轻情夫，尝试着和他做爱、旅行的时候。在旅行的过程中，凯特醒着的时候，也就是理智的时候，认为自己找情夫的行为破坏了婚姻，是不道德的，她想念她的丈夫和丈夫的身体，她觉得自己作为一个合格的妻子不应该无理取闹，而应该理解丈夫找年轻情妇的行为，因为，毕竟他们的婚姻还是让人羡慕的。可是，从这个梦，我们可以看出凯特压抑下去的潜意识是对丈夫的不满，所以她才会在梦中感到极度的不公平——因为国王有了年轻的女子立刻就不要她了，因为国王轻易地剥夺了她的皇后之位还对其加以斥责。因而，凯特才会找一个年轻情夫，以此来获得心理平衡。但是，当凯特开启和情夫的旅行时，当凯特做了这样一个梦的时候，她作为迈克尔妻子的身份已经陷入了危机，她自己已经不满足于这样一种被禁锢、不被重视、不被关心的妻子身份了。

---

① 多丽丝·莱辛：《天黑前的夏天》，邱益鸿译，南海出版社，2009，第135~136页。

第三种梦,"这回梦见的都是莫琳,那只鲜黄的笼中小鸟,叫喊着不要啊,不要啊,不要啊,不要啊"①。莫琳是一个敢于对婚姻说"不"的女孩,她按照自己喜欢的方式穿衣、打扮,而不同于凯特按照中产阶级家庭主妇的模子来买衣服、弄头发,甚至说话的语气也要符合这一身份。梦见这样一只一直叫喊着"不要啊"的小鸟,正是凯特身份危机加深的表现。这种梦预示着她要对已经"表演"了20多年的身份说"不"。也就是在这个时候,凯特心安理得地不再按照原来的模式去弄头发,而是把已经花白的、粗硬的头发直接扎了起来,并戴上了一条头巾;也脱下了原来一直引以为傲的昂贵的衣服,换上了莫琳那种能够凸显身材的、简单的衣服;也不再着急回到家里,而是给家里打了电话,说过段时间再回去。可见,凯特已经处在摆脱原有身份的过程中了。

然而,值得注意的是,在凯特的这个梦中,那个鲜黄的小鸟是被关在笼子里的。也就如同莫琳和凯特的最终结局一样,莫琳最终选择了嫁人,凯特最终也回到了家中。也就是说,凯特通过几个梦表现出来的身份危机,是一个女性在男性社会话语的规训之下的一种自觉的反思和反抗,是她们不满已有的身份限制而试图进行的突破,是具有一定进步意义的。但是,作为身处具体时代语境中的女性,单凭个体是难以彻底挣脱这种身份的束缚的,所以,叫喊着"不要啊,不要啊"的小鸟,只能待在笼子里。换句话说,如果这只小鸟不是待在笼子里,而是自由的,那么,它也就不会具有反抗意识,也就不会一直叫喊着"不要啊,不要啊"。所以,这些梦预示的身份危机也只能是身份危机,暂时成不了身份解构。但是,重新回到家庭的凯特,已经不是原来的凯特了,她带着一头没有打理过的、灰白色的头发,以自己的方式重新定义原有的身份,带着这些新元素回归了家庭。这次回归,凯特在一定程度上获得了自由和自我,已经不同于原来的凯特。所以说,这三个梦暗示了凯特身份的危机,也展示了凯特为了冲破原有的刻板身份所做的努力。

三 梦境与身份建构

在小说《金色笔记》中,作者将小说分为六个部分,分别是"自由

---

① 多丽丝·莱辛:《天黑前的夏天》,邱益鸿译,南海出版社,2009,第212页。

女性"、"黑色笔记"、"红色笔记"、"黄色笔记"、"蓝色笔记"和"金色笔记"。"自由女性"是安娜以第三人称的叙述口吻创作的关于安娜的小说;"黑色笔记"是小说中的安娜所写的小说《战争边缘》的素材来源,这是一部以第一人称回顾性视角进行叙述的笔记,并且还记录了有关此小说的商业性谈话的内容;"红色笔记"讲述的是小说中的安娜加入共产党后的见闻和心路历程,以及最终选择退党的原因;"黄色笔记"是一部名字叫《第三者的影子》的小说;"蓝色笔记"记录的是小说中的安娜的私人生活;"金色笔记"是"自由女性"的上一层级的叙事层,讲述了安娜为什么要写"自由女性"这部小说。在《金色笔记》中,叙述者安娜将自己分裂成四个部分,分别是"黑色笔记""红色笔记""黄色笔记""蓝色笔记"所书写的内容,实际表现的是在缺乏信仰和情感的时代,世界陷入一片混乱的时代,个体生存的分裂状况和精神崩溃的情形。"蓝色笔记"从小说中的安娜的私人生活入手,作者通过对主人公梦境的描写,表现了人物的个体身份从迷茫到同一的建构过程。

安娜一直追求成为一个自由女性,所以面对她丝毫不爱的丈夫迈克尔,她选择了离婚,离婚之后她遇见了不同的男人,但在和这些男人交往的过程中,她不是自由的,她要么因为自己强大的占有欲而感到痛苦,要么感受不到性的兴奋和爱的真诚而感到空虚。因而,她定期去看心理医生——马克斯太太,做精神分析,以治愈自己面临的精神困境。在她和马克斯太太的谈话中,安娜经常提到自己所做的梦,如"一九五〇年一月十四日"所提到的梦:"在这个梦里面,我穿着爱德华七世时期的华丽礼服,带着昂贵的珍珠项链,如同玛丽皇后一样端坐在一架钢琴旁边,这个钢琴特别大。而音乐厅里面的听众们,一个个都身着晚礼服,像玩偶一样坐在那里,等待着我的演奏,可是我根本就不会演奏钢琴。这个梦境格外真实,就像一幕喜剧或者一幅名画一样"[①]。安娜梦见自己像玛丽皇后一样,在奢华的舞会中,和一群像玩偶一样的人待在一起,意在说明这是一群对时代和社会毫不关注的、情感麻木的、行为堕落的人,安娜因为害怕自己也会成为这样的人而感到恐惧。

---

① 多丽丝·莱辛:《金色笔记》,陈才宇、刘新民译,译林出版社,2000,第246页。

安娜所生活的时代处于二战刚刚结束时，英国的社会生活呈现庸俗化的特征，真挚的爱情和稳定的婚姻成为神话，离婚率大幅度提升，男人们热衷于寻找婚外的情人，性也失去了原本的诚意，成为没有情感内涵的空洞的行为。女性的生存状况在这样的社会风气之下，更为艰难，婚姻中的女性被丈夫和孩子圈禁在家中，忍受着丈夫的出轨，自己被淹没在家庭琐事之中，逐渐失去自我；而那些选择离婚的，想要过上自主生活的女性，面临的男性却都是情感缺失的，只是为了寻找婚外刺激的冷漠者。正是在这样的社会背景之下，安娜做了这样一个梦，表明她恐惧于生存在这样一个信仰缺失的、情感冷漠的社会中，同时也害怕自己变成这样一个缺失信仰、情感冷漠的人。

紧接着，她又讲述了一个梦：战乱纷争的时代，非洲中部地区，廉价的舞厅内，醉酒的人们，狂乱地跳着舞蹈，肆意地发生着性关系。安娜坐在这个舞厅的一个昏暗的角落里，有一个态度温顺、玩偶般的男人来到她面前。这个男人就是麦克斯，安娜躺在他的怀里，肢体僵硬，瑟瑟发抖，这个男子很像安娜的"黑色笔记"中的维利，一个同样态度谦和的男子。[①] 麦克斯是安娜的丈夫，是安娜结婚一年就选择离婚的丈夫，他们之间没有任何爱情和性欲可言。而"黑色笔记"中的维利是安娜在中非的时候，参加的一个社会团体中的领头人，安娜和维利是情侣关系，但是两人却从来不发生性关系。中部非洲是一个充满性的热情的地方，安娜在这里的时候，会因为自然情感和性欲的迸发和想要发生性关系的人自然而然的发生，她身边的很多人都是这样，然而，在梦中，安娜在这个地方遇见的都是麦克斯和维利这样让她深觉情感冷淡，甚至情感熄灭的人。可见，即使在梦里，安娜也是恐惧于自己情感冷漠的。

总之，这两个梦都意在说明安娜此时对自我身份的迷茫感，在这个没有信仰的时代、在这个满是空谈的时代，她对自己的身份充满了质疑；她选择退出婚姻后的身份失落，陷于与有家庭的男人缺少感情的性爱之中，她的身份到底是自由女性还是第三者，她自己也不知道该如何界定。

"一九五四年四月二十三日"，安娜又和马克斯太太讲了一个梦：我梦见自己手上捧着一个盒子，里面盛着宝物。我朝一个长长的房间走去，

---

① 多丽丝·莱辛：《金色笔记》，陈才宇、刘新民译，译林出版社，2000，第246页。

那房间就像一个画廊，或者说一个演讲厅，里面到处是死气沉沉的绘画和塑像。(当我说出"死气沉沉"这个词时，马克斯太太轻蔑地笑了起来)我手里拿着一个装有宝物的盒子，朝向大厅的一端走去，那里有一群我不认识的人在等着我，他们正在等待我手中的盒子。我非常兴奋能把这个盒子交给他们，但是让我难过的是，他们接过盒子之后，并没有人要打开它，而只是给了我一笔钱，此时，我发现他们都是商人或者是经纪人。我于是一边痛哭一边喊道：打开它，打开它。而他们始终无动于衷，也没有人要打开这个盒子。忽然，他们成了我剧本中的人物，而不是实实在在的商人和经纪人，我感到非常惭愧。所有的一切很快变成了一出闹剧，令人眼花缭乱，古怪得出奇，连我自己也成了其中的一个角色。我打开盒子，硬要他们过来看。与我的愿望相反，盒子里装的不是一件漂亮的东西，而是一些鸡零狗碎，没有一样是完整的，全都残缺不全，全都是些来自世界各地的各种破烂……看着这些丑陋的残留物，我心里极其痛苦，不敢再看下去，于是把盒子合上了。但那班商人和有钱人没有注意到我的脸色，他们把盒子从我手上拿了过去，并把它打开。我转过身去不看它，但他们却显得很开心。盒子里面原来是一条小鳄鱼，忽闪着一双眼睛，张着大嘴巴，通体翠绿。一开始，我还以为这是一条由翡翠或者由玉石雕刻成的装饰物，但它却动了起来，眼泪从它那双忽闪忽闪的眼睛沿着脸颊流淌下来，然后变成宝石。①

"我"手里捧着的宝物其实就是安娜写的小说《战争边缘》，这部小说讲的是一个英国的白人飞行员驻守非洲时，爱上了当地一个黑人厨子的妻子，但这段恋情却被爱慕这个白人飞行员的一位白人女子告发了，飞行员被调到了别的地方，而黑人女人则以通奸罪被赶出了家门，成为妓女。从梦中可以看出，安娜非常珍视她的这部小说，以及这部小说所表达的种族隔离题材，这是一部具有现实意义和一定反思意义的小说。然而，面对这样严酷的种族歧视问题，现代人关注的却是金钱利益，如何能把这部具有反思意义的种族隔离题材的小说，改编成适合电视剧大卖的浅薄的爱情小说。因此，在梦中，那些商人或经纪人给"我"一大笔钱的时候，"我"是痛哭的。打开盒子，里面是来自世界各地的破烂，

---

① 多丽丝·莱辛：《金色笔记》，陈才宇、刘新民译，译林出版社，2000，第276页。

其实是《战争边缘》的作者安娜对于世界现实的思考,她痛苦于英国民众对于世界上正在发生的苦难的冷漠和视而不见。而梦中那个大颗大颗掉着泪珠的鳄鱼正是安娜本人,鱼类在梦中代表着一种深层的潜意识,这里体现的是安娜内心的痛苦,正是痛苦之感的复活,才使得安娜变得不再冷漠,情感上才能领会更多其他个体的痛感。因而,她表示,她精神的崩溃一定程度上得到了治愈,原本身份的迷茫和情感的冷漠得到了恢复。

在小说的结尾,安娜连续做了几个梦:第一个梦:"我能够看见安娜的躯体躺在床上。我所认识的人,一个接一个地走进房间来,站在床脚边,似乎在尝试着使他们自己纳入安娜之身。……我站在一旁,心中想着:她会接纳他们中间的哪一位呢?随即我意识到了危险,因为保罗进来了,而他早已死去。我看见在他向她弯下腰去时,脸上带着严肃的怪异的微笑。随即他隐入了她的躯体,而我则惊恐地尖叫着,拼命穿过一大群漠然的鬼魂,挤到床边,想回到安娜身上,回归到自我。我拼命努力想进入她的躯体。……经过了一番为夺回生命而作的搏斗,我钻回到自己的躯体里,全身冰凉地躺着"①。保罗是安娜的小说中,爱拉爱了五年的男人,爱拉一心一意地爱着他,想要和他结婚,可是他却把爱拉看作是个纠缠他的浪荡女子,最终选择一走了之。爱拉和保罗在一起的时候,总是想着他的妻子,想着他是不是和别的女人在一起了,而逐渐失去了自我。在爱拉被迫与保罗分开之后,几年的时间里,在爱拉的生活里,她一直不自觉地保留着保罗的位置,无法走出保罗离开而留下的阴影。而在这个梦里,对安娜来说,保罗死了,意味着侵占了她的自我的保罗被安娜驱赶走了,安娜成功地找回了自我,一个完整的自我,不再是被保罗圈禁的不自由的那个女性——安娜。第二个梦中,安娜成了一位黑人,又成为一位阿尔及利亚士兵,又成了一位中国的农妇,"我醒来时就像换了个人,因为我曾以各种身份经历了各不相同的生活。我毫不在乎安娜,并不喜欢成为她,只是出于一种令人讨厌的责任感,我才成了安娜,这就像套上了一件很脏的衣衫"②。安娜不再是一名空谈世界形式和困苦的人,而成为正在经历苦难的人类中

---

① 多丽丝·莱辛:《金色笔记》,陈才宇、刘新民译,译林出版社,2000,第637页。
② 多丽丝·莱辛:《金色笔记》,陈才宇、刘新民译,译林出版社,2000,第639页。

的一员,所以,在梦醒后,安娜才会说,"我毫不在乎安娜",因为此时她已经超越了原来的分裂的、冷漠的安娜,而成为一个找回自我的、同世界受苦难的人们同呼吸共命运的自由的安娜。

可见,通过不同阶段的梦,安娜从一个冷漠的、迷茫的安娜,逐渐唤回了痛苦的感觉,并在最终通过这种痛苦,通向了全人类共同的苦难,超越了原本并不自由的自我,成为一个有血有肉的完整同一的自我,完成了自我完整统一身份的建构——一个苦难时代自由女性的身份,而不再是分裂成不同的身份。所以,获得了统一身份的安娜不再将自己分裂成四个部分,通过四个笔记来书写自己,而是选择了用一本"金色笔记"来书写完整的自我身份。

第三节 "第三空间"与身份杂糅

"第三空间"是由后殖民理论家霍米·巴巴提出的,他认为"在文化翻译的过程中,会打开一片'间隙性空间'(space-in-between)、一种间隙的时间性,它既反对返回到一种原初性的'本质主义'的自我意识,也反对放任于一种'过程'中的无尽分裂的主体"。即:当一种文化通过其他文化的差异性而被翻译和识别时,这种被翻译和识别的过程就是一种不同文化并存的混杂性空间,被翻译的文化不再是原初的那种文化,而是在被翻译过程中包含了其他文化内容的文化。所以这种"第三空间"是指一种居间的、混杂的、协商的空间,"正是这个第三空间,尽管其自身是不可再现的,却构成了表达的话语条件,这种表达保证了文化的意义和象征没有任何原初整体性或固定性,保证了甚至相同的符号也可以被挪用、翻译、再历史化、重新解读"[①]。在这个空间中原初性的纯真被取消了,任何意义的确定性都被取消了,代之的是不断变化的、在重复中不断更新的文化空间,由此取消了某一文化的中心性和霸权性。居于此空间中的身份也不是固定不变的,而是混杂的和协商的。

前文提到了爱德华·索亚的"第三空间"理论,索亚的"第三空

---

① Homi K. Bhabha. *The Commitment to Theory*. London and New York: The Location of Cultrure Routledge, 1994: 37.

间"来源于他提出的第一空间和第二空间,第一空间是物质性的具体空间;第二空间是精神性的空间,是对地点和场所的一种定性分析,也是艺术家们和设计师们对于空间的构想;而"第三空间"包括前两个空间的同时,又超越了前两个空间的总和,具有一种包容性、复杂性和开放性。索亚并未提出确切的"第三空间"概念,而是以描述"第三空间"的特性来代替概念的确定。索亚"第三空间"的提出侧重于探讨洛杉矶等都市的重建现象,是为打破历史性和社会性的二元对立局面而提出的空间性,为思考空间提供了一种空间性的思维方式,为历史性和社会性注入了新的活力。相对于索亚"第三空间"的实践性和具体应用的都市重建语境,霍米·巴巴的"第三空间"更侧重于理论探讨,在后殖民语境下提出的,以文化差异为前提的,阐释主体所处的不确定的空间,霍米·巴巴试图以"第三空间"来反抗强势文化对于弱势文化的霸权和压迫。虽然二者都强调"空间"的开放性和复杂性,但是侧重点不同。

一 战争中的身份狂欢

在小说《玛莎·奎斯特》中,女主人公玛莎·奎斯特是一个十七八岁的白人女孩,出生在英属非洲殖民地,虽然家里拥有农场,但是父母都不善于经营,因而生活非常贫困。玛莎·奎斯特喜欢读书和思考,有着过目不忘的惊人记忆力,她的名字英文是 Martha Quest,也就是喜欢追问和质疑的意思。她对于父母保守的生活态度感到不满,因而质疑父母所提出的所有观点,比如"当奎斯特太太说所有的卡菲尔人都又脏又懒、天生蠢笨的时候,玛莎为他们辩护。当她的父母一齐说希特勒不是什么好人,只是个没有原则的暴发户时,玛莎发现自己也在为希特勒辩护;这让她重新开始思考自己的立场,以前她觉得自己只是被利用,当她的父母提高了嗓门,带着抱怨和烦躁的语气与她争论,坚持说不久还会跟德国和俄国打仗的时候(当时所有人都认为另一场战争是不可能的事情,因为这对谁有好处呢),她曾坚信从某种程度上来说,这场新的战争是为了惩罚她,玛莎,这个对上一场大战表现出强烈不满的人"[①]。以此来表现对于父母所代表的观点的彻底反叛,彰显她的独立意识。

---

① 多丽丝·莱辛:《玛莎·奎斯特》,郑冉然译,南京大学出版社,2008,第41页。

除此之外，她对于非洲土著的生活现状感到不平，鄙夷那些怀有种族偏见的白人们。她曾当着很多白人的面谈到，种族之间应该平等，白人不应该总认为黑人会强奸白人女孩，而限制白人女孩外出，这是对黑人不公正的表现，而真正值得批判的是那些强奸了黑人女孩的，却并不会受到惩罚的白人男性们；她也反对歧视犹太人，并且同犹太人乔斯和索利成为朋友，从他们那里借书来看，并且时不时地交流看书获得的心得。可见，玛莎·奎斯特是一个有思想的，对于自己的白人身份有一定反思能力的年轻女孩。

但是，当玛莎·奎斯特从农场进入到城市当秘书之后，她的整个生活发生了巨大的变化。她跟随着那些以玩乐为生的白人男孩，出入各种酒店、酒吧、俱乐部、电影院，每天要玩到凌晨才回家。每天除了喝酒，好像都不需要吃饭一样，就这样不吃不睡地、梦幻般地过着日子，人生也没有目标，对于工作也不思进取，整个人感到无聊且疲倦，却仍然像个被禁锢住的玩偶一样，日复一日地这样生活着，没有能力作出任何改变。原本那个对非洲现状不满，有着反思能力的年轻女孩，已经堕落得自己都认不出自己了。

这样的社会现状是由第二次世界大战就要来临之前，殖民地人民人心的崩溃所导致的。一方面，第二次世界大战即将到来的前夕，殖民地的白人内心是恐慌的，他们害怕战争一开始，黑人就会在殖民地的白人统治力量薄弱时发生叛乱，且不说这些羸弱的殖民地白人无力自卫和反击，他们连目前的生活条件都无法保障。这说明，在这些殖民地白人的内心深处，知晓自己对黑人的行为是恶劣和不公平的，所以才会如此地惧怕黑人们会群起而反之。另外，黑人对于白人来说，是一种难以控制的神秘力量，所以，白人才总试图用强奸、狡诈、肮脏等词来定义黑人，企图用这些污蔑性的词语限定黑人强大的生殖力和生产力。殖民地白人对于黑人的恐惧，在战争来临之际，以狂欢的形式曲折地表现出来了。

另一方面，殖民地白人内心的恐惧来自战争发生后所可能带来的宗主国的国家危机。虽然，这些殖民地白人一直强调大英帝国是战无不胜的，但是他们的意识里却有掩盖不住的对于领导层的不信任，认为如果最终的决断不是丘吉尔来做的话，大英帝国很可能会受制于人，如果大英帝国战败了，那么殖民地白人所面临的生存前景就会和殖民地黑人一样，成为奴隶和俘虏是这些殖民地白人万万不想看到的。因为他们真实地看到，并且造成了黑人现有的生存处境，所以他们知道，由他们造成的黑人的生存现状是多么的可悲和可怕，他们不想自己也面临这样的情境。而作为殖民地的白人，而非大英帝国本土的白人，他们对于即将发生的大战，其实是无能为力的，所以，这种恐慌感和无能为力感造成了他们生活上的狂欢，就像每天都是生命的最后一天一样，使劲地折腾，玩命地玩耍。

所以，这些殖民地白人不在乎自己的身份到底是什么，是高级官员、是秘书，是普通的职员，还是乐队的成员；是年轻的单身女孩，还是已婚的妇女。每天晚上，在酒店、俱乐部、电影院、酒吧等公共场所里，所有人，不分阶级、不分职业、不分身份地聚在一起狂欢，"他们充满无处排遣的能量，陷入癫狂的欢喜，含糊不清地呻吟着：'我们要把这个地方撕烂，我们要把这里给砸了'"①。而且，人们也不再聚成一个个的小团体，而是所有人都在一起，就像全民大狂欢一样。此时的婚姻也不再需要严格的步骤，比如需要经过双方父母的认可；也不再需要一定时间的了解和相处，结婚就像儿戏，玛莎·奎斯特和道格拉斯认识了一周就决定结婚，玛莎·奎斯特甚至没有见过道格拉斯的父母，就在认识两周之内办了婚礼。一切都是那么仓促，一切都像是一场盛大的狂欢喜剧一样，不需要深思熟虑，所有人都聚在一起，把本来严肃的事情，以狂欢的形式展现出来。即使像玛莎·奎斯特这样原本有着反思能力的人，也被裹挟着进入这一场盛大的狂欢之中，虽然"玛莎完全被这一切冲昏了头脑。她偶尔会冷静下来想，她必须设法阻止自己沿着致命的下坡滑向婚姻的深渊，哪怕事情已经发展到了这个地步。在她意识的深处，她仍然坚信自己永远也不会结婚，之后总还有时间改变主意。然后她想到若是自己真这么做会造成怎样的后果，不禁不寒而栗。看来半个城市都在庆祝"②。可见，玛莎虽然意识到自己是被整个城市的狂欢裹挟着暂时失去了反思能力，但是，她却并没有做出不一样的选择。因为，这种身份的狂欢对玛莎来说，也是一种对现实状况的反抗。当一个个体无力改变

---

① 多丽丝·莱辛：《玛莎·奎斯特》，郑冉然译，南京大学出版社，2008，第351页。
② 多丽丝·莱辛：《玛莎·奎斯特》，郑冉然译，南京大学出版社，2008，第350页。

现状的时候，这种狂欢本身又带有取消一切身份的自发的力量，为何不通过身份的狂欢来同构战争的荒谬和无意义呢，战争就像一场头脑发热、又缺少头脑的人的一场狂欢一样，是应该被反对和被反思的。

二 灾难阴影下的暂时性身份

在小说《幸存者回忆录》中，由于灾难的原因，形成无数的帮派，"当我们研究和认识这些帮派和群落时，最引人关注的是它们都有组织结构，就像原始人或动物的群落，事实上那里盛行一种严格的制度。跟人们过上一段时间这种生活，你就会掌握那些规则——虽说当然不是书面的，但你知道可以期盼什么"[①]。这些帮派的形成主要是为了应对灾难中物资短缺的状况，通过合理规划和合力生产，应对生存风险；通过帮派内部结成较为紧密的同盟，以应对来自外界因物资紧缺可能导致的抢夺和冲突。所以，帮派的内部不仅会形成有序的组织结构，还会配有自己的武装力量，虽然这些武装力量的武器可能只是粗陋的棍棒。这些帮派的群体身份是在灾难这种特殊的语境之下形成的暂时性身份，一旦灾难解除，这样的群体就会自动解散，这个群体的身份自然也就消失了。

这种身份具有一定的混杂性。首先，它的组成人员是复杂多样的，不仅有白种人、黑种人还有黄种人和棕色人种。可见，这个帮派具有一定的平等性，不会因为肤色而将人排除在组织之外，因为面对严峻的生存挑战，种族差异不再是人与人之间的主要矛盾，帮派能够吸纳更多的成员，就意味着有更多的劳动力和武装力量，这就导致了组成人员身份的混杂性。其次，这种帮派遵循的原则也是混杂的，其组织机构仍然遵循现代的阶级制度，分为领导阶层和被领导阶层。领导阶层负责整个组织的生存规划，不进行实际的劳作和生产；被领导阶层负责执行领导阶层提出的决策和意见，但是这种决策和意见不是那种严格的命令，而是以平等的口吻传达的具有一定权威性的决策和意见，被领导阶层会在这种权威性的影响下自觉执行这些决策和意见。比如，在小说中，领导者艾米丽在视察厨房做饭的情形时，做饭的人会主动提出让艾米丽给予一

[①] 多丽丝·莱辛：《幸存者回忆录》，朱子仪译，南海出版社，2009，第185页。

定的批评指正，艾米丽提出他应该再加些调味品，并指定了特定的调味品，这个做饭的人赶紧毕恭毕敬地把这个调味品洗好、切好，放进菜里。可见，艾米丽的领导者权威影响着做饭人的选择，虽然艾米丽是以一种商量的口吻提出的建议。然而，在男女关系上遵循的却是原始人的一夫多妻制。艾米丽所在帮派的男首领杰拉尔德，他会不停地更换他的女伴，很多时候他并不在意他床上的女伴是谁，而是为了满足这个群体中的女性对男首领向往的心情，于是，就造成了妻妾成群的原始现象。可见，这个组织遵循的原则混杂了古代和现代的因素，成为一个掺杂着不同文化因素协商的混合体。

  这种群体的身份还具有不稳定性。首先，这个群体的成员结成的本就是一个松散的联盟，结成联盟的目标也非常简单，就是为了生存。他们没有什么长远和高尚的理想和信念，也没有牢不可破的组织机构，因而，一旦这个组织在某方面不能够及时满足或者有违他们的生存目标，组织成员会很快弃之如敝屣，转而投向其他相似的组织。小说中，杰拉尔德作为首领长时间辛苦组织起来的一个帮派，由于杰拉尔德吸收进了一些无组织、无纪律、不讲文明、凶残可怕的孩子，这些孩子将他们的临时居住地弄得脏乱不堪，而且这些孩子还有暴力倾向。这些组织成员不会应杰拉尔德的要求来帮助这些孩子改变原有的生存习惯，以真正吸收他们作为组织成员，这是因为，这些组织成员参加这个帮派的目标就是为了生存，他们所有的行动和领导者的要求都是要围绕这个目的，帮助这些孩子并不利于实现这个生存目标。而且，这些孩子还威胁到了他们已经建立起来的较为可靠的生存现状，所以，这些成员在几个小时的时间内就从这个帮派走光了，都分散地去到了别的帮派。"这个大家庭马上就破裂了。杰拉尔德听不进原有居住者的诉求。那些孩子原先的境况有令杰拉尔德不能容忍的地方。他必须把他们安置在这里，必须试一试，他是不会将他们撵走的。此时事情已经来不及补救了。其他人离开了。不出几个小时，杰拉尔德和艾米莉就发现他们的'家庭成员'都走了，于是他们成了这帮野蛮孩子的养父母。"[①] 其次，这种身份不像民族、文化、国家、性别等身份是长期存在的，它的存在时间是依据其存在的语

---

① 多丽丝·莱辛：《幸存者回忆录》，朱子仪译，南海出版社，2009，第188页。

境是否还在而决定的。小说中，艾米丽和杰拉尔德的帮派就是在灾难发生的时期才会存在，他们可能一段时间之内会生活在一个固定的地点，过一段时间由于这个地点的物资耗尽，就会集体迁移到下一个地点。在迁徙的过程中，有的成员会因为更喜欢熟悉的环境而想要留在原来的地方，选择退出这个群体；有的可能在途中发现某个帮派的生存条件更优越，而选择转投其他帮派；这个帮派也可能因为最后到达了某个地点，由于这个地方物资并不短缺，生存问题解决，灾难状况解除，而直接解散。艾米丽最初加入过一些帮派，这些帮派最终都选择了向其他地方迁徙，而艾米丽为了她的朋友，一只长得像猫的畸形狗，因为怕它在途中被其他人吃掉，而选择退出这些帮派，重新加入留守当地的帮派之中。可见，这个群体的身份是非常不稳定的，易发生变化的。

这个帮派身份还具有一定的反抗性。加入这些帮派的成员主要都是来自社会下层的民众。小说中提到，虽然是国家处于大灾难的艰难时期，但社会的上层还能去大商场买崭新的衣服，他们没有食物短缺的忧虑，他们还可以乘坐飞机、火车正常出行和出游，他们的孩子还能到学校接受正规的教育，"大多数学校都已放弃教学的功用了，至少对较贫穷的人们来说，学校已成为军队的附设单位，充当对民众保持控制的机构。仍有一些学校为特权阶层、行政官员和监督专员的子女而设"[①]。总之，大灾难也许对普通民众来说是一场灾难，但对那些上层阶级来说，一切还是照旧，并没有发生什么巨大的变化，变化最大的也许就是放眼望去，街上的行人变少了，环境变得萧瑟了。而由底层民众组成的帮派，其实是民众自发形成的为生存而战的联盟，他们不像上层阶级那样有自己的特权，于是他们就通过结盟维护生存的权力。警察不允许他们侵占空住宅，也不允许他们在空地上种食物，甚至不允许他们进行简单的物物交换，但他们通过结盟，反抗警察的这些不合理的要求，为自己的生存而战。即使那些警察有可能会将他们居住的地方一把火烧了，或者进行"清扫"，他们也会换个地方继续重建他们的生活。所以，这些帮派的成员通过同一的身份，结成同盟，不仅反抗统治阶级的压迫，也是对这种不公现象的发声，本来灾难加之于个体的苦难已经够沉重了，还要应对

---

① 多丽丝·莱辛：《幸存者回忆录》，朱子仪译，南海出版社，2009，第34页。

来自统治阶级的不公平压迫，使得这些底层的民众为了生存结成了反抗的同盟。

可见，灾难阴影下的身份具有一定的混杂性、不稳定性和反抗性，是底层民众为了自己的生存而创造出的新的暂时性身份。

本章小结

莱辛运用叙述手段作为策略，指出了身份的敞开性和流动性要面对来自社会刻板身份印象的阻碍，对于这种阻碍，莱辛运用了空间策略对之进行反叛。

表征空间对于人物的身份具有一种隐喻性作用，也就意味着表征空间有助于加强来自社会的刻板身份印象，但是如果让表征空间流动起来，就使人物在不同的表征空间里有不同的身份。比如，让一个女性从家庭中走出来，走向工作岗位，就是一个种表征空间的流动性，带来女性身份的变化，以此来反叛社会提供给女性的刻板身份印象——家庭主妇。其次，还可以通过梦境空间这一策略。通过开启精神世界里的空间，提供了现实世界以外的一种空间可能，让人物能够体会到其他身份的可能性，从而反思甚至反叛自己固守的刻板身份。再次，以进入"第三空间"为策略。在这一个包容性、复杂性和开放性的空间里，身份本来就不是确定性的，莱辛让这些人物在这样的空间里，将身份彻底敞开，甚至进行身份狂欢，取消一定程度上的身份的稳定性。由此人物就不必固着于一个固定的身份，承受这个身份所带有的社会和现实的不公要求，以此来反叛现实和社会带给人的不公与痛苦。

莱辛通过空间策略反叛了社会对于身份的刻板印象，但她并没有止步于此，而是继续进行身份探索，探索身份可能的出路，这种身份探索正是通过身体策略来实现的。

第五章　莱辛小说创作中的身体与身份

导　语

自 20 世纪 80 年代开始，身体研究逐渐成为一种时尚，一方面由于社会时代的发展，去身体化的趋势益发明显，人们通过对电脑和网络的应用，使身体接触逐渐被远程虚拟接触所取代。而且，随着消费社会的不断发展，身体不断被消费符号所遮蔽，身体失去了其自然性的本真面目，成为被消费符号不断重写和修饰的能指，成为转喻性的身体，因而，人们开始探寻真实身体的所在。另一方面，由于哲学观念的发展，理性占据支配地位，身体被排斥的现象被重估，尤其从梅洛-庞蒂开始，身体成为活生生的身体，成为一切意义的来源，成为主动、能动的身体，取代了理性的支配地位，由此打破了身体沉默的状态。

《牛津高阶英语词典》中明确提出，身体是"人或者动物的完整的物质框架"，可以看出物质性是身体的基本属性，同时完整也是一个身体的基本特征，它不是简单的器官或者身体部位的组合，而是完整同一的物质有机体。自古希腊哲学以来，逻各斯中心主义的文化传统中，人就被分解为肉体和灵魂两部分，身体用来指称人的肉体部分，突出身体的物质性特征，是灵魂和精神寄居和支配的物质性框架，身体成为被认识的客体，是主体精神认识的对象。因而，与其说古希腊哲学并未真正关注和探讨过身体的问题，不如说是对如何摆脱人的物质性而获得精神自由的主体精神性的探索。在这里，身体是被动的、自然性的、物质的、客观性的身体。如果说古希腊人在一定程度上关注了身体的健康和美（通过雕塑、绘画来表现生理身体的美、通过奥林匹克运动展现身体的美），中世纪身体则成为人接近上帝的最大阻碍，要求以宗教理性来控制欲望的肉体成了中世纪对于身体最主要的观念。到了笛卡尔（René Descartes）这里，身体和精神被彻底分裂，精神的整体感和有序性总是要面对身体感觉的不可靠性和无序性,当主体的普遍性和整体性无法靠近人的生存状态时,哲学家们开始了试图将二者的裂痕弥合的探索。

叔本华(Arthur Schopehauer)将身体提升到了与灵魂同等的高度,"我的身体和我的意志是同一个事物"①,尼采(Friedrich Wilhelm Nietzsche)在此基础上,提出要打破传统思想中精神和肉体的不平等地位,取消精神的霸权地位,弥合精神和肉体的分裂性,还身体以完整性。"我完完全全是肉体,此外无有,灵魂不过是肉体上某物的称呼",②"要以身体为准绳"③,"我的兄弟们,宁肯听健康肉体的话吧,这是一种较诚实较纯洁底声音。纯洁而且健康底肉体说的较切实,那丰满而且方正底肉体:他说起土地的意义"。④ 尼采肯定了身体与人的切实的生存状态的切近性,及其作为人的生存根基的合法性,肯定了身体在欲望的驱动下所具有的创造性和能动性,使世界带有了身体的意志色彩,原来的理性认知世界的模式被身体与世界的相生关系所取代。尼采虽然提升了身体的地位,使身体在与世界的关系中拥有了无限的可能性,但是尼采并没有取消身心的二元对立状态,只是通过对身体本能的提升而漠视了意识的存在。

胡塞尔(Edmund Gustav Albrecht Husserl)试图在尼采的基础上进一步弥合精神与肉体的分裂状态。他认为身体是系统的、统一的,能直接感知和直观事物的本质,无须任何中介,由此悬置了理性和知识:"身体始终作为感知器官在共同发挥着作用,并且它自身又是由各个相互协调的感知器官所组成的一个完整的系统。身体自身的特征在于它是感知的身体。我们把它纯粹看作是一个主观运动的、并且是在感知行为中主观运动着的身体。"⑤ 海德格尔(Martin Heidegger)进一步把胡塞尔感知、直观的身体阐发为"在世界中存在"的存在者,突出存在者与生存境遇的关系。存在者通过用具的"上手"状态和所生存的世界打交道,建立起包涵存在者在内的整体性的生存网络。海德格尔将人还原为在世的存在者,而不再是原来那个认识的主体,把主体归还到了他的生存境遇之

---

① 叔本华:《作为意志和表象的世界》,石冲白译,商务印书馆,1982,第161页。
② 尼采:《苏鲁支语录》,徐梵澄译,商务印书馆,2009,第27~28页。
③ 尼采:《苏鲁支语录》,徐梵澄译,商务印书馆,2009,第37页。
④ 尼采:《苏鲁支语录》,徐梵澄译,商务印书馆,2009,第27~28页。
⑤ 埃德蒙德·胡塞尔:《生活世界现象学》,倪梁康、张廷国译,上海译文出版社,2002,第58页。

中，这使存在理论能够逐渐接近身体。

梅洛-庞蒂（Maurice Merleau-Ponty）把海德格尔的"在世界中存在"的存在者表达为在世界中存在的身体，"靠着身体图式的概念，身体的统一性不仅能以一种新的方式来描述，而且感官的统一性和物体的统一性也能通过身体图式的概念来描述。我的身体是表达现象（Ausdruck）的场所，更确切地说，是表达现象的现实性本身……我的身体是所有物体的共通结构，至少对被感知的世界而言，我的身体是我的'理解力'的一般工具"①。梅洛-庞蒂打破已有的身心二元论的思维方式，提出身体图示的概念，即把身体作为一个整体的系统来感知世界和理解世界。这种方式既不是物质的也不是意识的，而是将身体作为一种共通的结构，使身体与其所在的场域发生联系，即是说通过身体的行为将身体与环境纳入一个共同的结构中去。这是身体的存在方式，即在世的存在，也就是说身体是寓居于世界之中，而不是将世界作为客体，站在世界的对立面上的，由此将身体与生存联系起来。身体理论发展到梅洛-庞蒂这里，身体才成为真正的主体，身体也才真正与世界融为一体，成为在世的身体。

不同于梅洛-庞蒂定义的在世界中的主动的、能动的身体，福柯论述了权利规训之下的被动的身体。权利弥散在日常生活中身体的言语和行动的各个细微之处，权利对身体进行命名和规训，被文化和知识所塑造，打破身体的物质性神话，身体成为文化建构的身体，被降格为符号化的物体，被还原成规训的肉体和机械的肉体，由此拉开了身体政治的序幕。虽然梅洛-庞蒂和福柯对身体的论述相去甚远，但却在一定程度上殊途同归，都是为了解除身体所受到的形而上学的束缚，最终回归身体的在世性。

1985年学者唐娜·哈拉维（Donna Haraway）在《赛博格宣言，20世纪晚期的科学、技术和社会主义的女性主义》（A Manifesto for Cyborgs: Science, Technology, and Socialist Feminism in the 1980s）一文中指出，"赛博格是指无机体机器与生物体的杂合体，而20世纪下半叶的美国科技文化跨越了有机体与无机体、人与机器、自然与人类的界限日常生活

---

① 莫里斯·梅洛-庞蒂：《知觉现象学》，姜志辉译，商务印书馆，2001，第300页。

中人们的身体也离不开假肢、义齿、心脏起搏器，因此我们都是赛博格（'赛博格'也被翻译成'电子人'）"①。随着科技的不断发展，无机体机器和生物体杂合在一起，身体的界限被模糊了，彻底打破灵与肉分立的二元论观点，重新构建了一种多元化的、无明确边界的、与世界相融合的身体观。

随着20世纪哲学家们对身体概念的不断探索，"本世纪中，'身体'和'精神'的界限变得模糊。人们把人的生命看成既是精神的，也是身体的，人的生命始终以身体为基础，在其最具体的方式中始终涉及人与人之间的关系。在十九世纪末的许多思想家看来，身体是一块物质，一堆机械结构。在二十世纪，人们修正和深化了肉体，即有生命的身体概念"②。身体不再是单纯的物质性的框架，而是包涵了人的肉体和精神的完整的生命的概念，是人理解世界、同他人交往的基础，身体的界限被模糊，成为个体的、社会的、有生命的、不确定性的身体。此时，人们意识到身体不再是一堆简单的肉体，有其复杂性和模糊性。而且，面对身体复杂多变的状态，人们已经无法给出一个明确的概念，所以，针对身体的研究也呈现出多元化的特征，并不是可以通过统一的理论框架就能将所有研究方法涵盖进去的。

而文学作品中的身体与人类现实中的身体是反映与被反映的关系，文学作品反映人物的身体，总是和人物的外貌特征、服饰饮食、生存环境相连，表现为身体上的经验、知觉、性、生育、死亡、疾病等具体的身体生存境遇，并和人的情感和理智相关联，展现出欲望和理性之间的张力，以此推动情节和叙事的发展。由此可见，身体作为一种表征反映了个体或者群体的身份特征，如通过一个人身体的外在装饰可以断定他/她的阶级身份或者职业身份；通过一个人的身份可以探索出他/她的种族身份；通过个体或者群体面对性和生育的态度可以展现性别身份的焦虑和矛盾；通过对病人——"疯子"的不同态度，可以展现权利和知识话语对身份的介入和规训，等等。所以，在文学作品中，身份和身体是密切相关的，身体作为身份的表征，使身份由不可见变为可见，从而成为

---

① 欧阳灿灿：《当代欧美身体研究批评》，中国社会科学出版社，2015，第79页。
② 莫里斯·梅洛-庞蒂：《符号》，姜志辉译，商务印书馆，2003，第284页。

文学书写和文学批评的对象。

第一节 生命身体与身份认同

梅洛-庞蒂认为身体是活生生的身体，是和世界不可分割、相融相生的存在。身体依靠其整体性的体验来把握事物和世界，身体正是通过对存在处境的整体顿悟来保持与事物和世界沟通和理解的畅通性，身体是被其生存处境所围绕的生命体。身体也正是在与世界打交道的过程中，才成为存在的有生命力的身体。世界也因为与身体的相关联具有了意义。"我的身体与世界是由一样的肉造就的，而且我的身体的肉被世界所共享，世界表现着身体的肉，侵入它，同样身体的肉也侵入世界。"身体是感性的、有生命的"肉"，由同样的"肉"构成的世界必然也是有生命的。

在世界中存在的身体结构是相同的，即个体拥有普遍的情感和思维行动，所以即使具体的身体和具体的生存情景不同，也能通过普遍性的身体结构去理解他人理解世界的方式，并快速投入到这一处境中。"这个有生命的身体和我的身体结构相同。我把我的身体感知为某些行为和某个世界的能力，我只是作为对世界的某种把握呈现给自己；然而，是我的身体在感知他人的身体，在他人的身体中看到自己的意向的奇妙延伸，看到一种看待世界的熟悉方式"[1]。个体正是通过身体普遍化的结构（如吃饭睡觉等人类最为熟悉的身体活动，就是人们普遍化的身体结构），与他人产生身体上的共鸣，得以相互理解，使我与他人成为一种共存共生的关系，彼此的处境相互联系，取消人与人之间相互客体化的状态。

身体把我们带入到身体的情境中，带入到世界中，带入到和他人的关系中，而这些都是不可见的。身体则通过隐喻性的功能——"隐喻的本质是从一种事物出发去体验和理解另一种事物"[2]，通过身体的体验去理解这个世界、理解与他人的关系，把这些陌生的、看不见的东西转化成可见的、可感的关系和意义。以身体上的体验（如生育、死亡等）来

---

[1] 莫里斯·梅洛-庞蒂：《知觉现象学》，姜志辉译，商务印书馆，2001，第445页。
[2] George Lakoff and Mark Johnson. Metaphors We Live by. Chicago and London: The University of Chicago Press, 1980: 5.

隐喻人的身份（女性身份、老年人等），恰恰是这种隐喻性思维的体现，身体通过其对于自身体验的理解，赋予了主体以位置和意义，以达到主体对于身份的理解。

一　肉身与身份归属

《草原日出》是《这原来是老酋长的国度》里的第二篇短篇小说，讲的是一个 15 岁的白人孩子，在清晨太阳升起之前，在非洲的草原上，大喊大叫、欢快跳跃的情境。却因为看到了一只受伤的小羚羊被蚁群蚕食而心生恐惧和怜悯，这时他想起自己曾经开枪射击一只小羚羊，却不想承认面前受伤的小羚羊的惨死和自己射击的小羚羊之间有任何联系。

小说一开篇便是一个男孩早晨欢快地起床，愉快地感受自己能够控制自己的身体，身体在自己的控制之下复苏的感觉，这个男孩通过对自己身体的控制力的确认，想要确认的是自己对于自己的人生和这个世界的掌控程度。他奔跑着，"他用持续大跨步步伐奔跑着，这是他通过观察土著人学来的，跑的时候沉稳均衡地将身体重量从一只脚换到另一只脚，这样跑法让人永不疲倦，不会喘不过气来"①。他只要愿意，就可以通过模仿学会非洲土著人奔跑的样子，只要他想，他就可以成为他想成为的样子。他是如此的充满活力，他"像只非洲小羚羊"，"他彻底狂了，粗野地叫喊着，心中充满生的喜悦，浑身溢出青春的活力"。② 他就像这片丛林的征服者——羚羊一样，没有什么做不到，"只要我愿意，我可以使世界上任何一个国度成为我的一部分。我装着整个世界。把它怎么样全在于我。只要我愿意，我能改变将发生的一切：这全在于我，全看我现在做什么决定"③。这个男孩通过自己青春洋溢的身体，确认了自己年轻的、十五岁的少年身份，也确认了自己对于这片丛林、这个国度的征服者的身份，他因为这个年轻、未来有无限可能的征服者身份而狂喜和自豪。

---

① 多丽丝·莱辛：《这原来是老酋长的国度：非洲故事一集》，陈星译，南京大学出版社，2008，第 21 页。
② 多丽丝·莱辛：《这原来是老酋长的国度：非洲故事一集》，陈星译，南京大学出版社，2008，第 22 页。
③ 多丽丝·莱辛：《这原来是老酋长的国度：非洲故事一集》，陈星译，南京大学出版社，2008，第 23 页。

然而，这时他听到了痛苦的哀号，循声而去，发现"一个鬼魅般的影子，一头怪兽，头上长角，四条腿晃晃悠悠，那样儿他在梦中都没见过，看上去像是披着身破烂皮毛"①。这是一只受伤的小羚羊，正在被一大群黑压压的、生猛的蚂蚁分食，一会儿便只剩下了白骨。小说中曾提到过，小男孩感觉自己像只小羚羊一样，可以征服一切，可此时，这个能够征服一切的小羚羊面对蚂蚁却毫无反抗能力，鲜活的生命瞬间变为一堆白骨。身体上关于痛苦的共鸣，生灵之间所共享的身体图示，让小男孩对小羚羊的痛苦感同身受，他想象着自己作为一个脆弱的生命，面对自然的生猛时的无力之感。此时，他不再是一个无所不能的十五岁孩子，他此时是个懂得生命脆弱、怜惜脆弱生命的孩子，他不再是这片丛林的征服者，而是和这个小羚羊、和当地的土著面临同样生存情境的个体生命。在这样一片广袤而神秘的非洲大陆之上，生存是如此艰难，即便是他这样一个所谓的征服者，其实和当地的土著人面临的生存情境也是相似的。

所以，他开始反思自己曾经猎杀小羚羊的行为，正是他这样的征服者和入侵者的存在，才让这样鲜活的生命转瞬即逝。"他又成了一个没长大的孩子，赌气踢了那骨架一脚，垂着头，拒绝承担这个责任。"他本能地因自己所造成的死亡感到痛苦，亲临死亡让他感受到了死亡的痛苦和生命的脆弱，使他的思想能够在死亡的恐惧和制造死亡的痛苦中有所发现。虽然他并不想承认是自己的过失造成了死亡，但他的内心深处已经意识到，他扮演了一个给鲜活生命加诸苦难的身份，这为他最终抛弃征服者的身份做了心理上的准备。他的痛苦不仅仅来源于让一个鲜活生命遭受苦难和死亡，还来源于他自身作为一个生命同其他生命共有的对于死亡的恐惧感，他惧怕会有一个像他自己一样的征服者，来给他的生存蒙上死亡的阴影，因为"他知道这残酷的草原永世难变"②。他惧怕的正是他原有的征服者的身份，此时的他已经发生了转变，由征服者的身份变成惧怕征服者、敬畏生命的身份。虽然直到小说结尾他都没意识到自

---

① 多丽丝·莱辛：《这原来是老酋长的国度：非洲故事一集》，陈星译，南京大学出版社，2008，第24页。
② 多丽丝·莱辛：《这原来是老酋长的国度：非洲故事一集》，陈星译，南京大学出版社，2008，第25页。

己的转变，但是这个小动物的死让他有要"好好想一想"的冲动，这预示着身份在意识中即将到来的转变，即从一个征服者的身份转变为一个敬畏生命的非征服者的个体。

在《小檀比》（Little Tembi）中，非洲一个农场的白人女主人简·麦克拉斯特很喜欢非洲土著人，她和她的丈夫威利·麦克拉斯特都秉着"自由"观念来治理农场。女主人在来到农场之前是一名护士，来到农场之后也一直致力于救助自己的奴隶们，给他们提供合理的饮食，以保障他们的健康。在她还没有自己的孩子时，有一次，她几天几夜没合眼，救活了当地土著人的一个将死的婴儿——小檀比，并在很长一段时间内，经常陪他玩耍。当她有了自己的孩子之后，便渐渐忘记了小檀比的存在，甚至不记得小檀比的样子了。

当长大后的小檀比站在女主人面前时，女主人已经不觉得小檀比可爱了，因为在她的记忆里，小檀比还是那个"胖乎乎的可爱黑宝宝"的形象，他现在和其他黑人孩子没有分别。所以，小檀比的特别不是因为他是小檀比，而是因为在女主人有孩子之前，他代替了她的孩子的位置，成为上帝的恩赐。一个本会死去的生命的意外留下，就如同女主人许久怀不上孩子却意外怀上了孩子的恩赐一样，都是意外的惊喜。所以在女主人的记忆里，小檀比只能是那个婴儿的形象，他代表着一个定格的惊喜，可爱的、不会说话的、也长不大的婴儿。因为，长大的黑人孩子对白人来说本质是恶的、贪婪的、狡诈的。所以，能得到女主人青睐的，也只能是那个没有长大变坏的宝宝。

然而，小檀比内心带着对女主人的爱长大了，他总是向主人提出一些任性的要求，比如要求超出他年龄范围的工钱（主人是按照黑人童工年龄大小给工钱的，年龄越大给得越多），以此来印证他的与众不同，他是女主人的小檀比；他还"把自己看作是白人生活方式的传道者"[①]，到处宣传简所倡导的保证健康的生活方式；他还不断要求能到女主人身边去照顾她的孩子们。小檀比因为曾经和女主人的亲近而忽视了自己的肤色，想要通过从距离的接近到生活方式的模仿，认同白人的身份，真正变成女

---

① 多丽丝·莱辛：《这原来是老酋长的国度：非洲故事一集》，陈星译，南京大学出版社，2008，第134页。

主人的孩子。虽然小檀比想要成为女主人的孩子只是出于对女主人的感激和爱，但是身体的肤色注定成为一道不可逾越的障碍。

小檀比尝试的方法都失败后，开始偷拿女主人的贴身之物，从钻石戒指到珍珠胸针，到宝宝的调羹，再到一把剪刀，他把这些物品作为女主人的象征加以收藏，他以为这样他就可以更加亲近女主人。但是，他这样的行为恰恰让女主人印证了黑人是贪婪的、狡猾的、不可信任的想法，因此还引发了黑人和白人之间隐伏已久的矛盾。小檀比想要靠近女主人的方法失败后，在女主人眼中，他已经彻底被归入典型的"黑人"群体，拥有黑色的皮肤和黑人的特性，那个可爱的胖乎乎的身体已经被邪恶的身体所替代。

所以，4年之后，当类似的盗窃案再次发生时，黑人和白人的矛盾加剧，白人断定黑人都是不值得信任的盗贼，对黑人的个体性并不加以区分，只要是黑人，都是值得怀疑的。而黑人也因为白人无端的体罚对白人深恶痛绝。可笑的是，小檀比因想亲近那个救过他性命的女主人而偷拿东西的结果是，引发了不同肤色身份人种之间潜伏已久的仇恨与矛盾。到了最后，小檀比被女主人亲手送入监狱，女主人却还是不知道，"这一直以来，他到底想要什么？"小檀比尝试通过从身体距离上靠近女主人，通过认同女主人对于身体的理解和要求，再到通过占有女主人身体的象征物来企图亲近女主人，但结果却因为身体肤色所导致的刻板身份印象，从始至终都没有被理解过。所以，作者意在指出的是身体特征和身份并没有本质而必然的联系，身体对于身份的表征是文化的、建构的，其中带着权力的作用，体现强权阶层对于弱势群体的不公压迫。如果能将身体特征打开，取消它与身份归属之间的必然联系，只关注人的个体身体特征，那么身份也会是敞开的、可协商的、去压迫性的。

二 性与身份探索

性是身体最重要的体验之一，也是人类得以存在的前提和基础，但性从来都不是纯粹的生理感受，而是受到文化建构的身体感受，它对于主体身份的界限确立和探索起着关键作用。在莱辛的小说中，性既体现身份的封闭性，《"猎豹"乔治》（"Leopard" George）中，乔治同黑人女子的性爱并没能够打破种族身份的界限，乔治从未把黑人女子当作爱人的人选，其目的只是为了保持自己白人身份的纯正性；性也能够使身份具有开放性，《三四五区间的联姻》中，四区的本恩·艾塔正是通过和三区的爱丽·伊斯在性爱方面的不断探索，使四区的身份逐渐接纳了三区身份中的元素。性打开了身份之间的壁垒，使身份探索成为可能。

  在小说《"猎豹"乔治》中"第一批移民的孩子"① 乔治是一个土生土长的非洲白人，他对于非洲土地有着征服者和改造者的野心和气魄，所以，连他选择的农场都是"五千英亩处女林地"②，一片荒芜，连可以栖身的临时房屋都没有。但是，正是这样一个毫无人类痕迹的农场让乔治感到无比的兴奋，一切都等待他来创造。

  随着农场的一切都越发走上正轨，乔治农场雇工的头——老烟，一个受土著人尊重的长者劝说乔治娶一个女主人，虽然周围农场的几十个白人女子总是向乔治搔首弄姿，但乔治丝毫没有动心，也未有娶谁的想法。然而，乔治却收用了一个黑人土著女子。这个女子主动找上乔治，乔治一周留宿她三四次，她每次都是第二天清晨带着乔治给的硬币离开。乔治作为一个在非洲长大的白人，其对女性的喜爱也受到了当地土著人的影响，更喜欢黑人女子不加修饰的自然的性爱，而不喜欢白人女子掺杂了诸多心思的性爱，所以对诸多白人女子视而不见。然而，作为一个白人，又坚守着白人身份的纯正性，不能因为娶了黑人女子而打破自己的白人身份，面临受其他白人蔑视的后果，白人作为征服者来到这片土地上，不能够被土著人同化而失去了征服者的身份。所以，当这个黑人女子来到白人聚会的水池边，向其他白人女子展现自己的身体，以宣告自己对乔治的主权时，乔治感到异常慌张和愤怒，当这个女人通过性想要彻底占有他的时候，他面临着黑人身份对于白人身份的冲击。他一直以来不给她名分，避免让她怀孕，都是为了保证黑人身份和白人身份界限的明晰性。当这种身份冲击和危险到来时，愤怒的乔治送走了这个女子，尽管她是老烟的女儿。

  不久，又来了一个年轻的、主动的黑人女子，这一次乔治先立下规

---

① 多丽丝·莱辛：《这原来是老酋长的国度：非洲故事一集》，陈星译，南京大学出版社，2008，第 202 页。

② 多丽丝·莱辛：《这原来是老酋长的国度：非洲故事一集》，陈星译，南京大学出版社，2008，第 204 页。

矩，避免出现上次的问题，他先是对每一次的性爱明码标价，然后拒绝女子的留宿。可是，这个女子却打破了黑人和白人之间身份的平衡。如果说上一个女子——老烟的女儿，因金钱交易委身白人男主人，是老烟作为父亲教育不当，但这次的女子却是老烟的妻子。妻子在非洲是男人的私有财产，老烟作为当地土著人中间有权威的长者，妻子代表他的尊严和权力，老烟的尊严就这样被白人通过性玷污了，"老烟的目光茫然地穿过树丛，越过草坡，落在山谷里；他在寻找什么，但却不抱期望。他已垮了"①。老烟有尊严的权威身份通过他妻子的身体被粉碎了，而乔治作为白人的身份通过黑人的身体也不再纯粹了，对于黑人身份的入侵，乔治的白人身份通过老烟妻子的身体入侵了老烟长者的权威身份，二者之间的平衡被打破了，老烟垮掉了，以老烟的权威为首的土著团体也解散了，乔治原本让人羡慕的秩序井然的奴隶群体也涣散了。

所以，性从来就不是单纯的性，它背后有着文化的建构。在小说的结尾，白人乔治最终选择了一个结过婚的白人女子做妻子，"不久之后，乔治娶了惠特利太太，这个女人有足够的头脑，知道若是想保住'四风'农场女主人的位子，自己什么能做，什么不能"②。性的和谐对于乔治来说，不如身份的纯正性更重要，虽然他更喜欢那些热烈而自然的黑色肉体，但他作为一个白人征服者，娶了黑人为妻，就等于被同化成了土著黑人，就等于放弃了文明者、高贵者的身份，而成为不开化的粗鄙者，这是他所不能接受的。所以，作者在这里意在表明，性作为身份的表征是被打上文化和权力的印记的，不同种族身份之间既可以通过性来打破身份之间的壁垒，也可能通过性造成身份之间的冲突。由此，性既可以成为反抗身份压迫的一种路径，也可能成为激起身份争端的导火线。

《三四五区间的联姻》中，男主人公本恩·艾塔也以身体为媒介，通过性来探索自己作为统治者身份的变化。当他初见三区女王爱丽·伊斯时，他是完全以四区的本恩·艾塔的方式来做爱的，对他来说，爱丽·伊斯就是他的战俘、他的私有财产，他只会像对待战利品那样对待

---

① 多丽丝·莱辛：《这原来是老酋长的国度：非洲故事一集》，陈星译，南京大学出版社，2008，第231页。
② 多丽丝·莱辛：《这原来是老酋长的国度：非洲故事一集》，陈星译，南京大学出版社，2008，第237页。

女性，在他的国度里只有征战，女性都是从属于男性的奴隶身份，所以他在遇见爱丽·伊斯，这个有着另一种生活方式的三区女王之前，他不懂得真正的性爱是什么样子的。但是，爱丽·伊斯没有像其他的女俘那样，"她没有哭泣。也没有乱抓乱挠。还没有痛斥他的名字。甚至没有出现他害怕从自己女人身上看到的那种冷漠又长久的排斥感。一切都没有"①。这种表现完全超出了他已有的经验，于是他向本地最有名的妓女来讨教和学习。但是，当他再次遇见爱丽·伊斯时，发现妓女教给他的完全不管用，妓女仍然将自己作为取悦他人的物化客体来做爱，妓女的做爱方式决定了他不过是他的客人，而非两个主体之间平等的交流，所以向妓女学习探索身份变化的方式行不通。

于是，本恩·艾塔开始试着去体会爱丽·伊斯的方式，"他感觉到她的唇充满热情，以令他惊恐的方式回应着他。这些快速而轻柔的亲吻，微妙的滋味，微笑的触摸和放松的情感，那些挑逗和无休止的回应"，但是，"她的性爱方式对他而言太难了，也许至少他有些陌生，或者在那时已经超出了他的承受力。而他的方式则是如此粗暴……"②。这时，他已经意识到自己是如此的野蛮、粗暴，缺少男子对待女子的那种温柔，也感受到了主体之间那种相互呼应，而不是像野兽那样草草了事。由此，本恩·艾塔开始通过爱丽·伊斯的身体去接近爱丽·伊斯的世界，将她作为一个主体来理解和触摸，聆听这个主体所说的话，感受这个主体所代表的不同于三区的文化，这也是作为四区统治者的本恩·艾塔开始探索不同于以野蛮、粗暴的战争治国方式的开始。

当两个人能够通过身体进行交流的时候，"这一次与他们先前从不关注对方的感受很不一样，这次他们以双方的呻吟与叫喊而结束，一切处理不当的劝阻都毫无必要了"。两个人彼此注意着对方的感受，感受着对方作为主体的需求和欲望，这是两个人真正交流的开始。这场性爱结束之后，两个人开始谈论彼此治国的不同之处。三区没有战争和战士，人们都各司其职地生产和生活，而四区所有的男孩和成年男子都在服兵役，整个国家一直处于战备状态，人民的生活穷困潦倒，所有的生产都是女

---

① 多丽丝·莱辛：《三四五区间的联姻》，俞婷译，南京大学出版社，2008，第45页。
② 多丽丝·莱辛：《三四五区间的联姻》，俞婷译，南京大学出版社，2008，第62~63页。

人来做。爱丽·伊斯指出了四区落后、贫穷的根源：男子应该从事劳动，创造财富，国家其实并没有那么多仗可以打。事实上，多年来，四区除了极偶尔有边界冲突，根本没打过大仗。虽然，本恩·艾塔觉得爱丽·伊斯说的有道理，但取消军队就相当于取消了他治国的根本，他不知所措也无所适从，所以他愤怒地反驳了她，但无论如何，这都是一个交流的开始。

之后，"他们的性爱带着尊重和承诺，并不是他的自我延伸，也不是她，却是对他们双方的致敬：一个被认可和被告知的致意，因为爱丽·伊斯感觉到他探究的手指温柔而克制，知道他不仅感受到了他熟悉的愉悦，也察觉到了她未知和让他意外的一面。这种不可兼容的合二为一，说是一种挑战一点都不为过"。两个人通过性来探知对方的思想、情感和文化，来探索自己身份的变化。正是身体和情感的这种合二为一，让两个人有了思想和文化上真正的交流和交换，成就了你中有我的状态。当本恩·艾塔带着爱丽·伊斯巡游四区的时候，他从心底里承认了她的观点，他看到他的臣民们破败的房子、贫困的生活，看到每个家庭剩下的都是女人，甚至连一个十几岁的男孩子都看不到。这为后来本恩·艾塔将他的部分军队遣散回家从事生产劳动奠定了思想基础。本恩·艾塔四区的统治者身份之中吸收了三区女王身份的成分，成为一个学会反思、懂得思考的新的四区统治者，而这一切都是通过与三区女王的身体交流实现的身份探索。

三 死亡与身份叛逆

小说《野草在歌唱》中，玛丽原本是一个在城市中的公司供职的女秘书，因为年纪大了急于嫁人时，遇见正好也急于娶妻的理查德，于是两个人闪电般地草草结了婚，甚至都没有婚礼仪式和蜜月。理查德是一个固执、保守、冲动、不善于经营农场，且运气也不好的农场主，他的农场一直入不敷出，甚至他住的房子都不如当地土人的房子看起来规整，房顶用的也是简陋的铁皮，冬冷夏热。玛丽刚来到这里时，还满心期待地布置这破败不堪的低矮棚屋，还有心思缝缝补补，但过了不久，就把心思放在挑剔仆人身上了，这让理查德很是恼火。于是玛丽又把心思放在农场的经营上，渴望能有所好转，但时间久了，她彻底认清了理查德的一无是处，也不再对农场抱有任何希望。有一天，她选择逃离这里，回到城市去找工作，结果连一件像样的衣服都拿不出来，被所有人拒之门外，只能回到理查德的农场。这时的玛丽几乎失去了全部的精气神，整个人每天都只是呆呆地坐着，什么也不想做。直到新来了一个仆人——摩西，这个土著会说英语，关心战争和宗教问题，同时也像父亲和丈夫一样关心玛丽的健康，以一种不卑不亢地态度对待玛丽的要求。当玛丽看到"当他擦地板或是弯下腰生火炉的时候，肌肉就紧贴着衣服凸了出来，两只薄布的袖管看上去简直就要绷裂。他那魁伟的身躯被这小小的屋子一衬托，好像显得更加高大了"①。玛丽被这具健康、阳光的肉体迷住了。忍不住去注意他洗澡时的样子，"只见那个土人正用肥皂擦着自己的粗脖子，白色的肥皂泡被他那漆黑的皮肤一衬托，显得出奇的白"②。从此，玛丽的生命力复活了，玛丽开始欣赏镜子中的自己，开始注意自己的形象。可是，虽然白天理查德不在家，家里却雇了一个助手，这个助手有一天看到摩西给玛丽穿衣服，并且温柔地系扣子，就像丈夫宠溺妻子一样。玛丽因为助手的发现而恐慌，于是，背叛了摩西，将他赶走，摩西因而杀死了玛丽，但并没有逃走，而是等待警察到来便自首了。

摩西杀死玛丽，是因为玛丽背叛了他们之间的同盟，摩西复活了玛丽干瘪的灵魂，玛丽也给予了摩西父亲和丈夫的地位，他们两个人在这片黑人和白人势不两立的荒芜土地上，赋予了对方以平等的人的位置。玛丽因为丈夫的毫不关心、毫不理解，以及生活的贫困与毫无希望，逐渐失去了一个人鲜活的生命力，成为一具行尸走肉。而摩西的出现、摩西的关心让她感受到了小时候缺失的父爱、现在缺失的丈夫的关怀，以及肉体上的萎靡，可以说，摩西给了她新的生命。而摩西作为白人农场里的奴隶，接受过英语教育，是本身带有一定反思能力和自尊心的土人，却不得不存活在白人的打骂之下，过着畜生般的生活，可以说，是玛丽的依赖让他能够摆脱非人的地位，获得了主体性。然而，玛丽的背叛意味着她又回到了白人的阵营，打破了二人结下的盟约，把摩西赶回到了

---

① 多丽丝·莱辛：《野草在歌唱》，一蕾译，译林出版社，1999，第149页。
② 多丽丝·莱辛：《野草在歌唱》，一蕾译，译林出版社，1999，第150页。

奴隶的身份中去，因此，不愿回到原有身份中去的摩西，恼羞成怒，杀死了玛丽。这是摩西对于黑人奴隶身份的叛逆，如果他不复仇、不杀死玛丽，他就等于放弃了曾经得到过的与玛丽平等的情人身份，还原为黑人奴隶的身份。有反思能力、且有自尊心的摩西是愤怒的，也是叛逆的，所以，他杀死了玛丽，保留住了自己与玛丽平等的身份，因为，谋杀是一场情杀，谋杀者摩西是玛丽的情夫身份。这也是知道真相的白人绝口不提此事的原因，一旦他们承认这是一场情杀，就相当于承认了摩西的白人的情人身份，对白人来说，黑人只能是奴隶，不能够有其他可以与白人平起平坐的身份。所以，摩西谋杀玛丽，既是摩西对于黑人身份的叛逆，也是对非洲土地上的种族歧视现象强有力的控诉。

值得注意的是，摩西谋杀了玛丽之后，本是有机会逃走的，且成功逃脱的概率非常大，但他却选择了原地等候，向警察自首。阿尔弗雷德·格罗塞在《身份认同的困境》中提道："杀戮，即结束一个身份。"[①]摩西选择自首，其实是要彻底结束自己作为黑人奴隶的身份，是对原有身份最大化的叛逆。如果他选择逃走，那么他永远都是一个在逃的黑人奴隶，永远都是一个犯了抢劫、杀人罪的在逃黑人，这恰恰印证了白人一直以来对于黑人狡猾、贪婪的印象。但自首的时候，他是感到满足的，他选择了自己的身份——谋杀玛丽的情夫的身份。所以，摩西用死亡彻底结束了一个身份，同时也保住了另一个身份，这是一种更彻底的反叛。

并且，我们注意到这个黑人的名字是摩西，也就是圣经里面带领被压迫的犹太人走出埃及的救世主——摩西，作者采用摩西这个名字是有一定意味的。首先，黑人摩西和救世主摩西都出身低微。《圣经》中的摩西出生于希伯来支派中地位最低的利未人一族，《创世记》的第34章《底拿受辱》中，利未和哥哥西缅残忍地杀死了示剑城的所有男丁，受到了雅各的责备，从此利未人一族在希伯来人各派中处于较低的地位。救世主摩西出生的时候正面临埃及法老拉美西斯二世对以色列民族实行种族屠杀政策，以色列民族的新生男婴都要被溺死在尼罗河里面。黑人

---

① 阿尔弗雷德·格罗塞：《身份认同的困境》，王鲲译，社会科学文献出版社，2010，第76页。

摩西面临的外部生存环境也是种族迫害，来自英国白人的种族压迫。然而，黑人摩西和救世主摩西都接受过来自压迫他的民族的文化教育。黑人摩西曾在教会里任职，学会了白人的语言，能够关注战争和宗教等形而上的问题；救世主摩西被埃及公主收养后学习了埃及的语言和文化。可见，二者都具有双重的文化背景，且具有学习能力和反思能力，这为二者反抗民族压迫埋下了伏笔。才使救世主摩西不仅杀死了侮辱希伯来人的埃及人，还带领希伯来人走出埃及，反抗埃及人所遭受的民族压迫，谋求自己民族的独立与拯救。就如同黑人摩西，为了谋求与白人情妇平等的身份，保留自己情夫的身份，杀死企图退回到白人女主人身份中的情妇。

作者将小说的黑人主人公取名摩西，并且赋予他和《圣经》中的摩西相似的出身和经历，通过这种互文，将一个看似是情杀的故事上升到了反抗种族压迫的高度。作者通过将两个摩西相关联，使黑人摩西杀死白人情妇，反抗种族压迫，具有了身先士卒肩负起谋求种族平等和民族独立的开辟性意义。可见，作者在黑人摩西身上倾注的是拯救种族的希望。然而，救世主摩西最终死在了福音地之外，没能够进入福音之地，就如同黑人摩西最终虽然通过杀死白人情妇而保有了自己的情夫身份，一定程度上获得了种族的平等，但却是以自己的死亡为代价的。救世主摩西是希伯来人的英雄，他以死亡献祭了民族的拯救，同样，对于莱辛来说，黑人摩西也以死亡献祭了种族的平等，以一己之力承担起了谋求种族平等的艰巨任务。可以说，黑人摩西可能是开天辟地的传奇英雄人物，然而，他却没能唤醒和联合其他黑人共同反抗种族压迫。也许是外部条件并不允许，大多数黑人都习惯了逆来顺受，没有机会受到教育，也不会有反思能力和反抗意识。但这也写出了黑人反抗种族压迫的现状，不具备群众基础，不具备现实条件，这反衬了摩西能够意识到自己与白人是平等的，并且肯牺牲自己的生命来探索反对民族身份压迫的路径，以死亡来献祭于种族的解放是多么的宝贵。

另外，虽然玛丽是被谋杀的，但玛丽是主动趋向于被谋杀的角色的。玛丽明知道和摩西的关系触犯了白人的禁忌，她也时刻害怕被别人发现，也做过长久的内心挣扎，但她还是不忍放弃如死水般的生活中那一丝旺盛的生命力。她已经被这贫苦的、毫无希望的、没有爱和朋友的生活磨去了所有的生机,但她不甘愿在这样的生活里做个彻头彻尾的白人农场主妻子,彻底地失去自我,所以她不断地以孩子般天真又别扭的样子搔首弄姿,享受着生命中少有的容光焕发的时刻。和丈夫在一起时,她是一个毫无生命力可言的可悲的白人农场主妻子,但和摩西在一起时,她是一个鲜活的女人,说到底,种族压迫和种族歧视中的受害者不仅只有摩西一人,玛丽也是。她被无能的丈夫禁锢在这片荒芜的土地上,不给她希望和生机,却要求她保持体面和活泼;而她即使面对真正关心她的人,又被种族歧视的观念和白人的规矩束缚,内心充满了紧张和挣扎。她明白她的结局注定是悲剧的,她甚至预测到了她自己的死亡,"她也自言自语地说:'等我死了以后,天就要下雨的'"[1]。然而她并没有做出所谓理智的行动,而是在反叛的路上越走越远,毕竟能成为一个鲜活的女人是多么有吸引力。所以,玛丽即使是被谋杀的,也是带有身份叛逆意味的。

第二节 作为权力话语场域的边缘身体与边缘身份

福柯的微观身体政治学提出,权力以规训的方式生产并体现为身体和身体的实践。身体作为权力最隐秘的实施场域,表现为对身体及身体实践的细微而全面的操控和规训,生产出驯服的身体,并通过设置权力机制把身体纳入权力的网络之中。一方面将身体及身体的实践加以量化。如通过整套的专业技术话语或者规定以及军队、医院、学校等具体的机构来对于身体加以定义和控制,实现权力对身体的塑造,"现代权力主要是通过由个人的社会实践构成的各种形式的限制,而不是通过扭曲个人信仰施加对于个人的影响。福柯将此戏剧化地表述为,权力在我们的身体中,而不在我们的头脑中。更清楚地说,他的意思是,在理解权力对我们的影响时,实践比信仰更为基本"[2]。这属于权力对身体及其实践显在的控制。另一方面将身体的各个方面纳入凝视的目光之中,使身体内化这种凝视机制,自觉监控自己。如全景敞视监狱,当被监视者内化了

---

[1] 多丽丝·莱辛:《野草在歌唱》,一蕾译,译林出版社,1999,第219页。
[2] 南希·弗雷泽:《福柯论现代权力》,李静韬译,载汪民安、陈永国、马海良主编《福柯的面孔》,文化艺术出版社,2001,第132页。

监视者的目光,并且不能知晓监视者目光的具体来源时,这种监视的目光就成了抽象的、非具体权力的目光,被监视者在这种目光的监视之下自觉地塑造自己的身体及其实践,"在监狱体系中,个体不是通过训练被嵌入新的习惯和新的行为模式,而是使他们的身体最大可能地按照规训方针的'驯马技巧'行为,并尽可能密切地监视他们的行为"①。即是说,内化了的驯服比行为模式上的强化训练更无反抗的可能性。可以说,身体是在权力和话语的实践中被生产出来的,身体按照权力和话语的要求塑造了自己,哪怕是一个细微的动作。身体表征着个体的身份,权力和话语在身体上留下记号,身份则依托这个标有记号的身体表征自己,当身体被权力规训成驯服的身体时,身份便也成了权力角逐的场域。下文便结合莱辛小说的具体文本,探讨身份是如何通过权力标记的身体被表征出来的,身份和权力又有什么关联。

一 科技话语操控的身体与身份压迫

《浮世畸零者》(Ben, in the world)这个标题的意思是在浮华尘世当中一个畸形儿漂泊伶仃的生活,即是说主人公班——一个畸形儿的苦难生活。班自打出生起就和其他人不一样,他能分辨出不同的气味,"逐渐消失的炖肉香味,温暖友善的气息;面包的味道,嗅起来好像一个人;接着是一种野味——那只猫,依然在注视着他;一张床的味道,床罩拉上来盖住枕头,又有另一种气味"②。"像条狗般嗅寻踪迹。"③ 他不是靠眼睛,而是靠鼻子来捕捉身边的事物,而且人类的宠物猫对于他来说,是一种可以吃的野味。他平时讨厌吃面包、沙拉,喜欢吃生肉,他能直接捕捉鸽子,拔掉它的毛生吃。"这是对肉的渴求,他嗅到了血的生鲜味道,血腥的气味。"④ 他还有异常敏锐的听觉,"电梯寂静无声,远远隔在两道墙后面。天空传来隆隆声,不过他认得飞机,并不害怕"⑤。而

---

① Felix Driver, Bodies in Space: Foucault's Account of Disciplinary Power, Reassessing Foucault: Power, Medicine and the Body Colin Jones and Roy Porter, eds., London and New York: Routledge, 1994: 118.
② 多丽丝·莱辛:《浮世畸零者》,朱恩伶译,南京大学出版社,2008,第10~11页。
③ 多丽丝·莱辛:《浮世畸零者》,朱恩伶译,南京大学出版社,2008,第28页。
④ 多丽丝·莱辛:《浮世畸零者》,朱恩伶译,南京大学出版社,2008,第34页。
⑤ 多丽丝·莱辛:《浮世畸零者》,朱恩伶译,南京大学出版社,2008,第11页。

且，他有着异于普通人的身形和力气，"他全身毛茸茸的"，"他站立的模样，他弯曲的宽大肩膀，那副像圆桶似的胸部，垂悬的拳头，双脚牢牢叉开站着……"，"还有，他射精时所发出的吠声或咕噜咆哮，以及他睡梦中的呜咽"。① 班从长相到生活习惯，让人很难用通常关于人类的定义来概括他，这引起了科学家的好奇和探索欲。

科学家企图用科学的话语来为班命名和定义，这一切从规划班的身体开始。他们给班量血压、抽取血液、检查视力、测试听力、验尿、刮下皮肤表皮、拍 X 光、做脑部检查，冰冷的机器触碰着班的身体，并不顾及班是否愿意以及班作为有思想的个体的尊严，以及是否对这些检查和机器心存恐惧。为班做检查的工作人员，也并不是以对待一个人的亲切的态度来进行的，而是以冷漠的态度，甚至不顾班的颜面，并未主动给班提供接尿的私密空间。似乎对他们来说，班并不是一个有思想的生命体，不过是他们要研究和命名的客体，接受着权力对他的身体的计算、调度、羞辱以及折磨。

这种权威话语的命名是以为班提供存在合法性的名义进行的，班作为多样性的人类中的一员，因为和其他人有所不同，在权威科学话语的视野中，失去了存在的合理性。如此看来，班存在的合法性不是因为他已经存在，而是要通过科学话语的命名赋予他合法性，可见科学话语对于差异性个体存在的暴力与压制。科学话语也正是通过赋予存在以合法性的方式，获得自己作为主流的权威性和压迫边缘群体的权力。所以，在小说中，即使是所谓正常的普通人——德蕾莎，一个没有接受过高等教育、以做妓女为生的贫民窟女孩，在面对科学家，这些掌握了主流话语权的群体时，也是敬畏、仰慕以及盲目信服的，"她敬畏像科学家、科学这样的字眼"②，甚至明知道他们将要把班作为研究对象，强迫班做他不愿意做的事情时，也无力做出反抗，被这种话语权力死死压制住了。可见，没有"身份"，无法用通常的身份加以命名的班，被科学话语的主流权力压迫着，有着普通公民身份的德蕾莎也被这种话语操控着，这意在说明这种主流话语对于边缘群体所造成的身份压迫。

---

① 多丽丝·莱辛：《浮世畸零者》，朱恩伶译，南京大学出版社，2008，第 51~52 页。
② 多丽丝·莱辛：《浮世畸零者》，朱恩伶译，南京大学出版社，2008，第 149 页。

最终的结果是，这些科学家打着科学的旗号，打着为全人类的旗号，把一个活生生的人——班当作标本，"这个……标本可以回答问题，重要的问题，对科学来说很重要——全世界的科学。他可以改变我们所知道的人类故事"①。并把班绑上了手脚、封住了嘴巴、抓了起来、剥光了他的衣服，和猴子、猫、狗等研究对象一起关进笼子。这种权威的科学话语是冷漠而残酷的，它使掌握它的人因这种话语赋予的权力而被异化了，轻视个体生命，为完善一个话语体系，漠视鲜活生命的感受和意愿，这是人突破人之为人的底线，用话语杀人的开端。"个体身体应该被看作展现社会真相及社会矛盾最为直接和毗邻的地带，以及个人与社会抵抗、创造和抗争的场域。"② 牺牲个体生命而为了全人类进步的宗旨，不过是语言的诡计，是再可笑不过的笑话。班所代表的不仅仅是人类群体中出现的个别畸形儿的现象，更是社会中大量存在的边缘群体的生存状况。这些边缘群体在科学话语的压迫之下，是失声的、甚至连生死都不能为自己做主，不能作为一个有尊严的个体而存活。比如，班曾经被送进专门抚养畸形儿的医院，在那里，班和其他鲜活而脆弱的生命被关在肮脏而破败的小黑屋子里，每天打上让他们安静的药，并不管他们有多恐惧、多难受、多不愿意，如果他们哭闹，还会对他们拳脚相加，直到他们在这种环境和药物的作用下慢慢死去。可怕的是，一旦他们被科学话语定义为畸形儿的身份，他们就成了这种话语压迫的对象，甚至不能掌握自己的生死。所以，真正的怪物不是这些畸形儿，也不是所谓的社会的边缘群体，而是那些掌握了冷冰冰的科学话语的权威人士，他们才是"冷酷无情的怪物"③。

科学话语所界定的正常与非正常的依据是社会文化的，而不是自然的。因为对于科学话语来说，非正常的就意味着非道德的，非道德的意味着班是有罪的。班因为他的与众不同，对于他的家庭来说，是引起家庭内部争执的焦点；对于关心他的人来说是一个累赘，在社会上是所有人欺骗和欺负的对象；对社会来说他随时可能破坏社会常规；对于科学

---

① 多丽丝·莱辛：《浮世畸零者》，朱恩伶译，南京大学出版社，2008，第190页。
② Nancy Scheper-Hughes and Margaret M. Lock, The Mindful Body: A Prolegomenon to Future Work in Medical Anthropology, Medical Anthropology Quarterly, 1987, (1): 31.
③ 多丽丝·莱辛：《浮世畸零者》，朱恩伶译，南京大学出版社，2008，第191页。

家来说他刷新了人类畸形的新高度。无论对谁来说，他的存在都是有罪的、不道德的，科学话语的存在将班彻底归到不道德的一方，把他放到全人类的对立面。这些对班的压迫不过反映了科学家们的恐慌和狭隘，他们没有见过代表着无法控制的力量的班，让他们感觉到自身的弱小，他们企图通过研究和命名，将之纳入自己的理解和监控之下，以缓解自己的焦虑，然而，他们缓解自身焦虑的方式却是通过牺牲班作为个体的自由和尊严，这体现了身份压迫的不公平。

二 性别话语建构的身体与身份表演

在英国女性小说的传统中，女性身体的真实情欲、生理感受、生理周期、性别特质等都是被隐晦表达的、甚至被回避的，如《简·爱》《呼啸山庄》《劝导》等，但女性身体的疾病是唯一不被回避的小说内容，这种身体的书写能够曲折地表达出女性通过身体对现实的感受和反抗。19世纪末20世纪初，女权主义兴起，女性解放运动蓬勃发展，女性作家开始关注女性自己的身体处境和身体感受，如西蒙·德·波伏娃，不仅关注女性不同时期的身体感受，还关注同性恋的身体秘密。到了20世纪60年代，随着避孕技术的被宣传和被提倡，女性作家开始关注身体对女性个体发展的限制，开始普遍反思母性神话是如何被创造出来规训女性个体生命的。70年代开始，女性身体的情欲和特征被大胆书写出来，女作家试图通过表达女性的身体感受来创造属于女性的话语体系，女性的身体在此时获得了赞美和肯定。

关于女性身份的建构问题，朱迪斯·巴特勒提出了性别表演理论，认为主体的身份，包括主体的性别身份都是通过反复的表演性行为建构起来的，这种表演是先于表演者存在的，表演者根据文化和话语的要求反复表演，来建构身份，因此身份是不确定的和不稳定的，也是一直处于建构之中的和未完成的。人从一出生，身体就落入语言和文化的网络之中，因而，身体的性别是一种社会性别话语的建构。所以，可以说是异性恋文化建构了男性和女性，身体通过表演生产出了不同的性别身份。

理发是莱辛小说作品中女性通过身体进行身份表演的一种方式，在这个方式中，权力的话语是关于美丽和青春的时尚话语，是现代男权社会规训女性身体和规范女性性别身份的权力手段，在日常生活层面的微观再现。理发师一方面是执掌时尚话语的权威,有权评判一个女性的美丑,以某一固定的发型将某些女性定义为一个类别;另一方面以手中的剪刀——利刃,以强制的姿态让女性低头和屈服,剥夺女性审视自己的权力。很明显,女性在这种关系中是弱者的身份,只能按照这种话语体系要求的女性性别身份的特质来塑造、表演这种性别身份。但问题是,理发师和社会规约所认为的,适合某种身份的女性的发型就是美的吗?这种美的标准是谁确立的?女性为什么会不约而同地遵守?娜奥米·沃尔夫(Naomi Wolf)认为,普遍客观的美丽是不存在,它"是和黄金一样的货币体系。就如同一切经济体制,也被政治所决定,是在当代西方保全男性统治最后的和最好的信仰体系"[1]。正如美的标准是随着时代的发展而发生变化一样,对女人发型、体型和服饰美的标准也在不停变迁。可见,每一个时期的女性都要按照那个时代所提供的美的话语体系来进行身份表演,通过不断地模仿而成为某一特定的身份,这正体现了权力话语对身体的规训。在莱辛的小说《简·萨默斯日记Ⅰ:好邻居日记》中提到,无论是杂志社的编辑和秘书,还是那些从事其他行业的坐在办公室的女性,她们的头发样式都是一样的,通过发型就能一眼被认出来是哪一类人。她们的发型都是那种花了昂贵的价钱做出来的,带着不经意的凌乱感的,发色要么是金黄色的,要么是乌黑的,都是泛着光泽的,而不允许给人灰白的、暗淡的、干枯的视觉感受,这样的发型是不被这个身份所接受的。所以,面对社会对这一身份的要求和掌握着权威的理发师,这些女性的个人意愿是不被重视的。

同样在这部小说中,女性杂志《莉莉丝》的主编,穿的衣服、戴的配饰是这样的:"她的衣服价格不菲。今天她穿的是黑色和铁锈红条纹的裙子,同色的马甲,一件黑色的真丝针织衫,戴着又粗又重的银链,上面缀有琥珀块。她的珠宝总是上乘的,从来不戴那种花哨的准垃圾品。"[2] 作为一个成功的职业女性,且是一个女性时尚杂志的主编,这样的社会身份要求她的衣服要按符合这一身份的标准来加以挑选。首先,

---

[1] Naomi Wolf. The Beauty Myth: How Images of Beauty Are Used Against Women. New York: Perennial, 2002: 11.
[2] 多丽丝·莱辛:《简·萨默斯日记Ⅰ:好邻居日记》,陈星译,译林出版社,2016,第72页。

不能够穿便宜货，一个成功的职业女性，要有昂贵的衣服作为身份的标识，她们有能力自己支付昂贵的衣服，而且也只有昂贵的衣服能够符合且配得上她们的品位。其次，她们所穿的衣服要庄重，颜色不能过于轻佻，这样才能保证她们在工作中的权威性，所以，她选择的是黑色和铁锈红色的衣服。再次，衣服要注重材质和款式的搭配。材质要高档的真丝，这样虽然款式简洁，但却充满质感。而且，款式虽然简洁，但一定是不乏设计感的，这样给人一种不刻意的精心修饰感。最后，还要注重配饰，配饰不能过于花哨，要用经典款式，这样才能显示她的身份和品味，而且也体现了一个职业女性的生活态度——对于细节也一丝不苟，这是一个完美女性的体现。

这种挑选衣服的方式被杂志的副主编简娜模仿学习了。简娜原本只注重跟随服装的潮流趋势，在她支付不起昂贵的衣服饰品时，她会选择花哨的垃圾饰品、会穿着当下流行的迷你裙，衣服的颜色会选择靓丽而轻佻的颜色。这时的简娜还没有成为副主编，还只是个秘书，她通过不断地表演成功女人该有的衣饰品味和生活态度，将主编作为模仿的榜样，逐渐习得了副主编身份该有的社会标识。以至于她年近50岁时，仍然将自己修饰得一丝不苟，"我真正地泡了一个澡，好几个小时。我剪了手指甲、脚指甲，文了眉毛，保养了耳朵、肚脐，处理了脚上的硬皮"。"多年以来，每周日晚上，晚饭过后，我都挑好下一周每一天要穿的衣服，确保这些衣服上没有一点皱痕、折痕，弄好扣子和褶边，擦干净鞋子，倒空、擦亮手袋，给帽子掸灰，任何有一点点脏的东西都挑出来以便送去干洗店和洗衣房。每周日晚，数小时。上班时，在那一双双专业、有见识的眼睛打量下，我可以毫不夸张地说，没有一根头发没修饰到位。修整仪容。"[①] 为保持这个成功女性的社会形象，简娜要花费大量的精力去修饰自己的身体。

现在的菲丽丝就是曾经的简娜，刚来杂志社当秘书，还一味地追求时尚，没有自己的风格，但是她通过不断地表演性地模仿简娜的衣饰和生活态度，逐渐变成了一个成功女性的形象。可以说，成功女性的形象

---

① 多丽丝·莱辛：《简·萨默斯日记Ⅰ：好邻居日记》，陈星译，译林出版社，2016，第97页。

是通过不同个体对统一话语的表演而确立和传递下去的。简娜和菲丽丝通过对这一话语的重复性的表演，逐渐确立起这一话语对于身体的要求。但是，简娜和菲丽丝在通过不断地表演性的行为成为成功女性的过程中，看似获得了自己的统一而令人羡慕的风格，其实却是以失去个性为代价的，她们有着相同的衣着品味、相同的生活态度，甚至用着同一个裁缝和品牌。所以，可以说，这种性别表演是以失去个性为代价的话语权力的结果。

由于男性霸权话语对于女性身体的凝视和规约以及当下的消费语境的制约，女性的青春和美丽成了社会对女性的要求，身体的紧致和苗条是这种要求在身体上的具体体现。对这一话语权利的规训，作者莱辛也未能免俗。小说主人公简娜有一个90多岁的朋友莫迪，莫迪的姐姐抢了她们父亲留给莫迪的财产，使莫迪的整个人生，包括晚年生活都极为穷困潦倒，即使莫迪临终前得了胃癌，也没得到她姐姐的一点关心。所以，作者在描写简娜眼中莫迪的姐姐时，用的是一种厌恶的口吻，"她体形硕大，穿了一件咖啡色和白色相间的克林普纶衣服，贴身裁剪，很紧，难看极了。她的手肥硕，有些发红，指关节肿得发亮"[①]。在这一段描写中，可以看出的逻辑是，肥胖的女性难看极了，甚至带有一种价值判断的色彩，是令人厌恶的。作为一位女作家，注重女性解放的女作家，仍然在她的小说中体现了这种男性话语的无意识，也是值得注意的。克里斯托弗·E. 福思（Christopher E. Forth）认为，"肥胖身躯的物质性就是可悲的'污秽的'身体，一个违背了社会秩序的象征性地被污染了的肉体"[②]。正是女性们在社会权力话语的规约下，不断表演性地节食、减肥、追求苗条，才导致包括女性自己在内的对于肥胖的厌恶，甚至在这样的背景下，女性之中出现大量的厌食症，她们把脂肪作为可鄙的东西加以排斥，不能忍受它们进入到自己的体内，这也可以认为是一种对苗条话语的表演性的行为。

个体通过身份表演内化了社会文化对女性身体和身份的要求，这

---

① 多丽丝·莱辛：《简·萨默斯日记Ⅰ：好邻居日记》，陈星译，译林出版社，2016，第250页。
② 克里斯托弗·E. 福思、艾莉森·利奇编：《脂肪：文化与物质性》，李黎、丁立松译，生活·读书·新知三联书店，2017，第178页。

样体现出来的话语权力,"不需要武器、肢体方面的暴力或者物质上的限制。只需要一种凝视。检查的凝视会把个人置于它的压力之下,把其内化这种目光、成为自己的监视者,乃至人人监督自我、防范自我作为目标"①。

第三节 身体符号与身份转喻

当身体的器官功能淡化时,身体不再与物体发生实质性的联系,物体不再通过身体的创造力和能动性而获得意义,不再来源于身体的辛苦劳作,而成为符号性的再生产,物的意义也不再源于自身的独特性,而源于它在符号体系中的差异性;身体也不再通过和物体的必然联系获得意义,而是由与身体表面发生联系的物体的符号化体系确定意义时,身体就具有了符号化的功能。此时,身体的欲望不再是由身体的自然需求产生,而是由文化建构而成的虚假的需求确定,身体根据衣服、饰品、食品等社会约定的符码来确定自己在符号系统中的位置,并由此位置确定身体的符号意义。通过身体符号的不断更替,使符号意义能够不断循环再生产,符号的循环再生产带来围绕身体的符号的丰盛,身体却由于无法接近物而产生真实的匮乏感,当身体在匮乏感的驱使下不断向符号寻求满足时,会造成更深的欲求无法满足的焦虑感。

符号化的身体在社会中,一方面以他人的身体为参照物来编码自己的身体,另一方面通过对自己身体的编码来取悦他人的目光,使自己能够以身体为媒介展示符合自己身份的文化符码。如穿戴符合身份的衣服,展现符合身份的身体姿态,食用符合身份的食物等等,这些衣服、姿势、食物是带着文化意义的符码,通过对身体的编码,隐喻身体的身份。"围绕着身体的符号(从身体的外层到周围的必需之物),作为表达和/或创造个体身份或主体自我的方式而发挥作用。"② 在现代社会中,良好的形象对个人身份的确认有至关重要的作用,良好的身体形象对于良好的自

---

① Michel Foucault, The Eye of Power, Power/Knowledge: Selected Interviews and Other Writings 1972-1977, Colin Gordon ed., Colin Gordon、Leo Marshall、John Mepham、Kate Soper trans., New York: Pantheon Books, 1980: 155.

② Pasi Falk, The Consuming Body, London: SAGE Publications Ltd., 1994: 55.

我形象起着同样重要的作用。所以，规定饮食和保持身材的苗条成了必要手段，对于身体的规划同时尚结合在一起，被纳入到消费世界中，通过良好的身体形象来对他人产生吸引力。于是，自我成了再现的自我，身体的外在形象成了价值和意义的源泉，个体也通过自己的身体形象被确认出来。① 所以，要探讨身份问题，离不开身体的符号化所体现的社会关系，这些身体表面事物的选择体现了我们与特定的文化、特定的群体、特定的阶级之间的关联：一方面体现了符号的符码含义；另一方面体现了主体对身体的表征，表征了自我的身份。然而，在一定程度上，这种身体符号化式的身份可能导致真实自我的趋同化，使自我的意义萎缩甚至空无，当自我的身份完全由符号构建的时候，身份的真实核心也就被取消了，只停留在身体的表面。

一 服饰与身份多重性

《三四五区间的联姻》是多丽丝·莱辛五部科幻小说之一，讲述的是三区女王和四区国王受到供养者的谕令而联姻的故事。三区是一个富庶、宁静、平等的国度，四区是一个以战争为生的国度，两个国家在联姻之后，相互影响。这种影响甚至波及二区和五区，四个区之间相互封闭的状况被打破，交流和沟通变得频繁起来。三区女王爱丽·伊斯在嫁给四区国王本恩·艾塔之后，从三区女王到四区皇后再到孩子母亲等身份的变化，可以通过她所穿衣服的变化体现出来。

当爱丽·伊斯接到供养者的谕令，要她嫁给野蛮而落后的四区国王本恩·艾塔时，她穿上了"藏青色丧服"②。藏青色是一种蓝与黑之间的过渡色，是一种很深很深的蓝色，"当代欧洲的语言中，'蓝色'这个词派生于黑色"③ 所以，蓝色是晚近才被命名的颜色，翻阅欧洲早期的文学著作，如《伊利亚特》和《奥德赛》，会发现，荷马从未提到过蓝色。自从蓝色被命名后，因为能提供这种色素的原料——天青石很昂贵，因而蓝色拥有了高贵的血统，穿戴蓝色的衣服也成为有地位的象征。爱

---

① 布莱恩·特纳：《身体与社会》，马海良、赵国新译，春风文艺出版社，2000，第34页。
② 多丽丝·莱辛：《三四五区间的联姻》，俞婷译，南京大学出版社，2008，第4页。
③ 乔安·埃克斯塔特、阿莉尔·埃克斯塔特：《色彩的秘密语言》，史亚娟、张慧琴译，人民邮电出版社，2018，第185页。

丽·伊斯作为三区的女王，蓝色恰表明她高贵的身份。而且，我们知道牛仔服作为蓝色衣服的代表，代表着普通的劳动阶级，在这部小说中，三区是一个没有阶级，人人平等的国家，女王和所有平民一样，开会的时候和所有人坐成一圈，不分主次。选择蓝色的衣服，而且衣服的样子也是朴素而宽松的，说明女王和她的臣民一样，是三区的一部分，也是一个普通的劳动者。再者，这种趋近黑色的藏青色还代表着冷静和悲伤，正因为蓝色的食物多是有毒的、甚至致命的，如迷幻蘑菇、过期的肉食等，会抑制人的食欲，表现出对欲望的一种冷静和克制。由于爱丽·伊斯要嫁给一个野蛮的国王，嫁到一个以战争为生的国度，面对一个被等级制度和贫穷破败包围的四区，她感到悲伤，因而穿上了这条让人看到就联想到悲伤的藏青色的裙子"忧郁的身影裹在深色的长袍里"①。而且，"她本来头发挽起，梳着发辫或其他的发式，然后以一种特别的方式摇散发辫，这就意味着：她悲痛欲绝"。"披散着长发的爱丽·伊斯慢慢为自己围上一条漂亮的黑色面纱，遮住了头和肩膀。她现出了哀悼的姿态——再一次地。"② 爱丽·伊斯不仅将头发散下来表示悲伤，还带上黑色的头巾，遮住面部，整个人都被包裹在深色的长袍、长发和面纱之中，无尽哀伤，可见，作为女王的爱丽·伊斯对这次联姻内心是多么的抗拒。对她来说"这一场婚礼更像是一场葬礼"③。所以，即使"她就要嫁给他了，依然身穿着深色的衣服"。④ 这个时候的爱丽·伊斯是一个地地道道三区的女王，与四区的文化是完全隔离的。四区的国王也是地地道道的四区的国王，完全没有受到三区女王的任何影响，所以，当两人第一次见面的第一次性爱是粗暴无理的，完全是本恩·艾塔的方式："他转过身来，咬紧牙关，大步流星地走到她面前，一把拎起她，把她扔到榻上。他以一种霸道的方式用手捂住她的嘴巴，掀起她的长袍，同时用手指摸索着查看自己是否坚挺，接着他猛力进入了她的身体，然后在数十次急速抽动之后完成了他的性爱。"⑤ 虽然两个人有了身体上的亲密接触，但

---

① 多丽丝·莱辛：《三四五区间的联姻》，俞婷译，南京大学出版社，2008，第6页。
② 多丽丝·莱辛：《三四五区间的联姻》，俞婷译，南京大学出版社，2008，第7页。
③ 多丽丝·莱辛：《三四五区间的联姻》，俞婷译，南京大学出版社，2008，第35页。
④ 多丽丝·莱辛：《三四五区间的联姻》，俞婷译，南京大学出版社，2008，第38页。
⑤ 多丽丝·莱辛：《三四五区间的联姻》，俞婷译，南京大学出版社，2008，第45页。

两个人的思想并未有所靠近,爱丽·伊斯也还是穿着来时的那件"藏青色丧服"。

第二次性爱的时候,"吻了她,笨拙得像一个小男孩。他感觉到她的唇充满热情,以令他惊恐的方式回应着他。这些快速而轻柔的亲吻,微妙的滋味,微笑的触摸和放松的情感,那些挑逗和无休止的回应——所有这一切都增添了过多的麻烦,不一会儿,他便把她领到了睡榻上。他不会错失良机,当他抱住她就要进入她的身体时,她的身体开始紧闭着畏避他,仿佛她体内体外的每一个细胞都在抗拒他"①。这一次,虽然爱丽·伊斯对于本恩·艾塔仍是抗拒的,但两个人在尝试着接受对方和理解对方。爱丽·伊斯也脱下那件"藏青色丧服",换上"一件月白色的亚麻长衫,是一个清扫楼阁的女仆落下的"。白色代表着纯洁,表明虽然此时爱丽·伊斯和本恩·艾塔有了肌肤之亲,但她仍想保持思想和内心的纯正性,不受四区思想的影响。这件衣服是一个女仆的衣服,恰说明爱丽·伊斯的身份还保持着三区女王的身份,一个众多普通的劳动者中的一员,而没有进入四区的等级制度、成为他们的皇后。但是,当她被允许从四区回到三区时,她并没有换下这件月白色的长袍,而是穿着她回到家乡,这表明她是带着四区的影响回去的,虽然她想保持思想和身份的纯正性,却不可避免地、潜移默化地受到了浸染。

当她到达三区时,她想起的第一件事便是向当地女性借一件衣服,可见她对自己身份的保持是有充分自觉性的。她借到了这样一条裙子"这是一件深红色的袍子,是她最喜欢的式样,上半身和袖子很贴身,裙摆则十分宽大"②。自中世纪欧洲开始,"任何地位低于贵族的人士都不能购买由珍贵的红色染料如胭脂红制作的服饰"③。可见,红色在欧洲代表着一种等级制度,爱丽·伊斯选择这种颜色的裙子,暗示她的世界在向四区的等级制度敞开。而且,相关研究表明,"女性自始至终都更倾向于把穿着红色服饰或者在红色背景中拍照的男性定义为性感"。可见,红色和性是相关联的,欧洲很多的小说都曾描写过红色和性之间的关系,如霍桑的《红

---

① 多丽丝·莱辛:《三四五区间的联姻》,俞婷译,南京大学出版社,2008,第62~63页。
② 多丽丝·莱辛:《三四五区间的联姻》,俞婷译,南京大学出版社,2008,第79页。
③ 乔安·埃克斯塔特、阿莉尔·埃克斯塔特:《色彩的秘密语言》,史亚娟、张慧琴译,人民邮电出版社,2018,第43页。

字》，海斯特·白兰因为性丑闻而被迫在衣服上绣了一个红色的"A"字，证明她犯了奸淫之罪。在莱辛的这部小说中，爱丽·伊斯选择这件衣服，暗含着一种性的挑逗，外加这件衣服的款式，彰显了上半身的纤细和下半身的丰满。本恩·艾塔见了"这个穿着带挑逗意味的贴身红裙子的女孩，十分合乎他的口味"①。于是，这一次，"那完全的肉体淫乐与这变化而呼应的性爱节奏，是没办法相提并论的。他感觉自己已完全地打开了，不仅仅达到了他从未想象过的生理高潮，更重要的是，享受到了他根本无法期冀的情感体验"②。爱丽·伊斯和本恩·艾塔感受到了彼此情感的交流，向彼此敞开了自己的世界。

紧接着，爱丽·伊斯就换上了本恩·艾塔送给她的四区的衣服，一件"绿色礼服式长袍"③，并且像四区的女子那样把头发盘了起来。可见，她在逐渐接受四区带给她的影响。"每个人都在谈论绿色，不是用言语。而是静静他、就像绿色本身，从内心谈起，正如我们开始为爱而活。——'来自内心的绿'。"绿色，其实代表着一种内心的充盈感，就像一个人感受到了爱那样，爱丽·伊斯选择这件来自四区的绿色衣服，表明她感受到了本恩·艾塔传递给她的爱。然而，绿色也代表着理智的丧失。18世纪开始，欧洲的绿色苦艾酒成为主流社会工人的休闲饮品，19世纪60年代时，法国下午五点甚至被称为"绿色时间"，即大家聚在咖啡厅或者小酒馆里喝苦艾酒的时间。这种酒喝完后会产生迷幻的效果，使人失去理智，很多作家、绘画家都通过喝苦艾酒来激发自己的创造力，所以，在欧洲一提到绿色，便使人想起可以让人产生幻觉的绿色苦艾酒。而爱丽·伊斯选择绿色长袍，暗示她将要面临失去理智，丧失自己原有身份的危险，沉迷在本恩·艾塔温情的性爱中和四区文化的影响中。

当爱丽·伊斯指出，正因为四区将全部人力和物力都用在了战争上，才导致整个四区的贫穷和破败，这都是因为统治者——本恩·艾塔不懂思考和反思，是他的愚蠢导致了这一切。本恩·艾塔听了大为恼火，抬手打了爱丽·伊斯。于是，她换上三区带来的深红色裙子，此时，这个裙子代表了她极度的愤怒，为本恩·艾塔的野蛮，也为自己之前差点丧

---

① 多丽丝·莱辛：《三四五区间的联姻》，俞婷译，南京大学出版社，2008，第91页。
② 多丽丝·莱辛：《三四五区间的联姻》，俞婷译，南京大学出版社，2008，第94页。
③ 多丽丝·莱辛：《三四五区间的联姻》，俞婷译，南京大学出版社，2008，第97页。

失理智的自责。于是，她穿着三区的红裙子，愤怒地离开四区，回到三区。在三区，爱丽·伊斯换上了黄色的裙子，来和众人探讨，本区的动物为什么失去了原来的繁殖能力。黄色向来可以吸引人的注意力，欧洲甚至用"黄色新闻"来指那些吸引人的新闻，在这部小说里，作者通过这个细节是为了指出，三区所要探讨的问题的重要性，而这个问题的焦点就集中在爱丽·伊斯身上。爱丽·伊斯听了供养者的谕令去四区联姻，本想着能够通过联姻和本恩·艾塔生子，解决三区动物失去繁殖能力的问题，但三区的臣民却不理解他们的女王，认为她受到了四区的污染，虽然三区的问题最终解决了，臣民却忘记了她。所以，爱丽·伊斯穿着黄裙子，既突出她所关注问题的严重性，也突出她作为问题焦点的重要性。

当爱丽·伊斯再次从三区回到四区后，她换上了"偏茶色的橙红色"的衣服，把头发编成四区主妇的发辫。橙色代表高高在上的太阳的颜色，这里暗示她已经成为四区等级制度顶端的皇后了。因为，这次她从三区回来后，面对本恩·艾塔，"看到他坐在那儿的一瞬间，在她的身体深处与三区支持她的男人们的某种联结，突然喀嚓一声折断了"① 此时，两个人陷入爱情之后，爱丽·伊斯把自己当成本恩·艾塔的主妇、四区的皇后，与三区原有的身份：女王、妻子、母亲断裂了。当两个人彼此确认了对方的爱情，表达了对彼此的爱意，进行了一次"忘我地做爱"② 后，她穿上了一件"鲜亮的橙色裙子"，此时的爱丽·伊斯，彻底地认同了自己四区皇后的身份，成为四区的太阳，也使这段联姻达到了完满的状态，为这段婚姻注入了阳光。

在爱丽·伊斯认同了四区皇后的身份后，她换上黛比——本恩·艾塔指挥官的妻子，给她的明黄色裙子，这说明爱丽·伊斯进一步认同了自己作为本恩·艾塔妻子的第四区妇女的身份，以及作为本恩·艾塔的臣民的身份，认同了四区妇女的文化。所以，才有了她和本恩·艾塔一同参观他的国家、一起阅兵的场景，也有了她和四区妇女们一起聆听四区历史歌谣的场景。明黄色表明她在目前的婚姻中感到心情明朗、欢快，能够理解并认同她的丈夫所代表的文化。爱丽·伊斯的三区本来是没有

---

① 多丽丝·莱辛：《三四五区间的联姻》，俞婷译，南京大学出版社，2008，第127页。
② 多丽丝·莱辛：《三四五区间的联姻》，俞婷译，南京大学出版社，2008，第134页。

军队的，她此时却和本恩·艾塔去检阅军队；爱丽·伊斯所在的三区，人们和动物是朋友，马是不被套上笼头和马鞍的，她此时骑的马却套着笼头和马鞍，她甚至骑着这样的马去检阅军队而毫不在意。

在接下来很长一段时间里，两个人赤身裸体地待在只有他们俩的房间里，"这段时间里，他们大部分时间都赤身裸体，因为他们的身体已经变得如此丰富而有表现力，当他们赤裸地在一起的时候，已与身着衣衫无异"①。此时的两个人是完全没有隔阂的坦诚相待，去除身体上的装饰，剩下的是身体与身体之间最本真的、最丰富的交流。此时的两个人彼此相互认同，以敞开的姿态把自己展现在对方面前，接纳对方的思想和文化。这为后来两个区相互敞开、相互影响打下了基础。

当不得不面对他人时，爱丽·伊斯穿上"一件玫瑰色的袍子，裁剪得很合身，勾勒出怀有身孕的她那柔和的线条"②。这一次，爱丽·伊斯不再是一位高高在上的女王，而是充满了女性的光辉，玫瑰色的袍子勾勒出身体的线条，充分展现爱丽·伊斯女性柔美的一面，对她来说，她现在只是本恩·艾塔的妻子，她是从心底里认同了这个身份。

后来，当她去参加四区女人们唱诵歌谣的集会时，她换上"一条绣满彩色花卉图案的白色羊毛裙子"③，白色裙子上满满的彩色花卉，象征着成群的女性结成了一个统一体，形成了对同一女性群体身份的认同感和归属感。事实也确实如此，她们定期集结举办集会，向男人们保密，一起讨论女性私密的话题，选择隐秘的据点。爱丽·伊斯参加这个集会，证明她认同了这个群体的身份，获得了归属感。也正是这个集会让四区的女性认同了爱丽·伊斯作为女性群体的首领身份。于是，在丈夫本恩·艾塔及其带领的男性和四区全体女性的认同下，她穿上一件"金色"华美的衣服，"做出这个选择是有技巧的，因为这个选择和她，或和他都没有关系，只是因为她是这个国家的皇后"④。在这里，爱丽·伊斯真正的成为四区的皇后，既有自己对皇后身份的认同，也有他人对她

---

① 多丽丝·莱辛：《三四五区间的联姻》，俞婷译，南京大学出版社，2008，第178~179页。
② 多丽丝·莱辛：《三四五区间的联姻》，俞婷译，南京大学出版社，2008，第181页。
③ 多丽丝·莱辛：《三四五区间的联姻》，俞婷译，南京大学出版社，2008，第187页。
④ 多丽丝·莱辛：《三四五区间的联姻》，俞婷译，南京大学出版社，2008，第204页。

的确认。也因此,她再次回到三区时,三区已经不再接纳她、并且忘记了她,由此,她也失去了三区女王的身份。

可见,这部小说通过女主人公服饰的变化,展现了她身份的变化和多重性,推动小说情节的不断深化,为女主人公身份的认同提供至关重要的线索。

二 饮食与身份等级

食物从来都不是单纯的自然产物,而具有一定的文化意义,甚至具有区分阶层的功能。就糖来说,在 17 至 18 世纪的欧洲,糖还是宫廷、贵族们的专属,这个时期由于蔗糖产量较少,因而价格昂贵,普通人支付不起,所以,在王室的聚会、仪式、外交中,糖以各种形式充当重要角色,在这个时期,糖具有区分社会阶层的作用。然而,到了 19 世纪,在乔治·波特(George Porter)的领导和抗争之下,英国市场开始获得廉价的糖,糖从此在普通百姓的家里成为日常,"这个国家长期以来的习惯便已使得几乎所有阶层的人士都在日常生活中食用它,在欧洲也没有哪国的人能到这样的程度"[1]。从莱辛的小说中也可以看出,在英国普通百姓的日常生活中,糖是多么的常见,包括奶油蛋糕、面包、布丁、果酱、咖啡、甚至炖肉当中都需要糖,即使是那些社会底层、最为贫困的人,也主要以面包和布丁为生,所以糖在不同时代的功用是不一样的。

多数食物是分阶级的,《简·萨默斯日记Ⅰ:好邻居日记》中提到,社会的底层——老太太莫迪,吃的是人造奶油蛋糕、饼干和不太浓的茶,而她去到中产阶级的姐姐家里吃的则是:"老式的蔬菜盘,里面盛着油腻腻的烤土豆、水汪汪的白菜、烂乎乎的防风。桌上有一盘烤得不错的牛肉。我们传递着山葵汁、番茄酱,还有一个银调味瓶,那大小都够一家酒店用——或者够这样的家庭聚会用。我们吃了炖李子,李子是自己花园里摘的,腌在瓶子里。我们还吃了很好的板油布丁,蓬松生脆,抹了果酱。我们一杯一杯地喝牛奶浓茶。中年人聊他们的蔬菜园,谈如何腌渍、冷冻他们种出来的东西。年轻人聊旅游时吃过的比萨和外国食品"。

---

[1] 西敏司:《甜与权利:糖在近代历史上的地位》,王超、朱健刚译,商务印书馆,2010,第 172 页。

可见食物的种类是丰富的,不仅有蔬菜;还有牛肉;并配有多样的调味料,如山葵汁、番茄酱、调味瓶;还有牛奶浓茶。而莫迪一类人吃的只有充饥的那几样,而且奶油是人造的,不利于健康,茶也并没有加牛奶,也不是浓茶,是寡淡的那种。所以,莫迪和她的姐姐虽然是姐妹,莫迪瘦小的缩成黑乎乎的一团,胳膊和腿都只剩下骨头,而她的姐姐则胖得衣服都裹在了身上。正因为如此,欧洲历史上,在日常的食物充足以前,是以胖为美的,胖能够充分证明自家食物的充足和多样性,证明自己有钱且地位高贵。后来食物供应充足,廉价食物的市场被打开,使食物不再是有钱人的专属,上层社会开始转向以瘦为美,通过节食来体现自身对于食物的自律性和节制性,以此来体现自己的高贵。所以,同样在这部小说中,主人公——成功的女性简娜,她不会吃这样过于丰富的食物,当然也不会吃莫迪吃的那种廉价食物,而是会选择更健康、更低脂肪的食物——全麦面包,以此来保持自己身材的苗条和紧致,由此才能配得上自己副主编的衣服和身份。

《浮世畸零者》中,班是一个不同于常人的畸形儿,身形无比巨大,力量也非普通人所能企及,性格非常直率,被包括他父母在内的所有人都视为非人类。班最喜欢吃的不是一般人喜欢的面包,他最喜欢吃的是生肉,他可以当场活剥一只鸽子吃掉。吃熟肉可以说是文明的象征,用火烤熟生肉是人类文明进步的有利明证,而班的饮食习惯恰恰说明这个人并不属于文明社会,而是未进化完全的非文明物种,这种饮食习惯被其他人视为野蛮,因此班也不被这个社会所接纳,走到哪里都会遇见好奇的目光,走到哪里都会遇见所谓文明人的欺骗和陷阱。这也是最终导致他因始终不被社会接纳、找不到自己的同类而选择跳崖自杀的原因。作者正是通过人物对食物的喜好,塑造了人物的身份。

可见,小说中的食物是有等级之分的,因而拥有并食用了不同等级食物的身体,也被划分了等级,诸如食物紧缺时的肥胖身材就能够彰显人物的高贵身份。所以,食物透过身体的表征不仅能够显示人物的阶级属性,且能够帮助塑造阶级属性所要求的人物身份的特征。

三 毒品与身份僵局

《浮世畸零者》中的德蕾莎来自巴西东北部一个贫穷的小村庄,因为连年的干旱，逃荒到里约。到了里约，德蕾莎一家依然不能维持温饱，于是她的父母逼迫她出去做妓女养活全家人。德蕾莎有两个弟弟，一个14岁，一个12岁，都加入了横行街头的少年帮派，不仅吸毒，而且靠偷窃过日子。

相对于主流社会，这两个加入街头帮派的少年属于边缘身份群体，他们的标志就是抢劫、偷窃、打架斗殴、吸毒。

就吸毒来说，由于出身贫民窟，勤劳节俭、艰苦奋斗的生活甚至不能解决基本的温饱问题，连居住的地方都是由塑料布搭建而成，这就使这些少年抛弃了勤俭节约、艰苦奋斗的传统，以愤世嫉俗的方式叛逆着原有的赤贫身份。他们没有什么真正的信仰和价值，秉承着一种犬儒主义的生活态度，"现代犬儒主义的彻底不相信表现在，它甚至不相信还能有什么办法改变它所不相信的那个世界。犬儒主义有玩世不恭、愤世嫉俗的一面，也有委曲求全、接受现实的一面，它把对现有秩序的不满转化为一种不拒绝的理解，一种不反抗的清醒和一种不认同的接受"①。他们看似反抗现实的吸毒行为其实是安于现状、不思进取的行为，因为吸毒不仅影响他们今后的个人发展，他们还会不停地向已经赤贫的家庭榨取更多的钱，对于改变现状毫无作用，反而造成了身份的僵局。

就青少年来说，他们相对于主流的成年人社会，本来就处于边缘地位。而且，莱辛小说中的这些青少年，他们本身赤贫的社会经济地位，成了相对于边缘群体的更为边缘的群体，再加之他们以吸毒作为自身的标识，使得他们离主流群体越来越远，也对主流群体采取不合作的态度。青少年对于主体文化来说，是呈现质疑、反叛和背离的，这种表现是非常明显的。就他们的年龄特征来说，与主流文化有一定的一致性，即面向未来的积极性方面是一致的，然而，这种积极性并不是青少年这种亚文化群体的全部特征。青少年特殊的社会政治经济地位使得他们有着不同于主流文化的本质和特征。他们所呈现出的边缘群体的特征，一方面是由于社会人格的二重性决定的，心理和生理的成熟相较于社会性的不成熟而言；另一方面，从社会机制来说，主体文化对于青少年来说呈现限制的状态，以至于他们

---

① 陶东风：《大话文学与消费文化语境中经典的命运》，《天津社会科学》2005年第3期。

很少有机会进行社会管理以及社会决策。① 莱辛小说中塑造的吸毒人物都是未成年的少年,其意在指出,这些属于边缘群体的少年相对于赤贫的成年人来说,和主流社会、主流群体是保持一定距离的,也是试图以自己的方式反抗主流社会的。

其原因在于,处于边缘地位的青少年,因为缺少话语权和自决权而试图通过吸毒——这种叛逆方式打破失声的状态,获得社会的关注。当主流社会反对吸毒时,他们以吸毒这种仪式来与主流社会相抗衡,试图从边缘地位发出自己的声音,使自己的边缘身份得以由隐形到显性。而且,吸毒带来的迷幻感,为处于边缘地位的青少年提供了一种心理归属感,弥合了他与家庭、与主流社会之间的隔阂,在一定程度上摆脱了孤单和寂寞的心情以及不被理解的心境,成为情感寄托的对象,吸毒由此成为一种替代性的满足。再者,吸毒成为这些少年帮派群体的标志,使他们通过吸毒彼此确认为同一个团体,以获得一种身份的归属感,而不是被家庭、被主流社会放逐的状态。

然而,可以看出,通过吸毒获得的关注是外在的关注,通过吸毒获得的身份认同是表面的认同,他们缺乏共同的意识形态和价值信仰,缺乏一种内在性的文化精神认同。所以,可以说,他们的这种抵抗是一种仪式性的抵抗,因为,他们并没有试图颠覆现有的社会结构,也并未以主动的姿态争取自己身份的合法性,因而,青少年的这种反抗不过是一种消极的防御,不过是自己团体内部的自得其乐。他们通过吸毒所进行的反抗并未打破原有的身份僵局,反而是一种自我放逐的堕落行为。

这部小说中除了青少年的吸毒问题,还谈到了社会边缘群体的贩毒情况。其中"超级宇宙出租车行"的老板詹士顿,出身贫寒,年少时因为行窃、抢劫多次坐牢,成年后通过钻法律空子来追求金钱。他试图通过贩卖毒品获得高额利润来打破现有的身份僵局,他贩毒赚到钱后,并不心甘情愿只做一个有钱人,而是通过买了一个"贵族"的头衔,并且开了一个高档的出租车行,突破过原有的阶级,成为上层阶级的人。可见,詹士顿在试图通过自己的努力打破身份的僵局,实现身份的流动。

---

① 陆士桢:《从青少年亚文化看当代中国青少年社会适应问题》,《青年研究》1995年第6期。

可以说，他这是边缘个体反抗主流社会的成功范例，但这种剑走偏锋的方式并不能成为可以模仿的范本，他所做的也并非是在为底层群体谋取出路，也并未从根本上反抗社会结构，而不过是为了追求私利而附带了反抗性的意味，所以，很难说他真正打破了身份的僵局。

20世纪60年代的英国，由于二战导致的主流文化的被质疑，使战后新的文化观念层出不穷，文化解放运动频发，外加大众文化和消费文化的兴起，使传统的社会制度和道德观念被嘲讽，青年亚文化就在这个时期兴起并且盛行于英国。就伯明翰学派界定的青年亚文化来说，亚文化青年群体是具有抵抗性的，其相对于主流的文化是具有异端和越轨倾向的；其次，具有风格化，有属于自己群体风格的抵抗方式；再次，具有边缘性，亚文化青年群体是处于边缘和弱势群体位置的。莱辛小说中的青少年群体正属于亚文化青年群体，然而，他们所采取的抵抗方式却具有"负文化"的倾向，"负文化"相对于"亚文化"来说，其特点是彻底放弃了价值及放弃价值后呈现一种绝望状态。但莱辛笔下的亚文化青少年群体的吸毒和贩毒并不是一种失去价值后的绝望状态，而是将吸毒作为一种仪式来抵抗主流社会，虽然他们选错了方向，其吸毒和贩毒的抵抗行为并没有真正的价值和意义，但却是误入歧途的孩子们慌不择路的主动选择。莱辛通过书写吸毒和贩毒来反思社会的弊端，诸如人民赤贫而无力抚养孩子，父母婚姻不稳定造成孩子无家可归，没有相应的社会机构和社会制度来接纳无家可归的孩子，等等，从而造成这个边缘身份群体的存在，这些孩子并没有放弃意义和价值的追求，但社会却不曾给他们应有的关注和福利，这是莱辛透过亚文化青年群体的生存现状，对英国社会做出的反思和批判。

本章小结

莱辛没有止步于对社会刻板身份印象的反叛，而是进一步向前探索，探索身份的多种可能性。

生命身体通过性的交流习得了不同身份的文化，通过死亡维护了不被社会所容的身份可能性，这都是生命身体对身份多种可能性的探索。不仅生命身体，符号化的身体，通过符码，即服饰、饮食、毒品等来表征自己的身份，试图通过符码的改变或占有，从现有身份转移到符码所代表的另一身份当中，以此来探索身份的多种可能性。而作为权利话语场域的身体，尤其是边缘身体，由于失去了话语的主动权，使身体只能够被言说，因而，这样的身体受压迫性是最强的，甚至没有属于自己的话语去改写自己的身份，只能听凭权力话语对之任意涂抹，这样的身体被抹杀了反思的可能性，使身份探索的余地微乎其微。这是身份探索一个需要被突破的界限。

结　语

　　多丽丝·莱辛出生在非洲，成年后才回到英国。在非洲时，因为她是英国人，所以无法真正融入非洲文化；由于她属于家庭不太富裕的英国人，所以在非洲的英国人中间，也没有多少归属感；她成年后回到英国，由于从小深受非洲文化的浸染，又与英国的本土文化身份有着一种疏离感。正是这种身份的复杂性，使莱辛对自身的身份归属问题时常感到迷茫，却也因此开启了她对自身身份归属的探索。然而，她所面临的身份困境不仅仅是个例，那些和她一样生长于非洲的英国贫苦白人们，面临着和她同样的身份困境。再进一步说，随着全球化进程的不断深入，一方面导致移民成为一种全球化现象，身份问题已经成为当下人类面临的一个共同处境；另一方面导致强势文化对于弱势文化的霸权，这使得为边缘和弱势文化身份发声，成为一个作家的社会责任感。基于对自身乃至全人类身份问题的观照，她在自己的创作中，对不同类型的身份问题都予以了关注，并通过身份书写策略，使边缘身份的不公待遇被呈现出来，以此来为边缘身份谋求平等和尊严。

　　这也是多丽丝·莱辛小说创作的独特处之一。首先，一些小说家在关注和处理身份问题的时候，多是注重书写身份确定存在的困境，或者由于身份的不确定导致的归属感的缺失，而较少有人关注边缘身份的生存状态。莱辛不仅关注男性社会中女性身份的境遇；也关注科技话语围堵之下的另类身份的处境；也关注面对英国强势的移民者们，黑人身份的失落；还关注处在生命边缘的老年人身份的失语状态，等等。这些边缘的文化身份，有的因为没有强大的文化身份作为支撑而被逼到了社会的角落里；有的因为社会刻板身份观念的强大而被禁锢在身份之中，无比失落。可以说，作者莱辛秉承着自己的社会责任，将边缘身份的处境呈现出来，这可以说是她超越其他书写身份的作家的地方。其次，相对于其他书写身份的作家，莱辛更具有策略上的自觉，这与莱辛的创作观念直接相关，莱辛倾向于尝试新的形式和创作方法，这应该是一种艺的自觉，以多种策略来呈现身份问题，为身份的书写开辟更广阔的空间。

虽然莱辛对身份问题的关注角度和呈现身份问题的策略处理上都有自己的独特之处，也是她的小说创作值得称赞的地方。然而，她在创作中也存在一些问题：首先，作为一位女性作家，虽然对男权社会中的女性身份有所关注，也力图为这一身份遇到的不公处境发声，但是，她自身并没能摆脱社会刻板身份观念的影响。比如对成功女性的塑造，从身体到服饰再到配饰，都要符合社会对成功女性身份的要求，而且，莱辛小说中的女性对社会的这种要求并没有觉得有何不妥之处，也没有进行任何思考和反思，反而是按照这一刻板印象来修饰自己。莱辛笔下的成功女性就是按照社会刻板身份观念建构起来的，因而，莱辛并没能够彻底摆脱这种观念的束缚。其次，莱辛在对身份去本质化和保存多样性的策略探索上，选取了较为极端化的策略，诸如死亡、毒品等。通过死亡和毒品等策略，来反叛身份中那些被本质化和被固定化下来的东西，以此来反对强势文化对这些边缘身份的强权，但莱辛对于这种策略的探索不应该止步于这些较为极端的方式，而是应该探索出更多可供操作的策略。

总的来说，莱辛的创作中还有一些无法超越时代的局限性，但是，她对于身份书写的诸多策略的探索是具有独特性的，也是值得肯定的。

参考文献

一 多丽丝·莱辛的作品

1. 英文版

[1] Doris Lessing. In Pursuit of the English. New York: Simon and Schuster, 1961.

[2] Doris Lessing. A Proper Marriage. London: Fourth Estate, 2010.

[3] Doris Lessing. A Ripple from the Storm. New York: HarperCollins Publishers, 1995.

[4] Doris Lessing. Martha Quest. New York: Perennial, 2001.

[5] Doris Lessing. Landlocked. New York: HarperCollins Publishers, 2009.

[6] Doris Lessing. The Golden Notebook. London: Fourth Estate, 2007.

[7] Doris Lessing. The Memoirs of A Survivor. New York: Vintage Books, 1988.

[8] Doris Lessing. The Four-Gated City. New York: HarperCollins Publishers, 2010.

[9] Doris Lessing. The Grass Is Singing. London: Fourth Estate, 2012.

[10] Doris Lessing. The Habit of Loving. London: A Panther Book, 1966.

[11] Doris Lessing. The Summer Before the Dark. New York: Vintage Books, 2009.

[12] Doris Lessing. Stories. New York: Vintage Books, 1980.

[13] Doris Lessing. Shikasta: Re, Colonised Planet 5. New York: Vintage Books, 1979.

[14] Doris Lessing. The marriages between zones three, four, and five. London: Jonathan Cape, 1980.

[15] Doris Lessing. The Sirian Experiments. New York: Alfred A. Knopf, 1981.

[16] Doris Lessing. Briefing for a Descent into Hell. New York: Vintage Books, 1981.

[17] Doris Lessing. The Making of the Representative for Planet 8. New York: Alfred A. Knopf, 1982.

[18] Doris Lessing. Documents Relating to the Sentimental Agents in the Volyen Empire. New York: Alfred A. Knopf, 1983.

[19] Doris Lessing. The Good Terrorist. New York: Vintage Books, 1985.

[20] Doris Lessing. The Fifth Child. New York: Vintage Books, 1989.

[21] Doris Lessing. African Laughter: Four Visits to Zimbabwe. New York: Harper Collins Publishers, 2009.

[22] Doris Lessing. The Real Thing. London: Harper Perennial, 1992.

[23] Doris Lessing. Under My Skin. New York: Harper Perennial, 1995.

[24] Doris Lessing. Walking in the Shade. New York: Harper Perennial, 1998.

[25] Doris Lessing. Love Again. New York: Harper Perennial, 1997.

[26] Doris Lessing. Mara and Dann: An Adventure. New York: Harper Perennial, 2000.

[27] Doris Lessing. Ben, in the World. New York: Harper Perennial, 2001.

[28] Doris Lessing. The Diaries of Jane Somers. London: Fourth Estate, 2012.

[29] Doris Lessing. The Temptation of Jack Orkney. New York: Harper Press, 2012.

[30] Doris Lessing. To Room Nineteen. London: Flamingo, 2002.

[31] Doris Lessing. This was the Old Chief's Country. London: Flamingo, 2003.

[32] Doris Lessing. The Sweetest Dream. New York: Harper Perennial, 2003.

[33] Doris Lessing. The Cleft. New York: Harper Perennial, 2008.

[34] Doris Lessing. Alfred and Emily. New York: HarperCollins Publishers, 2008.

2. 中文版

［1］多丽丝·莱辛：《金色笔记》，陈才宇、刘新民译，译林出版社，2000。

［2］多丽丝·莱辛：《另外那个女人》，傅惟慈等译，浙江文艺出版社，2003。

［3］多丽丝·莱辛：《玛拉和丹恩历险记》，苗争芝、陈颖译，译林出版社，2007。

［4］多丽丝·莱辛：《又来了，爱情》，瞿世镜、杨晴译，上海译文出版社，2007。

［5］多丽丝·莱辛：《野草在歌唱》，一蕾译，译林出版社，2008。

［6］多丽丝·莱辛：《三四五区间的联姻》，俞婷译，南京大学出版社，2008。

［7］多丽丝·莱辛：《影中漫步》，朱凤余等译，陕西师范大学出版社，2008。

［8］多丽丝·莱辛：《风暴的余波》，仲召明译，南京大学出版社，2008。

［9］多丽丝·莱辛：《壅域之中》，王雪飞译，南京大学出版社，2008。

［10］多丽丝·莱辛：《裂缝》，朱丽田、吴兰香译，南京大学出版社，2008。

［11］多丽丝·莱辛：《浮世畸零者》，朱恩伶译，南京大学出版社，2008。

［12］多丽丝·莱辛：《玛莎·奎斯特》，郑冉然译，南京大学出版社，2008。

［13］多丽丝·莱辛：《这原是老酋长的国度：非洲故事一集》，陈星译，南京大学出版社，2008。

［14］多丽丝·莱辛：《抟日记：非洲故事二集》，范浩译，南京大学出版社，2008。

［15］多丽丝·莱辛：《非洲的笑声》，叶肖等译，南京大学出版社，2009。

［16］多丽丝·莱辛：《天黑前的夏天》，邱益鸿译，南海出版公司，2009。

[17] 多丽丝·莱辛:《幸存者回忆录》,朱子仪译,南海出版社,2009。

[18] 多丽丝·莱辛:《时光噬痕:观点与评论》,龙飞译,作家出版社,2010。

[19] 多丽丝·莱辛:《好人恐怖分子》,王睿译,作家出版社,2010。

[20] 多丽丝·莱辛:《特别的猫》,彭倩文译,浙江文艺出版社,2011。

[21] 多丽丝·莱辛:《猫咪物语》,刘昱君、万泽、刘丽娜译,国防工业出版社,2011。

[22] 多丽丝·莱辛:《祖母》,周小进译,上海译文出版社,2012。

[23] 多丽丝·莱辛:《我的父亲母亲》,匡咏梅译,南海出版公司,2013。

[24] 多丽丝·莱辛:《简·萨默斯日记Ⅰ:好邻居日记》,陈星译,译林出版社,2016。

[25] 多丽丝·莱辛:《简·萨默斯日记Ⅱ:岁月无情》,赖小蝉译,译林出版社,2016。

[26] 多丽丝·莱辛:《刻骨铭心:莱辛自传:1919-1949》,宝静雅译,北京联合出版公司出版,2016。

二 关于多丽丝·莱辛的论著

1. 英语论著

[1] Dorothy Brewster. Doris Lessing. New York: Twayne Publishers, Inc, 1965.

[2] Annis Pratt & L. S. Dembo eds. Doris Lessing: Critical Studies. Wisconsin: University of Wisconsin Press, 1974.

[3] Roberta Rubenstein. The Novelistic Vision of Doris Lessing: Breaking the Forms of Consciousness. Urhana: University of Illinois Press, 1979.

[4] Jenny Taylor. Notebooks/memoirs/archives: Reading and Rereading Doris Lessing. Boston: Routledge & Kegan Paul Ltd, 1982.

[5] Lorna Sage. Doris Lessing. London: Methuen, 1983.

[6] Mona Knapp. Doris Lessing. New York: Frederick Ungar Publishing,

1984.

[7] Katherine Fishburn. The Unexpected Universe of Doris Lessing: A Study in Narrative Techniques. London: Greenwood Press, 1985.

[8] Virginia Tiger & Claire Sprague eds. Critical Essays on Doris Lessing. Boston: G. K. Hall, 1986.

[9] Harold Bloom. Doris Lessing. New York: Chelsea House Publishers. 2003.

[10] Shirley Budhos. The Theme of Enclosure in Selected Works of Doris Lessing. New York: Whitston Publishing Company, 1987.

[11] Claire Sprague. Rereading Doris Lessing: Narrative Patterns of Doubling and Repetition. Chapel Hill: The University of North Carolina Press, 1987.

[12] Ruth Whittaker. Doris Lessing. New York: St. Martin's Press, 1988.

[13] Sandra M. Gilbert & Susan Gubar eds. No Man's Land. New Haven: Yale University Press, 1987.

[14] Jeannette King. Doris Lessing (Modern Fiction). London: Edward Arnold, 1989.

[15] Jean Pickering. Understanding Doris Lessing. Columbia, S. C.: University of South Carolina Press, 1990.

[16] Claire Sprague ed. In Pursuit of Doris Lessing: Nine Nations Reading. London: Palgrave Macmillan, 1990.

[17] Shadia S. Fahim. Doris Lessing: Sufi Equilibrium and the Form of the Novel. New York: St. Martin's Press, 1994.

[18] Gayle Greene. Doris Lessing: The Poetics of Change. Ann Arbor: The University of Michigan Press, 1994.

[19] Elizabeth Maslen. Doris Lessing. Plymouth: Northcote House Publishers Ltd, 1994.

[20] Margaret Moan Rowe. Doris Lessing. London: Macmillan Press, 1994.

[21] Ruth Saxton & Jean Tobin eds. Woolf and Lessing: Breaking the Mold. New York: St. Martin's Press, 1994.

[22] Müge Galin. Between East and West: Sufism in the Novels of Doris

Lessing. New York: The State University of New York Press, 1997.

[23] Phyllis Sternberg Perrakis ed. Spiritual Exploration in the Works of Doris Lessing. Connecticut: Greenwood Press, 1999.

[24] Carole Klein. Doris Lessing: A Biography. New York: Carroll & Graf Pub, 2000.

[25] David Waterman. Identity in Doris Lessing's Space Fiction. New York: Cambria Press, 2006.

[26] Alice Ridout & Susan Watkins eds. Doris Lessing: Border Crossings. London: Continuum International Publishing Group, 2011.

[27] Elaine Showalter. A Literature of Their Own: British Women Novelists from Bronte to Lessing. Beijing: Foreign Language and Research Press, 2004.

[28] 陈璟霞:《Doris Lessing's Colonial Ambiguities: A Study of Colonial Tropes In Her Works（多丽斯·莱辛的殖民模糊性：对莱辛作品中的殖民比喻的研究）》，中国人民大学出版，2007。

[29] 王丽丽:《多丽丝·莱辛的艺术和哲学思想研究：A Study of Doris Lessing's art and philosophy Study of Doris Lessing's art and philosophy》，社会科学文献出版社，2007。

[30] N. Sharda Iyer. Doris Lessing: A Writer with a Difference. New Delhi: Adhyayan Publishers & Distributors, 2008.

[31] 蒋花:《压抑的自我，异化的人生——多丽斯·莱辛非洲小说研究》，上海外语教育出版社，2009。

[32] 邱枫:《多丽丝·莱辛小说中的女性话语建构：规训与抵抗》，南开大学出版社，2015。

[33] 姜仁凤:《空间与自我——多丽丝·莱辛小说研究》（英文版），上海交通大学出版社，2017。

2. 中文论著

[1] 肖庆华:《都市空间与文学空间——多丽丝·莱辛小说研究》，四川辞书出版社，2008。

[2] 胡勤:《审视分裂的文明：多丽丝·莱辛小说艺术研究》，广西师范大学出版社，2012。

[3] 陶淑琴:《后殖民时代的殖民主义书写：多丽丝·莱辛"太空

小说"研究》,中国社会科学出版社,2013。

[4] 王丽丽:《多丽丝·莱辛研究》,社会科学文献出版社,2014。

[5] 王群:《多丽丝·莱辛非洲小说和太空小说叙事伦理研究》,华中师范大学出版社,2015。

[6] 卡罗来·克莱因:《多丽丝·莱辛传》,刘雪岚、陈玉洪译,江苏人民出版社,2017。

三 相关论著

1. 相关英文论著

[1] Frantz Fanon. Black Skin, White Masks. Trans by Charles Lam Markmann. London: Pluto, 1986.

[2] Luce Irigaray. This Sex Which Is Not One. Trans by Catherine Porter & Carolyn Burke. New York: Cornell University Press, 1985.

[3] Mary Lynn Broe & Angela Ingram eds. Women's Writing in Exile. Chapel Hill: University Of North Carolina Press, 1989.

[4] Sarah Harasym ed. The Post-Colonial Critic: Interviews, Strategies, Dialogues-Spivak, Gayatri Chakravorty. New York: Routledge, 1990.

[5] Kenneth J. Gergen. The Saturated Self: Dilemmas of Identity in Contemporary Life. New York: Basic Book, 1991.

[6] Alison M. Jaggar & Paula S. Rothenberg eds. Feminist Frameworks: Alternative Theoretical Accounts of the Relations Between Women and Men. 3rd ed. New York: McGraw-Hill, 1993.

[7] Patrick Williams & Laura Chrisman eds. Colonial Discourse and Postcolonial Theory: A Reader. New York: Routledge, 2013.

[8] Stuart Hall & Paul Du Gay eds. Questions of Cultural Identity. London: Sage Publication, 1996.

[9] James D. Faubion ed. Michel Foucault: Power. New York: The New Press, 2000.

[10] Ann Weatherall. Gender, Language, and Discourse. Hove: Routledge Inc, 2002.

[11] Patricia M. Goff & Kevin C. Dunn eds. Identity and Global Politics:

Empirical and Theoretical Elaborations. New York: Palgrave Macmillan, 2004.

[12] Malcolm Bradbury. The Modern British Novel. London: Penguin Books, 1994.

[13] Danielle Russell. Between the Angle and the Curve: Mapping Gender, Race, Space and Identity in Willa Cather and Toni Morrison. New York & London: Routledge, 2006.

[14] Mary Ellen Snodgrass. Encyclopedia of Feminist Literature. New York: Facts On File, Inc. An imprint of Infobase Publishing, 2006.

[15] Bill Ashcroft & Gareth Griffiths & Helen Tiffin. Post-Colonial Studies: The Key Concepts 2nd ed. London Routledge, 2007.

[16] Radhika Mohanram. Imperial White: Race, Diaspora, and the British Empire. Minneapolis: University of Minnesota Press, 2007.

[17] Gill Plain & Susan Sellers eds. A History of Feminist Literary Criticism. Cambridge: Cambridge University Press, 2007.

[18] Peter J. Burke & Jan E. Stets. Identity Theory. Oxford: Oxford University Press, 2009.

2. 相关中文译著

[1] W. C. 布斯:《小说修辞学》,华明、胡苏晓、周宪译,北京大学出版社,1987。

[2] 贝蒂·弗里丹:《女性的奥秘》,程锡麟等译,四川人民出版社,1988。

[3] 贝蒂·弗里丹:《女性的困惑》,陶铁柱译,黑龙江教育出版社,1988。

[4] 西蒙娜·德·波伏娃:《第二性》,陶铁柱译,中国书籍出版社,1998。

[5] 玛丽·伊格尔顿编:《女权主义文学理论》,胡敏等译,湖南文艺出版社,1989。

[6] 热拉尔·热奈特:《新叙事话语》,王文融译,中国社会科学出版社,1990。

[7] 雷蒙·威廉斯:《文化与社会》,吴松江、张文定译,北京大学出版社,1991。

[8] 陶丽·莫伊：《性与文本的政治——女权主义文学理论》，林建法、赵拓、李黎译，时代文艺出版社，1992。

[9] 米歇·傅柯：《知识的考掘》，王德威译，麦田出版有限公司，1993。

[10] R. D. 莱恩：《分裂的自我》，林和生、侯东民译，贵州人民出版社，1994。

[11] 米克·巴尔：《叙述学：叙事理论导论》，谭君强译，中国社会科学出版社，1995。

[12] 阿莱霍·卡彭铁尔：《小说是一种需要》，陈众议译，云南人民出版社，1995。

[13] 戴维·洛奇：《小说的艺术》，王峻岩等译，作家出版社，1998。

[14] 艾勒克·博埃默：《殖民与后殖民文学》，盛宁、韩敏中译，辽宁教育出版社，1998。

[15] 米歇尔·福柯：《规训与惩罚：监狱的诞生》，刘北城、杨远婴译，生活·读书·新知三联书店，1999。

[16] 爱德华·W. 萨义德：《东方学》，王宇根译，生活·读书·新知三联书店，1999。

[17] 爱德华·W. 赛义德：《赛义德自选集》，谢少波、韩刚等译，中国社会科学出版社，1999。

[18] 拉曼·塞尔登：《文学批评理论——从柏拉图到现在》，刘象愚等译，北京大学出版社，2000。

[19] 布莱恩·特纳：《身体与社会》，马海良、赵国新译，春风文艺出版社，2000。

[20] 凯特·米利特：《性政治》，宋文伟译，江苏人民出版社，2000。

[21] 贝尔·胡克斯：《女权主义理论：从边缘到中心》，晓征、平林译，江苏人民出版社，2001。

[22] 戴维·莫利、凯文·罗宾斯：《认同的空间：全球媒介、电子世界景观与文化边界》，司艳译，南京大学出版社，2001。

[23] 苏珊·S. 兰瑟：《虚构的权威——女性作家与叙述声音》，黄必康译，北京大学出版社，2002。

[24] 爱德华·W. 萨义德：《知识分子论》，单德兴译，生活·读书·新知三联书店，2002。

[25] J. 丹纳赫、T. 斯奇拉托、J. 韦伯：《理解福柯》，刘瑾译，百花文艺出版社，2002。

[26] J. M. 布劳特著《殖民者的世界模式：地理传播主义和欧洲中心主义史观》，谭荣根译，社会科学文献出版社，2002。

[27] 斯图亚特·霍尔：《表征——文化表象与意指实践》，徐亮、陆兴华译，商务印书馆，2003。

[28] 莫里斯·布朗肖：《文学空间》，顾嘉琛译，商务印书馆，2003。

[29] 约瑟芬·多诺万：《女权主义的知识分子传统》，赵育春译，江苏人民出版社，2003。

[30] 詹姆斯·费伦：《作为修辞的叙事：技巧、读者、伦理、意识形态》，陈永国译，北京大学出版社，2002。

[31] 马克·柯里：《后现代叙事理论》，宁一中译，北京大学出版社，2003。

[32] 爱德华·W. 萨义德：《文化与帝国主义》，李琨译，生活·读书·新知三联书店，2003。

[33] 戴卫·赫尔曼主编《新叙事学》，马海良译，北京大学出版社，2002。

[34] 爱德华·W. 萨义德：《格格不入：萨义德回忆录》，彭淮栋译，生活·读书·新知三联书店，2004。

[35] 杰美茵·格雷尔：《女太监》，武奇译，内蒙古人民出版社、内蒙古大学出版社，2004。

[36] 彼得·布鲁克斯：《身体活：现代叙述中的欲望对象》，朱生坚译，新星出版社，2005。

[37] 简·盖洛普：《通过身体思考》，杨莉馨译，江苏人民出版社，2005。

[38] 雷蒙·威廉斯：《关键词：文化与社会的词汇》，刘建基译，生活·读书·新知三联书店，2005。

[39] 乔治·拉伦：《意识形态与文化身份：现代性和第三世界的在场》，戴从容译，上海教育出版社，2005。

［40］米歇尔·福柯：《性经验史》，余碧平译，上海人民出版社，2005。

［41］塞缪尔·亨廷顿：《我们是谁？——美国国家特性面临的挑战》，程克雄译，新华出版社，2005。

［42］雷蒙·威廉斯：《关键词：文化与社会的词汇》，刘建基译，生活·读书·新知三联书店，2005。

［43］华莱士·马丁：《当代叙事学》，伍晓明译，北京大学出版社，2005。

［44］居伊·德波：《景观社会》，王昭风译，南京大学出版社，2006。

［45］曼纽尔·卡斯特：《认同的力量》第2版，曹荣湘译，社会科学文献出版社，2006。

［46］让·波德里亚：《象征交换与死亡》，车槿山译，译林出版社，2006。

［47］尼克·史蒂文森编：《文化与公民身份》，陈志杰译，吉林出版集团有限责任公司，2007。

［48］詹姆斯·费伦：《当代叙事理论指南》，申丹等译，北京大学出版社，2007。

［49］米歇尔·福柯：《疯癫与文明》，刘北成、杨远婴译，生活·读书·新知三联书店，2007。

［50］阿诺德·盖伦：《技术时代的人类心灵：工业社会的社会心理问题》，何兆武、何冰译，上海科技教育出版社，2008。

［51］阿马蒂亚·森：《身份与暴力——命运的幻象》，李风华、陈昌升、袁德良译，中国人民大学出版社，2009。

［52］阿尔弗雷德·格罗塞：《身份认同的困境》，王鲲译，社会科学文献出版社，2010。

［53］斯图亚特·霍尔、保罗·杜盖伊：《文化身份问题研究》，庞璃译，河南大学出版社，2010。

［54］伊莱恩·肖瓦尔特：《她们自己的文学：英国女小说家：从勃朗特到莱辛》，韩敏中译，浙江大学出版社，2012。

［55］米歇尔·福柯：《这不是一只烟斗》，邢克超译，漓江出版社，2012。

[56] 皮埃尔·布尔迪厄：《男性统治》，刘晖译，中国人民大学出版社，2012。

[57] 克里斯·巴克：《文化研究：理论与实践》，孔敏译，北京大学出版社，2013。

[58] 丹尼·卡瓦拉罗：《文化理论关键词》，张卫东、张生、赵顺宏译，江苏人民出版社，2013。

[59] 杰夫·刘易斯：《文化研究基础理论》第 2 版，郭镇之、任丛、秦洁、郑宇虹译，清华大学出版社，2013。

[60] 斯蒂芬·迈尔斯：《消费空间》，孙民乐译，江苏教育出版社，2013。

[61] 斯蒂夫·派尔：《真实城市——现代性、空间与城市生活的魅像》，孙民乐译，江苏凤凰教育出版社，2014。

[62] 路易丝·福克斯克罗夫特：《卡路里与束身衣——跨越两千年的节食史》，王以勤译，生活·读书·新知三联书店，2015。

[63] 阿里亚娜·舍贝尔·达波洛尼亚：《种族主义的边界——身份认同、族群性与公民权》，钟震宇译，社会科学文献出版社，2015。

[64] 桑德拉·吉尔伯特、苏珊·古芭：《阁楼上的疯女人：女性作家与 19 世纪文学想象》，杨莉馨译，上海人民出版社，2015。

[65] 本尼迪克特·安德森：《想象的共同体：民族主义的起源与散布》，吴叡人译，上海人民出版社，2016。

[66] 阿莱达·阿斯曼：《回忆空间：文化记忆的形式和变迁》，潘璐译，北京大学出版社，2016。

3. 相关中文论著

[1] 陆梅林、程代熙编选《异化问题》（上），文化艺术出版社，1986。

[2] 江宜桦：《自由主义、民族主义与国家认同》，杨智文化事业股份有限公司，1998。

[3] 张寅德编选《叙述学研究》，中国社会科学出版社，1989。

[4] 张京媛：《当代女性主义文学批评》，北京大学出版社，1992。

[5] 罗钢：《叙事学导论》，云南人民出版社，1994。

[6] 徐贲：《走向后现代与后殖民》，中国社会科学出版社，1996。

[7] 张京媛：《后殖民理论与文化批评》，北京大学出版社，1999。

[8] 王岳川：《后殖民主义与新历史主义文论》，山东教育出版社，1999。

[9] 罗钢、刘象愚：《文化研究读本》，中国社会科学出版社，2000。

[10] 陆扬：《后现代性的文本阐释：福柯与德里达》，上海三联书店，2000。

[11] 董小英：《叙述学》，社会科学文献出版社，2001。

[12] 张中载：《二十世纪英国文学：小说研究》，河南大学出版社，2001。

[13] 王阳：《小说艺术形式分析：叙事学研究》，华夏出版社，2002。

[14] 罗婷：《女性主义文学与欧美文学研究》，东方出版社，2002。

[15] 许宝强、罗永生：《解殖与民族主义》，中央编译出版社，2004。

[16] 杨莉馨：《西方女性主义文论研究》，江苏文艺出版社，2002。

[17] 李鹏程：《当代西方文化研究新词典》，吉林人民出版社，2003。

[18] 生安锋：《霍米·巴巴的后殖民理论研究》，北京大学出版社，2011。

[19] 王成兵：《当代认同危机的人学解读》，中国社会科学出版社，2004。

[20] 罗岗、顾铮：《视觉文化读本》，广西师范大学出版社，2003。

[21] 罗婷：《女性主义文学批评在西方与中国》，中国社会科学出版社，2004。

[22] 申丹：《叙述学与小说文体学研究》，北京大学出版社，1998。

[23] 汪民安：《身体的文化政治学》，河南大学出版社，2004。

[24] 申丹、韩加明、王丽亚：《英美小说叙事理论研究》，北京大学出版社，2005。

[25] 蒋承勇：《西方文学"人"的母题研究》，人民出版社，2005。

[26] 刘象愚、杨恒达、曾艳兵：《从现代主义到后现代主义》，高等教育出版社，2002。

[27] 崔树义：《当代英国阶级状况》，浙江大学出版社，2006。

[28] 王守仁、何宁：《20世纪英国文学史》，北京大学出版社，2006。

[29] 刘怀玉：《现代性的平庸与神奇：列斐伏尔日常生活批判哲学的文本学解读》，中央编译出版社，2006。

[30] 汪民安：《身体、空间与后现代性》，江苏人民出版社，2006。

[31] 曾艳兵：《西方现代主义文学概论》，北京大学出版社，2006。

[32] 王先霈、王又平：《文学理论批评术语汇释》，高等教育出版社，2006。

[33] 赵一凡等主编《西方文论关键词》，外语教学与研究出版社，2006。

[34] 汪民安：《文化研究关键词》，江苏人民出版社，2007。

[35] 周宪编著：《文化研究关键词》，北京师范大学出版社，2007。

[36] 王逢振、王晓路、张中载：《文化研究选读》，外语教学与研究出版社，2007。

[37] 刘岩等编著：《女性身份研究读本》，武汉大学出版社，2007。

[38] 王晓路等著：《文化批评关键词研究》，北京大学出版社，2007。

[39] 瞿世镜、任一鸣：《当代英国小说史》，上海译文出版社，2008。

[40] 陆扬：《文化研究概论》，复旦大学出版社，2008。

[41] 武桂杰：《霍尔与文化研究》，中央编译出版社，2009。

[42] 刘文荣：《当代英国小说史》，文汇出版社，2010。

[43] 于海：《西方社会思想史》第3版，复旦大学出版社，2010。

[44] 何成洲：《跨学科视野下的文化身份认同：批评与探索》，北京大学出版社，2011。

[45] 汪民安、陈永国：《后身体：文化、权力和生命政治学》，吉林人民出版社，2011。

[46] 陶东风、胡疆锋：《亚文化读本》，北京大学出版社，2011。

[47] 姚文放：《审美文化学导论》，社会科学文献出版社，2011。

[48] 严翅君、韩丹、刘钊：《后现代理论家关键词》，江苏人民出版社，2011。

[49] 李维屏、宋建福：《英国女性小说史》，上海外语教育出版社，2011。

[50] 徐葆耕：《西方文学十五讲》（修订版），北京大学出版社，2012。

[51] 钱乘旦、许洁明:《英国通史》,上海社会科学院出版社,2012。

[52] 贺玉高:《霍米·巴巴的杂交性身份理论研究》,中国社会科学出版社,2012。

[53] 祁进玉:《文化研究导论》,学苑出版社,2013。

[54] 翟晶:《边缘世界——霍米·巴巴后殖民理论研究》,文化艺术出版社,2013。

[55] 邹威华:《斯图亚特·霍尔的文化理论研究》,中国社会科学出版社,2014。

[56] 马大康:《现代、后现代视域中的文学虚构研究》,中国社会科学出版社,2014。

[57] 赵静蓉:《文化记忆与身份认同》,生活·读书·新知三联书店,2015。

[58] 任裕海:《全球化、身份认同与超文化能力》,南京大学出版社,2015。

[59] 孔见、王雁翎:《生为女人:性别、身体、欲望、情爱与权利》,当代中国出版社,2015。

[60] 欧阳灿灿:《当代欧美身体研究批评》,中国社会科学出版社,2015。

[61] 马汉广:《后现代语境中文学观念与研究范式转变》,黑龙江大学出版社,2016。

[62] 龙迪勇:《空间叙事学》,生活·读书·新知三联书店,2015。

[63] 张蔚、常亮:《20世纪英国女性文学探微》,清华大学出版社,2015。

四 硕博学位论文和期刊文献

1. 国外论文和文献

[1] Lesley Hazleton. Doris Lessing on Feminism, Communism, and "Space Fiction". New York Times Magazine, 1982 July 25.

[2] Barbara Dixson. Passionate Virtuosity: Doris Lessing's Canopus Novels. Auburn University, 1984.

[3] Robin Ann Roberts. A New Species: the Female Tradition in Science

Fiction from Mary Shelley to Doris Lessing. University of Pennsylvania, 1985.

[4] Jeannette Webber. The Prophetic Truth of Doris Lessing: A Study of "Canopus of Argos: Archives". University of California, Santa Barbara, 1986.

[5] Mary Louise Waarvik. "Canopus in Argos" Doris Lessing's Sufist Science-Fiction Series. University of Alaska, 1986.

[6] Joyce E. Schelling. Towards a Poetics of Selected Space Fiction Novels of Doris Lessing. New York University, 1987.

[7] Brian G. Blondin. Imagination Integration in Four Novels by Doris Lessing. Florida Atlantic University, 1989.

[8] Carol S. Franko. The Productivity of Ambivalence: Dialogic Strategies in the Utopian Narratives of Wells, Huxley, Lessing, and Le Guin. Madison: University of Wisconsin, 1990.

[9] William Safran. Diasporas in Modern Societies: Myths of Homeland and Return. Diaspora: A Journal of Transnational Studies, 1991, Vol. 1 (1): 83-99.

[10] Mary Carolyn Gough McComack. "A New Frontier": The Novels of Doris Lessing and the Sciences of Complexity. University of South Carolina, 1998.

[11] Katherine Isabel Szadkowski. Doris Lessing's "Shikasta": The Integration of a Biblical and Scientific Imagination. University of Manitoba, 2000.

[12] Anthony Chennells. Postcolonialism and Doris Lessing's Empires. Doris Lessing Studies, 2001, Vol. 22 (1): 4-11.

[13] Paul Tiyambe Zeleza. Rewriting the African Diaspora: Beyond the Black Atlantic. African Affairs, 2005, Vol. 104 (414): 35-68.

[14] Ruth Halperin. Identity as an Emerging Field of Study. Datenschutz und Datensicherheit-DuD, 2006, Vol. 30 (9): 533-537.

[15] Sharon R Wilson. Postcolonial Identities in The Golden Notebook. Doris Lessing Studies, 2009, Vol. 28 (1): 17-21.

[16] Linda Weinhouse. Re-mapping Centre and Periphery. Doris Lessing Studies, 2009, Vol. 28 (2): 9-15.

2. 国内论文和文献

［1］王家湘：《多丽丝·莱辛》，《外国文学》1987 年第 5 期。

［2］李福祥：《多丽丝·莱辛笔下的政治与妇女主题》，《外国文学评论》1993 年第 4 期。

［3］张中载：《多丽丝·莱辛与〈第五个孩子〉》，《外国文学》1993 年第 6 期。

［4］钟清兰、李福祥：《从动情写实到理性陈述——论 D. 莱辛文学创作的发展阶段及其基本特征》，《成都师专学报（文科版）》1994 年第 1 期。

［5］李福祥、钟清兰：《从动情写实到理性陈述——论 D. 莱辛文学创作的发展阶段及其基本特征》，《四川外语学院学报》1994 年第 1 期。

［6］张鄂民：《多丽丝·莱辛的创作倾向》，《暨南学报》（哲学社会科学版）1998 年第 4 期。

［7］李福祥：《试论多丽丝·莱辛的"太空小说"》，《成都师专学报》，1998。

［8］崔新建：《文化认同及其根源》，《北京师范大学学报》（社会科学版）2004 年第 4 期。

［9］王丽丽：《生命的真谛——论多丽丝·莱辛的艺术和哲学思想》，山东大学博士学位论文，2005。

［10］王宁：《流散文学与文化身份认同》，《社会科学》2006 年第 11 期。

［11］陈璟霞：《多丽斯·莱辛的殖民模糊性：对莱辛作品中的殖民比喻的研究》，北京外国语大学博士学位论文，2006。

［12］阎嘉：《文学研究中的文化身份与文化认同问题》，《江西社会科学》2006 年第 9 期。

［13］肖庆华：《都市空间与文学空间——多丽丝·莱辛小说研究》，四川大学博士学位论文，2007。

［14］蒋花：《压抑的自我，异化的人生——多丽斯·莱辛非洲小说研究》，上海外国语大学博士学位论文，2007。

［15］卢婧：《〈金色笔记〉的艺术形式与作者莱辛的人生体验》，南京师范大学博士学位论文，2008。

[16] 朱武、张秀丽：《多丽丝·莱辛：否定中前行》，《当代外国文学》，2008年第2期。

[17] 华建辉：《论多丽丝·莱辛在〈金色笔记〉中对二战后社会的诊断和医治》，南京大学博士学位论文，2008。

[18] 王晓路、肖庆华、潘纯琳：《局外人与局内人：V. S. 奈保尔、多丽丝·莱辛与空间书写——诺贝尔文学奖与文学研究三人谈》，《西南民族大学学报》（人文社科版）2008年第1期。

[19] 姜红：《多丽丝·莱辛三部作品中的认知主题探索》，北京大学博士学位论文，2009。

[20] 赵晶辉：《多丽丝·莱辛小说的空间研究》，南京大学博士学位论文，2009。

[21] 李福祥：《多丽丝·莱辛对当代英国文学的贡献》，《西华大学学报》（哲学社会科学版）2010年第3期。

[22] 卢婧：《多丽丝·莱辛的文化身份与小说创作》，《南京社会科学》2010年第5期。

[23] 朱海棠：《解构的世界——多丽丝·莱辛小说研究》，中国人民大学博士学位论文，2010。

[24] 周桂君：《现代性语境下跨文化作家的创伤书写》，东北师范大学博士学位论文，2010。

[25] 胡勤：《审视分裂的文明：多丽丝·莱辛小说研究》，中山大学博士学位论文，2010。

[26] 邓琳娜：《生命的体验 自我的超越——多丽丝·莱辛小说苏菲思想研究》，上海外国语大学博士学位论文，2012。

[27] 岳峰：《二十世纪英国小说中的非洲形象研究——以康拉德、莱辛、奈保尔为中心》，苏州大学博士学位论文，2012。

[28] 陶淑琴：《后殖民时代的殖民主义书写：多丽丝·莱辛"太空小说"研究》，北京师范大学博士学位论文，2012。

[29] 姜仁凤：《莱辛主要小说中的空间与自我》，上海外国语大学博士学位论文，2013。

[30] 岳峰：《多丽丝·莱辛非洲题材小说中的非洲文化书写》，《外国语文》2013年第1期。

[31] 张琪：《论多丽丝·莱辛太空小说中的文化身份探寻》，湘潭大学博士学位论文，2014。

[32] 颜文洁：《〈金色笔记〉的符号学解读》，南京师范大学博士学位论文，2014。

[33] 李杉杉：《多丽丝·莱辛非洲题材作品中的"边缘人"研究》，中央民族大学博士学位论文，2015。

[34] 张婷：《多丽丝·莱辛〈通往第十九号房间〉中前景化策略的语用文体分析》，上海外国语大学博士学位论文，2015。

[35] 王群：《多丽丝·莱辛政治主题小说叙事伦理研究》，华中师范大学博士学位论文，2014。

[36] 谭万敏：《多丽丝·莱辛小说中的身体话语研究》，西南大学博士学位论文，2016。

图书在版编目(CIP)数据

多丽丝·莱辛小说的身份书写策略/夏野著. -- 北京：社会科学文献出版社，2022.6
ISBN 978-7-5228-0062-2

Ⅰ.①多… Ⅱ.①夏… Ⅲ.①莱辛(Lessing, Doris 1919-2013)-小说研究 Ⅳ.①I561.074

中国版本图书馆CIP数据核字(2022)第073236号

多丽丝·莱辛小说的身份书写策略

著　　者 / 夏　野

出 版 人 / 王利民
责任编辑 / 范　迎
责任印制 / 王京美

出　　版 / 社会科学文献出版社·人文分社(010)59367215
　　　　　地址：北京市北三环中路甲29号院华龙大厦　邮编：100029
　　　　　网址：www.ssap.com.cn
发　　行 / 社会科学文献出版社(010)59367028
印　　装 / 三河市龙林印务有限公司

规　　格 / 开本：787mm×1092mm　1/16
　　　　　印张：13.5　字数：212千字
版　　次 / 2022年6月第1版　2022年6月第1次印刷
书　　号 / ISBN 978-7-5228-0062-2
定　　价 / 128.00元

读者服务电话：4008918866

▲ 版权所有 翻印必究